你赠我的素锦时年

枚雯 MEI WEN 著

THE GOLDEN
YEARS WITH YOU

北京联合出版公司
Beijing United Publishing Co.,Ltd.

目录

contents

第一章：归国

我登上美国航空公司从纽约飞往上海的飞机时，嫂子给我来了第三通电话。

她依旧嘱咐多多，牵挂多多。

"本末，上飞机了没有？"

"本末，飞机抵沪，我们会叫司机去浦东机场接你。"

"本末，你为什么不让哥哥给你买机票？待在那个经济舱，人多且杂，打个盹连腿都没有办法伸直，而你的行程要13个小时。"

"本末，回到上海，你最想吃些什么？我叫厨师替你准备。"

我没有好好回答她的问话，只是敷衍几声，又寻了个飞机即将起飞的理由，匆匆挂断电话。

我的好嫂嫂，五年来一直像母亲一样关照我的好嫂嫂，此刻的啰唆也越来越像母亲。

这真让人有些头疼。我尴尬地笑了笑。

我很在乎这趟归程。因为，这是我第一次花自己的钱买了机票。

是的，我的钱，我趁着暑假在西餐厅里替人端了一个月的盘子才赚到的钱。

拿到工资时，我愉快地给哥哥去了一通越洋电话，第一时间与他分享了这个好消息。哥哥却在电话里头笑："我的妹妹，你打碎了餐厅里多少只盘子呢？"

我气得半死，扯着嗓门，朝电话里头嚷："没有，一个都没有，我是优秀员工，我的领班还为我的离去遗憾了很久，你不要看不起我。"

哥哥吓得忙给我赔不是。

又因为，哥哥终于同意我去念美院了。

比起那要命的经济学，我始终是最爱我的油画的。当然，我的哥哥也不可能轻易答应我念美院，他与我谈了条件：要我回到中国来念书。

我问他为什么？

他说他怕我一人待在美国会为非作歹、野马脱缰。

这些都是什么成语？

上帝，我是好学生。我年年拿奖学金，我不吸烟，我不嗜酒，我连头发都不敢染，至今还是最自然的黑色。

算了，我也不与他计较，欲加之罪何患无辞，况且他终究是同意我去念美术学院了。

我叫施本末，"物有本末，事有始终"的那个"本末"。

我哥哥是施本然，"文章恰好，人品本然"的那个"本然"。

不少人问过我，我父母是否又喜《大学》又爱《菜根谭》？我不知道，我从没有与他们探讨过这个问题，日后也不会再有机会。因为我父母在五年前，因交通事故意外双双离世了。

你不用同情我，我没有那么可怜。

这世上，我还有挚爱我的哥哥与嫂嫂，我并不是一个人的。

我哥哥是和平银行行长，大企业家，2013年上海市十大经济风云人物之一。

听起来似乎会是很嚣张的人。

没有，没有，你们误会他了。我哥哥为人谦逊、低调，工作时他才雷厉风行，闲暇时，他最爱与嫂嫂带着他们的"彼得"去全世界各地旅游。

哈哈，"彼得"可不是他们的儿子，而是只纯种的拉布拉多犬。他们结婚五年，至今没有要小孩。

我曾对哥哥说："哥哥，你何时替我添一个侄儿？"

哥哥搂着嫂嫂说："我们再想自由几年。"

"婴儿都是天使，粉粉嫩嫩一团，可爱非常。"我试图转移目标，拉着嫂嫂的手说。

嫂嫂没有回答，又笑着看了看我哥哥。

哥哥答复我："我是将你拉扯大的，所以，我很确定地告诉你，你不是天使，你完全是只小恶魔。"

我气得直跺脚。哥哥笑出声，拥着嫂嫂跑到露台去看风景了。

扯远了，再说回来。

所以，我家境优渥、衣食不愁。

可这样的我也没有成为"名媛"。

虽然哥哥请了专门的老师教我社交礼仪与华尔兹舞蹈，可我依旧套着 T 恤与牛仔裤背着画架弄了满身油彩。

哥哥很是失望。

正是叛逆期的我还不忘与他顶嘴："为什么非要我愚己娱人，同人跳支舞曲，喝杯水酒去换一单生意？那样我根本不快乐。"

哥哥恼羞成怒，打碎了案上的古董花瓶。

嫂子过来劝我，要我同哥哥道歉。我倔强地说："我又没有错，为什么要我道歉？"

哥哥愤愤，起身离开书房。那一晚，嫂嫂安慰了他一整夜。

结束暑假，我又要飞回美国去上学。哥哥与嫂嫂送我到机场。

我正在酝酿说些什么，好与哥哥化干戈为玉帛，哥哥却先一步过来拥住我。他对我说："对不起，本末，哥哥忘了，凡事都应该首先要你感到快乐。"

听到这句，我的泪水又情不自禁汩汩而下。

我最亲最亲的哥哥，他宠溺我、挚爱我又包容我。

我最爱最爱的哥哥，我知道，这世上，再不会有人像他这样子对我好了。

我没有多少行李，只有一个小型拉杆箱，所以无须托运，我拉着它直接上了飞机。

我拿着机票，对着号码牌寻到了自己的位置，双人座，邻座的男生早已坐在自己的位置上，他插着耳塞，听着音乐。

拉杆箱有些沉重，我很吃力地将它举起，还未放入行李架，手一松又滑了下来。我拎着它，微微喘着气。环顾四周，乘务员统统在忙。

真是要命，看来还得自己再来一次。

这时，邻座的男生拔下耳塞，忽然站了起来。他用英文说："让我来帮你。"

我看着他将我的行李箱轻而易举地放进行李架。

"谢谢。"我笑着用英文回。

他未回话，重新坐了下来，又插上耳塞，听起了歌曲，脸上愁云惨雾，心情好似欠佳。

我在他身边坐下，隔着他的席位朝窗外望去。

"飞机起飞与落下时的风景最好看，一旦上了高空，除了云还是云。"我独自用中文喃喃。

他又像看穿了我的心思一样，解下了自己腰间的安全带。

"我们换个位置？"他用中文问我。

我猛点头，愉悦地同他换了个座位，如愿地坐到了窗口边。

"从这个位置竟能看到它的引擎。"我贴着玻璃朝外望去，只要想到这张坐在机尾的飞机票是花自己的钱买的，心情就好到无与伦比。

飞机起飞，我微微张开嘴缓解一下耳膜的鼓胀。终于爬到了高空，平稳飞行，不适感也随之消失。乘务员推起餐车开始服务。

我又打开了平板电脑，准备读几本电子书籍，或者看几部电影来打发一下时间。邻座的男生却在此刻拔下了耳塞，从地上的背包里取了一张高中结业证书与一张集体照来看。

我听见他重重吁了一口气，里头满是无奈与伤感。

我俯身过去看了看照片。"圣三一高中？"我问他。

他抬起头来诧异地看着我。

我蹙着眉："你有没有觉得教历史的卡罗琳香水味太浓？还有那个安东尼奥很讨厌，天天抓着学生要他们将西班牙语做第二外语课程？布鲁斯我就不说了，一个词要解释三遍，他的课程其实只要听20分钟就可以，乔治与比伯的课，我还是最满意的。"

我看着他脸上阴霾渐渐消散。他欢快地问我："圣三一，你也是圣三一的学生？"

是，我也毕业于"圣三一高中。"你看，世界多小，我与他竟还是校友。

"很高兴认识你，我的校友，"我笑着伸出右手，"我是凯瑟琳，你也可以叫我的中文名，我的中文名是施本末。"

"你好，施本末，我是许世杰，很高兴认识你。"许世杰兴奋地同我握手。

他问空姐要了两杯橙汁，将其中一杯递给我："来，我们干一杯，落地为兄弟，何必骨肉亲。"

"相知无远近，万里尚为邻，"我笑着同他碰杯，"谢谢，许大侠。"

世杰害羞地用手搔搔头，我看到了他鬓角的一粒青春痘。

我问他升了哪所大学。

这个问题却又使他陷入了苦恼，他若有所思地讲："我是想去耶鲁大学艺术学院学习油画的。"

"没有考上？"我看着他遗憾的表情猜测。

"我哥哥却要我在中国先念两年工商管理。"

"哈佛的 MBA 不是最有名吗？"

"哥哥说将来中国才是最大的贸易市场，必须知己知彼。"

他又长叹了口气。

我对他说："许世杰，听你这么一说，我才发现原来全天下的哥哥都是一副样子。"

世杰看着我。

"我哥哥也阻止我念美院。"我朝他摊摊手。

"你，你也念美院？"许世杰更加意外道。

"是，我也念美术，也念油画，可我比你幸运，我抗战成功了，我哥哥终于同意我去念上海美院了。"

"本末，我们是多有缘分，"他眼内闪闪晶晶，激动地问着我，"快来告诉我你喜欢哪一位大师？达·芬奇、凡·高、卢梭还是丁托列托？"

"我喜欢莫迪利阿尼。"我淡淡笑。

"那个画了《裸妇》的天才短命鬼？"

他确实只活了三十六岁。但是，短命鬼……

好吧。我用食指挠挠额头："是，是那个短命鬼。"

"有人说他的一生都在礼赞生命与情爱，说他是尼采的化身，被友情与爱包围的王子……"聊起艺术他又滔滔不绝起来。

我静静地听。

后来我们又说起了自己的家庭，我与他才发现，我们除了是同一高中毕业，同爱油画，还同是父母双亡，同由哥哥抚养长大。

我们惊讶于，在世上真会有生命轨迹如此相像的两个陌生人。

世杰握着我的手激动得热泪盈眶："本末，遇上你太好了，本末。"

在飞行的十几个小时里，我们绝大半的时间在聊天，累了打个盹儿，醒来继续聊，内容从生活到信仰，从旅行到人生。有这样的伙伴，路程也似乎短了一大半。

飞机抵沪，在浦东机场降落。我们一起走下飞机。

世杰还要等托运的行李出来，我与他告别先去办理出关手续。临行前，我们互换了手机号码，世杰还颇具江湖气地说了一句："本末，有缘再会。"

我笑，挥手与他告别。

我拉着行李朝前走，一位白发阿姨走过我身边，笑着对我说："小姑娘，你的帅男友还恋恋不舍地盯着你看呢。"

我回头，真瞧见世杰还朝着我的方向凝望。我再次举起手来挥一挥。

世杰在那头大声喊："本末，记得多联系。"

我点头。

他是个有趣的少年。我想，我会与他成为好朋友。但是，男朋友的话……

不，不可能是他。我会钟情的男人不是这个样子的。想象中，他应该有一双漂亮的手，手指修长。其次是什么，我也说不上来。

好了，慢点再说吧。现在于我最要紧的，是要与来接我的司机先生联系。

我拉着行李出了航站楼，微风吹拂，我的发丝飘扬在风里。

我取出手机正准备回拨嫂嫂发来的司机先生的号码，一个陌生电话进入，我接听。

那头的声音焦急："二小姐，我是老赵，是来接你的司机，你到了没有？前方发生交通事故，我的车子至今还堵在半路上。"

"好的，没事，"我对他说，"我先去附近的咖啡厅坐坐，你到了再打我电话。"

我收起手机，再次拉起旅行箱准备离开，手肘恰好撞到右后方正在饮纸杯咖啡的一名妇女。她身子踉跄，手部一抖，咖啡全数打翻在自己身上。

她尖锐地叫着。

我慌张地回头望去，她的白衬衫胸前果真已被咖啡染了一大片。

她穷凶极恶地盯着我看，我连连鞠躬道歉，她依旧不依不饶，食指指到我的鼻尖："你瞎眼了，没瞧见老娘在喝咖啡啊。"

"对不起，对不起。"我又欠了欠身。

"对不起？"她一脸蛮横，"对不起值几个钱？老娘刚买的衬衫就报废了？"

"我替你送去干洗吧。"

"干洗个屁，这么大一块咖啡渍，怎么洗得干净？"

周围的人群渐渐聚拢，他们盯着我俩窃窃私语。

"太太，那您想怎么处理？"我无可奈何地问。

"废话，当然是赔钱，"她一双三角眼死死地盯着我，"这件衬衫我才刚买，贵得很，快赔钱！"她朝我大手一摊。

我连忙从行李箱里取出钱包，抽了一百美金递给她。"抱歉，我没有很多，这些够不够？"我弱弱地问她。

"我要人民币，"她无礼地将我的美金打落，嘴里头念念有词，"谁知道这张花花绿绿的纸是不是死人的钞票。"

我的钱！我辛辛苦苦端了一个月盘子挣到的钱！

我弯腰将那一百美金拾起，鼻内一阵酸楚。

围观的人群中，有人看不下去，替我声讨："你一把年纪了还为难一个小姑娘，差不多就可以了。"

"那张美元值好几百呢，够你买十件八件廉价衬衫了！"

那名妇人又开始朝他们撒泼："要你们这些十三点多管闲事，去去去，滚到一边去。"

我束手无策。

就在这时，从人群里，忽然走出一名男子。他穿着湖蓝色衬衫，一条黑色西装裤，皮鞋擦得锃亮。看上去与我哥哥年纪相仿，文质彬彬，温文尔雅。

"这位太太，"他走到那名泼妇面前，从容且风度地说，"请你告诉我，你这件衣服值多少钱，我来替她赔偿你。"

那名妇人将他从头到脚打量个一遍。

我看着他取出万宝龙的钱夹。

"一千？两千？还是三千？"他边说边用另一只手数着里头的钞票。他的手掌又厚又大，骨节分明，十指修长修长，我从未见过这么漂亮的手。

我抬头，又将他深深打量一遍。

我，也从来没有见过拥有这么漂亮手指的帅气男人。

"三千够不够？"他取出人民币递给妇人。

"一千……一千就够了。"不知为何，那名泼妇居然一反常态，降下分贝，扭捏起来。

他数出十张人民币递给她，她接过，匆匆拉着行李箱离开。

一场闹剧就此作罢，人群也纷纷散去。

"谢谢你。"我向他道谢，他朝我一笑，转身准备离开。我下意识地拉住他。

他回头盯着我看，我脸一红，松开了刚刚才握住那只厚实手掌的右手。

"嘿，我要还你钱的。"我对他说，"可我现在没有这么多现金，不过你可以给我留下电话或者银行卡号，我回到家马上把钱转给你。"

"不用了，举手之劳而已。"他绅士地笑。

"那让我请你喝杯咖啡好不好？你总要给我机会表达一下感谢吧。"我央求他。

他看看腕上百达翡丽。

"很快，就在那里。"我急急地朝门口的星巴克指了指。

"可以。"幸好，他的时间还算充裕。

我拉着行李与他一起走到星巴克，问他想喝什么？

他问我可有推荐？

"拿铁怎么样？"我说，"咖啡上头淋上冷牛奶打成的泡沫，再撒上肉桂与香草粉。"

"你的独家秘方？"他问，并替我拉开了星巴克的大门。

"是，是我的独家秘方，所以你一定要试试看。"我笑着答。

我们寻了一个靠窗的位置坐，我放下行李跑到服务台点单。

是夜间，客流却依旧拥挤。我按秩序排着队。

一个刚刚学步的小宝宝从他身边走过，步履不稳摔倒在地，我看着他将她扶起，拍拍她膝盖上的尘土，再逗她发笑。

女宝宝的妈妈过来向他道谢，又抱着孩子离开，他在身后与女宝宝挥手再见。

"小姐，小姐？"服务员催促我几句。

我回神，才发现自己面前早已空空如也。

"哦，抱歉，"我疾步上去，"请给我两杯标杯拿铁，谢谢。"

刷卡付完账，我在拿铁里头撒上肉桂与香草粉，捧着两杯拿铁走过去。

他正取了架上的杂志翻阅。

财经杂志。封面是我的哥哥与嫂嫂，下边还标着大大的文字标题："和平掌舵人携妻高调出席某慈善拍卖典礼——替你解读和平银行高层高密度曝光下的隐形发展策略。"

我坐到他对面，将拿铁放到他面前。

"呀，那是我哥哥。"我像只快活的小鸟，愉快地向他介绍。

"你说谁？"他放下杂志问我。

我指了指杂志封面："哦，就是这个。"

他似乎很意外，反复向我求证道："施本然？你哥哥是施本然？"

"是，是施本然。"我喝口拿铁，笑着回答，"我的哥哥是施本然。"我又指了指封面上那个仪态万方的女人，"那是我的嫂嫂……"

"顾曼芝。"他抢一步回答。

"咦，你怎么知道？"我瞪大眼睛看着他，"你怎么知道，我嫂嫂是顾曼芝？"

他翻开杂志给我看："上头有写。"

"哦，原来如此，"我撇撇嘴，"我还以为你懂得神机妙算法，麻衣相术了得呢。"

"不，我没有，"他朝我摊摊手，"抱歉，叫你失望了。"

我笑出声，捧着杂志翻了翻。

"名字，是不是可以告诉我你的名字？"他在杂志的另一端问我。

"施本末，"我将杂志合上，"我叫施本末。"

我伸手与他握手。

他用复杂的眼神盯着我看了又看。半晌，他才抬起手来与我握手："你好，我……"

他正准备向我介绍自己时，有个男生直直推开商店的大门，走到他的身后："我瞧着这个背影就像你，你到了怎么连个电话都不给我打一个？"

竟是许世杰！我高兴坏了，才不管他是不是在埋怨谁，即刻站起身子朝他挥挥手："嘿！许世杰，许世杰。"

世杰这才注意到我。

"本末，你怎么在这里本末？"见了我，世杰也意外惊喜。

"哎，一句两句真说不清楚，"我问他，"你怎么到这里来了？"

"我也正想问你，你怎么和我哥哥在一起？"世杰问我。

我惊，朝面前的救命恩人看一眼。"他就是你哥哥？"我不敢相信地问许世杰。

"是的，本末，"世杰郑重地向我介绍他，"他是我的哥哥许世允。"

我愣在原地。

许世允看着我笑了笑，意味深长地说了句："这个世界真是小。"

"哥哥，不止如此，"世杰坐到我身边，"让我来告诉你，我与本末究竟有多有缘。"

世杰开始从头讲述我俩的相遇过程，与我俩的那些巧合。同时，他也不忘叮嘱我，日后一定也要称呼世允为"哥哥"。

我不好意思，退一步喊了一句"世允哥"。

世允笑。我们坐着聊了会儿，直到老赵给我来电话向我报告他已经到达。

我与他们兄弟告别。

老赵替我将行李搬放到后备箱内，然后替我开车门，我俯身钻进了劳斯莱斯的后座里。隔着车窗，我向星巴克的落地玻璃窗内望去，看见世允哥用他宽厚的手掌摸了摸世杰头顶。

老赵发动引擎掉头离开。

我的右手不自觉微微颤动一下。在刚才，是它握住了世允的手掌，他的手掌又厚又大，骨节分明，十指修长修长……

我微笑着望向窗外。

回到家，哥哥与嫂嫂已站在客厅迎接我。

"欢迎你回来。"哥哥笑着张开双臂。

我箭似的冲到他怀里："哥哥，哥哥，我好想你啊，哥哥。"

哥哥与我拥作一团，嫂嫂站在一边笑着看着我俩。

老赵将我的行李提进来，嫂嫂命用人将它抬到了我房间里。

嫂嫂问我："本末，饿不饿？飞机简餐一定难吃得要命，我让厨房给你炖了燕窝银耳，你先来吃一碗？"

我点头。

我坐到餐桌前，哥哥与嫂嫂坐在对面。

用人端来了燕窝，我一口气将它喝光，又伸手拿着空碗要再添一碗。

"慢点，慢点，锅里多得是，没人跟你抢。"嫂嫂爱怜地盯着我。

哥哥却朝我撇嘴："我的妹妹，睡前还是稍微节制一下的好，不然你会像只气球一样膨胀开来。"

我白他一眼。

喝完燕窝银耳汤，嫂嫂让用人端来了水果。我们三人围坐在沙发聊起了家常。

"你回来时，有没有嘱咐马德琳每周去清扫一下公寓？"哥哥问我。马德琳是在美国照顾我的女管家，一个胖胖的美国妇人。

"马德琳说自己没有地方可去，她依旧会住在那里，"我又叉了块蜜瓜来吃，"她还希望我们每年可以抽空去美国度个假，也好顺便去看看她。"

"要去也是去夏威夷，纽约生活节奏太快，去那里只会叫肾上腺素飙升，还度什么假。"哥哥喝口面前的伯爵茶淡淡地说。

"哦，对了，前几日，舅舅打来电话，说天佑已考上了洛克菲勒大学。"嫂嫂对哥哥说。

"他要住宿舍还是住公寓？"哥哥问。

"哪里来的钱住公寓，我小舅家的情况你又不是不知道，空心老倌罢了。"嫂嫂叹一声。

"听说美国学生宿舍里大麻横行，"哥哥思索片刻，"你改日给舅舅去个电话，先叫天佑住到我们家的公寓里好了。"

"哥哥，国内的校舍管得严吗？"我问哥哥。

"你又在打什么歪脑筋？"他拿起了茶几上的财经晚报来读，看也不看我，"我是不会同意你住校的。"

"为什么？！"我放下叉子，失声嚷嚷起来。

"家里有什么不舒坦？饭来张口，衣来伸手。"

"晚上学校也会有课程嘛。"

"老赵二十四小时听你差遣好不好？"

"听说同宿舍的同学感情会不一般，会成为闺密啦。"

"要来干什么？跟你争男朋友？"

"哥哥！"我气结，嘟着嘴脸别向一边。

哥哥放下报纸："学校宿舍是为了异地学生就学方便，人家是为了更好地学习，而你只是想离开家长，争取你所谓的自由。"

"我十八岁了，我是成年人，我有权决定我的一切。"我两手叉着腰站起来。

"按照这个理论，我会要你整理好包袱，离开这个家，而你也不要再来花我的一分钱！"

我气得转身就往楼上跑。嫂嫂在我身后喊："本末，本末……"我都没有回头看一眼。

哦，我那个专制的哥哥，顽固的毛病又开始犯了。

回家的第一晚，我与哥哥拌了嘴，又要倒时差的关系，晚上睡得很不安稳。先是毫无睡意，稍稍有些倦，闭上眼，也是迷迷糊糊，半梦半醒。

醒醒睡睡，睡睡醒醒。似睡非睡中，我好像听见有人轻轻推开了我的房门，两个黑影立在门口。

"她睡了吧？"

"坐了这么久的飞机，怕是累了。"

是哥哥与嫂嫂的声音。

"你是怎么了？刚刚为什么发这么大的火？"嫂嫂问哥哥。

"你没有兄弟姐妹，你不会懂。"哥哥叹一声。

"你比本末大了整整十五岁，很多时候你不止要做一个哥哥，更要充当一名父亲，是这样吧？"嫂嫂说出自己的想法。

哥哥不作声，像是默认，良久他缓缓开口说："我怕本末受到伤害。"

嫂嫂轻声笑："你怕她交男朋友？"

"读书时，我曾经见我的室友偷偷爬进女生宿舍去留宿。"

"你因噎废食？"

"这叫防患于未然。"

"不，我只感觉到一个'父亲'在吃'未来女婿'的醋。"

"她迟早要嫁人，但是现在，首要任务是学习，或者规规矩矩地恋爱。"

"你看不住她的，不让她住宿舍你就保证她不会偷跑进男朋友家里去？"

"她敢！"

"怎么，你还打算将她五花大绑不成？"

"我会先将那个男人揍个半死。"

嫂嫂笑。

"本末越发亭亭玉立了。"哥哥对嫂嫂说。

"本末长得像妈妈，圆圆脸，圆圆鼻，笑起来眼睛会说话。"嫂嫂说。

"要是爸妈还在世，看到这样子的本末一定高兴得要死。"

"他们一定看得见的。"

"是，一定看得见的。"

"好了，我们也该去睡了，你明天还得工作。"

"嗯。"

哥哥与嫂嫂掩上门离去。我依旧闭着眼，泪水却情不自禁缓缓落下，湿了枕衾。

第二天，我起床下楼。哥哥与嫂嫂正准备开始用早餐。

"这么早就醒了，怎么不多睡一会儿？"嫂嫂问我。

"时差还没调过来。"我打着哈欠，坐上餐桌。

用人替我舀了碗稀饭，又去煎了两面金黄的荷包蛋拿过来。

"再替小姐弄块玫瑰腐乳来。"嫂嫂对用人宝林说。宝林点头，又回到厨房夹了一小块玫瑰腐乳装在骨碟里端到我面前来。

纯正的上海早餐，我吃得却味同嚼蜡。

"本末，你早已拿上了驾照，你哥哥昨儿跟我商量，要不要替你买辆车子代步，你上学也方便，"嫂嫂在一旁问，"我们觉得法拉利California不错，你看怎么样？"

我看哥哥一眼，他正在读财经早报。

我兴味索然地答："买来干什么？中国的公路开这种车子完全是浪费，这种跑车到美国1号公路，一边是碧波万顷的大太平洋，一边则是陡峭高耸的悬崖山脉，速度与激情都有了，这样开才有味道，在这里只是叫路人拍个照拿回去发朋友圈，然后无数人清一色回：土豪。"

嫂嫂被逗笑了。哥哥恐怕也在强忍笑意，我听他在不住地咳嗽。

我亲自倒了杯水端过去："一把年纪了，身体先照顾好。"

我是拿这杯茶向他和解的。哥哥想是也体会到了这个意思，不由分说地将它一饮而尽。随后，他放下报纸对我说："先拿规章制度给我看一眼。"

"什么？"我看着他。

"美院的制度，宿舍的规章，"哥哥清清喉咙，"想要我改变主意，首先要理由站得住脚才行。"

"这么说……你是同意我住宿了？"我确认道。

"我反对有用吗？"

我摇头。

"哎……女大不中留，老祖宗的话真有道理。"哥哥喝口面前的黑咖，又叹一声。

我扑过去搂住他的脖子开心地大叫起来："哥哥，你太好了！哥哥，我爱你哥哥，我爱你！"

我欢快得有些语无伦次，又感激地望了望嫂嫂。她朝我眨了眨眼睛笑了。

住宿！我终于可以住宿了！

当然，我的哥哥也不会这么轻易就放我去住宿的，他与我谈了条件：

一、双休与节假日必须回家。

二、每日短信报备，三天内至少电话联系一次。

三、课程日终，不许在外头流窜，22点前必须回到宿舍。

四、与男生规规矩矩恋爱，不得逾规。

……

"我答应，我答应，我统统答应。"我头点得像上了发条。

哥哥看了看我，吁口长气，轻声咕哝了句："今日才晓得，母亲当日生的是弟弟该多好，女孩子真叫人放心不下。"

他起身走向书房。嫂嫂看着他的背影喃喃道："看来日后我要生个男孩子才好。"

我轻轻笑。

去学院报到那天，哥哥本打算带着嫂嫂送我，我忙摆手拒绝。

出门前，我最后确认着自己的行李箱，听见哥哥用半嘲笑的口吻对嫂嫂说：

"到底年轻，以为读个寄宿学校，自己顾好自己的一日三餐就算独立了。"

嫂嫂一味地赔笑。

我才懒得去理他，于我这只是神秘探险旅程的开始，后面有无数刺激与惊险等着我。

老赵送我去学校，下车后，他拉着行李跟在我后头。

我到教室去报到，忽然听见有人在身后喊我的名字："本末，施本末。"

我回头，竟看见许世杰正朝我飞奔而来。

他跑到我面前，轻拭额头的汗水。

"你怎么在这里？"我惊讶道，"你不是去念工商管理了吗？"

许世杰拉着我的手笑得合不拢嘴："本末，我正想告诉你这个好消息，我哥哥同意我念美术了，是的，念美术，我那个独裁顽固的哥哥终于同意我念美术了。"

"这真是好消息。"我替他高兴。

"但是为什么，为什么他会改变主意？"我问。

"也许因为你。"

"我？"

"是，是你，那日在机场的咖啡店，我对他说，你与我同毕业在圣三一，而你的哥哥同意你过来念了美术，"世杰耸耸肩，"当然，也有可能还有别的原因，比如他那日恰好心情很好，又或者他脑子一时抽住。哈哈，管他呢，总之，他同意，他同意了！"

世杰手舞足蹈，完全像是一个孩子在圣诞节收到整一盒巧克力糖的模样。

我笑着问他是什么专业？

他说："当然是油画。"

竟还与我同班！我重重地拍了拍他肩膀："许大哥，今后妹子就跟着你混了！"

世杰握拳，捶捶自己胸口："当然，今后我罩着你。"

听到这样的对话，一位同来报到的女生，下意识地站到了一边。恐怕将我俩真当成了什么古惑仔小太妹了。

我与世杰面对面笑弯了腰。

报到手续完毕，学姐领着我去了宿舍。我要老赵先回去，自己拉着行李跟上。

哥哥替我选了公寓楼，三室一厅，有独立的浴室，装修也精美。

学姐指了指采光度最好的南面房间："施同学，这是你的房间。"她又打开柜子："被褥与床单，统统在这里，公寓楼 24 小时有热水，客厅有饮水机，宿舍门禁时间是夜间 23 点，先将校规与宿舍守则通看一遍，有问题可在学校网站留言反映。"

我点头。等学姐离开，我探探脑袋看看其他两间房间，均空空如也，我的室友统统都还没有来。

我打开行李箱开始整理物品，手机响起，哥哥的电话进来。他开口就直接问我："谁是许世杰？你第一天报到就交到了这么要好的男同学？"

"老赵出卖我？"我气愤。

"老赵只要我不要担心，他说有个叫许世杰的男同学很照顾二小姐。"

"我与许世杰在飞机上认识，我同他都毕业在圣三一高中。"我耸着肩膀，垂下脑袋将手机夹在当中，开始两只手一起鼓捣行李，"恰好他也来上上海美院。"

"听上去像言情小说的桥段。"

"是的，很像，信不信由你，"我将沐浴露与香奈儿面霜取出来，继续说，"但是我也保证他绝不会是本篇故事中的男主角，要知道，他可没有一双漂亮的手。"

是的，许世杰没有，可……许世允有。

"什么？"哥哥觉得我答得莫名其妙。

"好了，我的哥哥，我会谨记与你的约定，你放一百二十个心好不好？我现在要整理房间了，我可不可以先挂断电话？"

"我知道，你又开始嫌我啰里啰唆了。"

"不，不，我爱你都来不及。"

"好好听课。"

"遵命，兄长大人。"我挂断电话，将手机放到茶几上，一抬头，居然看见许世杰站在大门口。

"我的妈呀，你怎么在这里？怎么进来的？"我险些吓得跌倒。

"跟随新生家长混进来的，我说我来看我的妹妹施本末。"他施施然地回答。

"这么简单？"

许世杰笑着走进来："那你以为有多难？"

我开始觉得哥哥的担心并非完全是多余的。

"要不要帮忙？"世杰问我。

"我想我可以。"我又将我的洗发水拿出来，是嫂子特地替我挑选的，说打开会闻到玫瑰花的香。

许世杰走到我的衣柜前，悻悻地问我："这些床单、被褥你打算怎么处置？"

我一脸茫然地看着他："除了晚上睡觉，这些难道还可以搭帐篷？"

"我估摸就是会这样子。"许世杰摇摇头，他一股脑地将我的床单、被褥全抱到了阳台上。我起身跟过去。他原是在替我晒被子。

我心头温温有点发热。

世杰在阳光下熟练地拍打着被面。"上海潮湿，被子要勤晒。"

"你怎么会这些？"我笑着问世杰。

世杰感慨万千地答："去美国念初中时，父亲还有能力租间公寓找个管家照顾我，后来他心脏病发作去世，母亲思念成疾，原本身子病弱的她也在两个月后郁郁而终，哥哥怕影响我学习，直至我考试过后才告诉我实情，当时母亲都已过了头七。父母走后，家族生意开始败落，我打算回家，哥哥却执意要我继续学业，我退了公寓，从那时开始住校，六人一间宿舍，每晚闻香烟与臭脚丫的味道休息。也从那时开始，样样都是自己来，但这些都不算什么，最苦的还是我哥哥，要知道，父亲留给他的尽是一堆烂摊子。哥哥倔强，咬牙挺了过来，至今，他依旧不肯告诉我，最苦的那些年是怎么过来的。"

我不说话，看着世杰仰头望着天空，鼻翼轻轻翕动了几下，他眼里似嵌了颗钻石一样在闪闪发亮。

我与他都拥有天底下最好的哥哥。

我站到他身边，同向天空望去。"许世杰，白天有星星吗？"

"宇宙中不知道有多少颗恒星，他们无时无刻不在散发着光芒。"世杰答。

"听说，人间有凡人离世，天空就会升起一颗新的星宿。"

"那我们的父母此刻会不会已成为了邻居？"

"说不定会。"世杰终于笑出声。

第二章：美院

我的室友陆陆续续地到来。

她们都是我的同班同学，更巧的是，二人居然都是叠字名，一个叫洛英英，"英英白云，露彼菅茅"的"英英"；一个叫梁乔乔，不知为何，我没有想到"铜雀春深锁二乔"，而是想到那个因遭丈夫背叛而自缢身亡的蝴蝶夫人乔乔桑。

英英一踏进门，便像是认识了许久的朋友一般，给了我一个大大的拥抱。乔乔见了我，只是客气地微微笑了笑。

一个瘦瘦小小女佣模样的人替英英打理着一切，而她则与男友在阳台聊得火热。乔乔却自己整理房间，书桌上的东西摆放得极其整齐，又将学校里的被套、床单一一退下，换上了自己的床上三件套。

她们一个外向，一个内向；一个似骄阳，一个像明月；一个是株奔放的红蔷薇，一个是朵含蓄的白茉莉。

好像我成了最没有特点的一个。套用我哥哥的话来说："我的妹妹，除了那个名字叫人记忆犹新，其余统统不足为道。"

而我的年龄也是三人中最大的。乔乔十八岁。英英十九岁。而我，因在上高中之前多念了一年语言学校的缘故，已经二十岁了。

二十岁，人生能有几个二十岁。

开学几天后，班主任召集大家在教室里开班级集体会议。

他在台上发言，先是欢迎，再则勉励，免不了的豪言壮语，但多半是陈词滥调，估计大家都是一个耳朵进，一个耳朵出。

当然，比起那些有的没的，选举班长这事显然重要得多。方式很简单，有两位候选人，各自发言拉票，全班投票选举，票多者胜出。候选人均是男生。

第一位上台的叫辜思源，个子瘦瘦小小，架着一副黑框眼镜，一看就是学霸。

他捧着几页 A4 文稿上去，说是自己花了半日的时间认真书写完成，里面从个人成就谈到了人生理想，又有说自己从小学开始直至高中均是"班长"，"工作"经验丰富，所以有信心与能力担任好这个职务，希望大家给他一个机会。

另一个上台的是冯军，身材高挑，阳光帅气，他的演说就简洁得多，他说，人的生命是有限的，可是为班级服务是无限的，他要把有限的生命，投入到无限的为班级服务之中。他愿意做一颗永不生锈的螺丝钉。

同学与老师笑作一团。

显然，他比较有感染力。

可开始投票时，许世杰依旧将票投给了辜思源。

我不明，轻声问他："为什么不选'冯雷锋'，他能说会道，口才极佳，极其富有感染力。"

世杰回答："我保证，当他赖在床上，不肯起床，竟还要托你去完成课堂考勤时，你一定会痛恨这张嘴。"

成长以后，想必大家都会慢慢懂得，"自己喜不喜欢"与"自己适不适合"完全是两回事情。

我也投了辜思源一票。

投票揭晓，辜思源毫无悬念成为班长。他又激动地上台发表了当选感言。

班级会议结束，各自散去。许世杰没有住宿舍，他与我告别，骑着自行车回了家。

英英忙里偷闲，又与她的男友约会去了。临走时，乔乔再次提醒她宿舍的门禁时间，要她速去速回。

我与乔乔一起慢慢溜达着回公寓。路上，乔乔问我将刚刚那一票投给了谁？我说我投给了辜思源。

我问她投给了谁？乔乔正要回答，我们身边忽然有两位男生疾步走过，边走还边在讨论刚才的班长竞选。

"果真是那个书呆子获选了。"其中一个说。

"哈哈，随便他，"另一个兴奋地讲，"话说回来，刚刚我的那一大串是不是很有魅力？"

"绝对迷倒众人。"

"包括金雅意？"

"你的目标是她呀？我倒觉得洛英英才是美人。"

是冯军与季平。他们继续朝前走，随即消失在了黑暗里。

乔乔对我说："我也选了辜思源。"

我看着刚刚远去的两个背影，心想：群众的眼睛果真是雪亮的。

回到公寓，乔乔先去洗漱，我给哥哥发了短信汇报了今日行程后，忽觉一阵困倦。一闭上眼，竟在床上就这么睡着了。

醒来时，乔乔已经入睡，英英也已经回来。

我捧着睡衣走出去，看见英英只穿了一身粉红色的蕾丝内衣坐在客厅的椅子上，双手替自己擦着身体乳。

我有些不好意思。

英英白我一眼，大大方方地说："都是女人，矫情什么。"

"哦，我倒是不矫情，"我咳嗽了一声，指了指窗外，"对面男生宿舍的灯还亮着，不知道他们矫不矫情。"

英英别过脸去看，远远都能瞧见黑影在闪动，惊叫一声"哎呀妈呀"，抱着她的海蓝之迷身体乳跑进了房里。

我笑弯了腰。

宿舍管理员过来敲门提醒："1102，离熄灯时间还有10分钟。"

我连忙钻进浴室洗洗刷刷，抓紧时间休息。

两天后周末，我回到家里，哥哥问我开学一周发生了什么趣事？

我答："多得去了，一时半会儿根本讲不完。"

嫂嫂看着哥哥说："一切还很新鲜，恐怕本末会觉得去食堂排队吃个饭也是可说上半天的趣事。"

我笑着点着头。

哥哥又来泼冷水："你看好了，不出几日，她一定又开始怀念，有人将饭菜送到嘴边的日子。"

哼，等着瞧！我朝他做鬼脸。

哥哥笑着取了杂志来看。"本末，下午跟嫂嫂一起去挑身礼服，今天晚上跟我们一起去外头吃饭。"

听到这句，我又气馁地倒在沙发里，大声疾呼："什么，又要去演戏？！"

"这回是你蒋伯伯生日。"嫂嫂说。

"哪个蒋伯伯？我不认识姓蒋的！"我大力地摇头。

"你不记得幼时他曾抱过你，也该记得你将他拍卖而得的古董三秋杯打碎的事情。"哥哥在一边数落我。

"那年我才三岁，我能懂什么？"我委屈。

"你今年二十岁，也什么都不懂？"哥哥拉长了脸。

"好吧，我去，我去还不行吗？"我认输。

我参加过多次这种晚宴，发现这里的人无一例外的都是"人情世故"的表演大师。唉，这场宴会，恐怕又要叫我笑到面部肌肉抽筋了。

嫂子替我选了香奈儿的黑色抹胸乌纱小礼服，配了一双白色羊皮浅口鞋，头发拢起，又细心地给我戴上了珍珠发箍。

哥哥很满意，夸我这身打扮就有了淑女的模样。

他一心想要我成为淑女。

他喜欢淑女。他最爱的女人——我的嫂嫂顾曼芝，就是一名典型的淑女。

我对着镜子照了又照。唉，这副样子，根本不是我啊！

我们正准备出发去蒋宅时，嫂子接到了一通电话。挂断后，她沉下了面孔。

哥哥问："怎么了？"

嫂子说："用人来电话，我妈妈昨晚肚子痛，一夜没睡，我得回去看看。"

"我给老蒋去个电话，我们一起回去好不好？"哥哥总是将嫂子放在首位。

"我一个人回去就好，你与本末去老蒋的生日会，又不是什么大事，况且老蒋已经三请四请了，你再不出席，人家哪里还有面子。"

嫂子上楼匆匆换下礼服，穿了便装下来。

"让老赵送你去吧。我开车带本末去宴会。"哥哥对嫂嫂说。

"还是我自己开车吧，"嫂嫂换上了平底鞋，吻了吻哥哥脸颊，"拥有劳斯莱斯车子的人，是不可以自己开车门的。"

哥哥被她逗得发笑，亲昵地捏捏嫂子脸颊。然后站在门口，目送她开着车子离开。

"好了，我们也走了。"哥哥推了推我臂膀。

"哥哥，你们两个完全将我当作透明人哪。"我双手交叉在胸前，朝他努嘴。

哥哥又笑了："你迟早也会遇上那个人的，到那时，你会认为世上他才最重要，如果我不允，你肯定还会不惜与我翻脸。"

"不，不可能，"我笃定地说，"无论何时，对我来说，哥哥才是这世上最重要的人。"

哥哥嘴角浮着浅浅的笑摸着我头顶，好似在笑我"少年不知愁滋味"。

我挽着哥哥的手臂进入会场，蒋伯伯快步迎了上来。

"本然，你终于到了！"蒋伯伯与我哥哥拥抱一下，随后，他又看看我，"这位是本末吧？多年不见，竟已长得这般如花似玉了！"

哥哥笑着推推我："本末，快招呼人。"

我礼貌地欠欠身："蒋伯伯好。"

"好，好。"老蒋频频点头，又转过脸问哥哥："曼芝呢？曼芝怎么没有来？"

"临行前，用人来电话，说丈母娘身体不舒服，曼芝不得不赶回去。她让我向您转达歉意。"

"唉，人老后，身体才是最要紧的。曼芝是个孝顺女儿。"老蒋很体谅。

老蒋与哥哥一起去见其他老朋友。我取了一杯香槟站到一边，百无聊赖地打量着四周。

这里衣香鬓影、济济一堂。老蒋的九层大蛋糕摆在大厅中央。左边一撮人在谈论股市，右边的一撮人在聊最近的合约，前一堆的女人在聊谁家的公子，后一边的男人在谈论女子的身材。他们借着这场生日会，各自来干各自的事，一副如鱼得水的模样。

有个男青年过来朝我欠欠身："这位玲珑可爱的小姐，稍后可否请你跳支舞？"

我笑着拒绝。

男青年回去，他的男性伙伴嘲笑他这一遭的败走麦城。

我吁口浊气，捧着香槟走到露台。头上星光熠熠，四周空气清新，不知比里头舒服多少倍。

露台一侧还摆有一只铁艺秋千。我坐到秋千架上微微荡起了秋千。秋千咯吱咯吱地响。

我喝口香槟，望着明月，不禁吟唱起苏轼的《蝶恋花》："花褪残红青杏小，燕子飞时，绿水人家绕。枝上柳绵吹又少，天涯何处无芳草！墙里秋千墙外道，墙外行人，墙里佳人笑。笑声不闻声渐消，多情却被无情恼。"

"你是'多情'还是'无情'？"

正神驰意飞间，有个熟悉的男声问我。

我蓦地抬头，居然是许世允站在自己面前。"世允哥，你怎么在这里？"

世允坐到我身边："你呢，你为什么在这里？你难道不喜欢里头的场合？"

我朝里又望了望。"不，没有。我……不可以讨厌这种场合的。"

"不可以讨厌？"世允不解地看着我。

我喝口香槟对他说："搞不好我未来的夫婿就是他们其中一个。"

世允笑出声。

"嘿，你不要笑，"我对他说，"这不是笑话，这是有很多事实根据与案例榜样的，我哥哥与嫂嫂就是在一场这样的派对上认识的。"

"哦？"

"是的，后来他们结婚了。"

"父母之命？"

"他们比较幸运，是一见钟情。"

"一见钟情？"

"是的，是一见钟情，你不要怀疑这种事情，世上真有这种情感的。"

"我不太相信，"世允淡淡地笑了笑，"我认识一对情侣，他们相恋了五年，最后依旧形同陌路。"

"世上大抵没有完美的爱，要不燃烧，要不持久，两者不可共存，能够和平分手，已够幸运。"

"听上去，你像个爱情专家。"世允嘲笑我。

"不，不是我说的，"我朝他摊摊手，"是亦舒女士说的。"

世允往后靠一靠，继续说他的故事："后来那个女人结婚了，可新郎却不是我那位朋友。"

"因为女人觉得同他结婚的男人才更爱她。"

世允不说话，良久，他问我："像你哥哥爱你的嫂嫂？"

"是，当然，你一定不知道我哥哥有多疼爱我嫂嫂，他们结婚五年，每年的情人节，我哥哥依旧会特意去定制钻石项链送到她的枕边，你说浪不浪漫？"我羡慕地说。

"卡地亚还是蒂凡尼？"世允问。

"是卡地亚，你知道的，绝大多数女性都喜欢卡地亚，"我耸耸肩，"虽然我不怎么喜欢它。"

"噢，那你喜欢什么？"

"辜青斯基。"

"辜青斯基？"

"波兰古老的珠宝品牌，它的客户主要是皇室和贵族，可是，这个集团后来被收购了，所以，它的珠宝只能在拍卖行才能看见。"我对世允说。

世允隔着玻璃窗看看里头，说："今晚你嫂嫂没有来吗？我只看见你与你哥哥进来。"

"你似乎对他们很有兴趣？"我煞有其事地问他。

"我只是想请教一下他们，'一见钟情婚姻'的保险秘籍是什么？"世允说，"因为我估计，我未来的新娘搞不好也会是在派对上认识的。"

我笑到肚子痛："我嫂嫂今日娘家有事才没有来出席，但是我会将你的提议跟他们说一说，看他们是不是有兴致来出这么一本书。"

世允跟着我笑。

有个西装革履的男士推开玻璃门走到了我们面前："许经理，可否借一步说话？"

世允站起身，与他走到暗处。

我依稀听见两人的对话。

"……那个案子，有劳许经理费心了。"

"听说你的案子还在初审阶段，相信我们那些投资人会好好考虑贵公司的计划，而后给你一个满意的答复。"

好官方的回答，说了等于没说。

男子垂头丧气地离开。

我放下香槟，起身走到世允面前。"我看他一副要向你借钱的模样。"

"是的，他是要向我借钱，"世允双手插在裤袋里，"而且金额还不小。"

"你做风投？"我猜测他的职业。

"你很聪明。"

"哪家公司？"

世允取出名片递给我。

我双手接过默念一遍：鼎盛亚洲 CEO——许世允。

鼎盛亚洲！中国排名前十位的风险投资公司。我虽然对这些漠不关心，可哥哥是国内金融圈里的风云人物，我也时常在他的要求下出入他们的场合，耳濡目染下，自然也有所耳闻。

我当然猜到这两兄弟家境殷实，但想不到，许世允竟是这样一位天之骄子。

"真是失敬了。那我可以找你借钱吗？"我揶揄。

"你也要开公司？"世允笑着问。

"呃……"这倒把我问住了，我想了想说，"我想经营一家画廊，里头全卖自己的油画。"

"你的梦想？"

"是的，我的梦想，梦想一定要有的，万一实现了呢？"我调皮地看着他，"你说是不是？"

世允又笑出声。

有用人过来传话："许先生，蒋先生请你过去一下。"

他点点头，转身与我告别。

我笑着跟他挥手，看着他走进会场后，又坐上了秋千架。

我将刚刚剩下的那一点香槟一饮而尽。

香槟是"酒中之王"，它与快乐、欢笑同义。我在想：它里头除了葡萄酒与二氧化碳是不是还有一些其他的元素？比如能使人觉得愉悦的多巴胺与羟色胺。不然为何我会觉得此刻幸福满溢、心旷神怡呢？

我又向里望了望，许世允不见了，却看见哥哥在向我招手。

唉，我只好踩着高跟鞋，提着晚礼服的裙裾，挤出一脸淑女的笑容走回大厅。一路高跟鞋搞得我脚板发涨，疼痛不堪。刚才的幸福感一下子就消失了。

可见，所有的美丽均要付出代价。

我一瘸一拐地在校园里走着，世杰跑过来搀扶我。"你去哪里翻山越岭了，怎么搞得这么狼狈？"

"宴会，"我懊丧地回答，"就踩着高跟鞋参加了一场宴会，我的老天，要不是有你哥哥坐着陪我聊天，我估计我的脚会彻底残废。"

我拒绝了他的搀扶，继续一瘸一拐朝前走。

"我哥哥？你说你也参加了上周六的宴会？"世杰愕然。

我点点头："是，就是那场该死的宴会。"

"咦，那为什么哥哥没有跟我提起遇到你的事情？"世杰喃喃自言，一副若有所思的样子。

"我又不是什么大人物，他为什么要跟你提起这种芝麻绿豆大的事情？"我笑。

世杰停下步子依旧在思索。

我坐到了校门口的石凳上向世杰求救："我不行了，实在走不动了，我在这里等你，你去替我买过来。"

世杰点头，独自跑去了校外的奶茶铺替我去买饮品。

我坐在石凳上看着校园门口人来人往。

在朝气蓬勃的青年学生里，一个中年环卫女工的身影引起我的注意，我看见她将一个玫红色的手提拎包递进门卫室："师傅，麻烦借个地儿放一放，我女儿等下就会过来拿。"

保安好心肠，直接对她说："现在是午休，你直接带进去好了。"

女环卫工忙摆手："不了，还有几条街要扫呢。"

她向保安不住地道谢，瘦小的身子推着推车又走上了熙熙攘攘的街道。

世杰拎着三杯奶茶小跑回来："港式不加糖。"

我回过神来："哦，谢谢。"

世杰送我到宿舍楼下，我捧着奶茶上去休息。

乔乔正在练习速写。我拿一杯奶茶放到她面前："许世杰请的。英英呢？"

"好像与男友一起去吃饭了。"乔乔答。

说曹操，曹操到。英英就在这时开门走了进来。

"呀，可巧了，刚还提到你。"乔乔探出脑袋朝客厅望去。

"说我什么？"英英将一个玫红色手提包放到茶几上。

"不，没什么，许世杰请喝奶茶。"我走出去，将奶茶递到她手里。

"呀，我们又借你光了。"英英接过奶茶轻笑。

乔乔看到茶几上的手提包："英英，那是什么？"

"哦，我妈妈做了米糕，你们随便吃。"英英坐到沙发上喝起了奶茶。

"米糕？"乔乔兴奋地跑出来，"什么馅儿的？黑洋酥还是枣泥？我最爱吃米糕了。"

"不知道，你吃吃看。"英英答。

乔乔打开手提袋，扯了一块米糕吃起来："呀，还热着呢，是黑洋酥啊，哇，美味。"

乔乔又扯了一块递给我，我接过。

"英英，你要不要？"乔乔问。

英英摇摇手："你们吃，我最受不了这种又甜又糯的东西。"

"哈哈，那我们不客气了。"乔乔开始狼吞虎咽，"我最爱这种甜甜糯糯，可我妈妈手不巧，啥都不会。"

英英说："你妈妈不一样，你妈是镇长，日理万机，不能浪费时间做这种事。"

乔乔苦着脸："没什么好的，逢年过节都在忙，一个礼拜能聚在一起吃一顿饭已经万幸了。"

英英笑笑，未回话。

米糕极其美味，我也不客气地吃了两大块。可是比起这些，那个玫红色的手提袋更能引起我的注意。

我忽然想起刚刚在校门口的那一幕。

莫非……我又转向英英。只见她穿着古驰当季连衣裙，背包是普拉达，高跟鞋是香奈儿，正用苹果6刷朋友圈。

我迅速否定了自己的猜测。这世界上，巧合的事情太多。

乔乔又递了一块米糕给我："还有豆沙馅儿的。"

此时，楼下有男生在喊："洛英英，我爱你！我爱你，洛英英！"

我与乔乔立马冲到阳台想看个究竟。英英依旧淡定地埋在沙发里玩着手机。

"这声音好像是季平，"乔乔努力朝下看，"好像还捧着花……哎呀，完全看不清楚，望远镜，得去拿望远镜过来看。"

季平依旧在楼下喊。凡是午休在宿舍的同学，不管男女统统已站到了阳台来看这场好戏。女同学在嘲笑，男同学在吹口哨。

乔乔问英英："英英，任他这么喊吗？"

英英思索片刻，起身站起。她跑去卫生间接了一脸盆水，捧到阳台上，朝下泼去。

喊声戛然而止。季平一身的水，站在那儿傻了。

男生开始鼓掌，大喊："女侠，女侠。"女生都笑弯了腰。

英英轻描淡写地说了句——"搞定"。

我与乔乔面面相觑。

英英提着普拉达再次出门："时间差不多了，我们该去上课了。"我与乔乔半天才回过神来，屁颠屁颠地跟上。

当然，我们宿舍可不止英英受欢迎，乔乔也不乏追求者。

远的不说，就说我们那个班长辜思源，每堂课替乔乔留座位不算，还主动替乔乔去校图书馆借了各式各样的参考书籍来。

英英在一旁怂恿："在一起，在一起，在一起。"

乔乔羞红着脸，关上房门，索性将我们隔在外头。

看到这一幕，我就只能深深叹口气："你们一个个成双成对，我却只有顾影自怜的份。"

英英讪笑："你将你的许世杰放在哪里了？"

"许世杰？"我叫起来，"你怎么扯上他了？你们以为我与许世杰在一起？"

"难道不是？"英英反问我。

"怎么可能！"我不假思索地回答，"我们只是朋友好不好！"

英英一脸怀疑地盯着我。

我狠狠点头："是的，只是君子之交！"

"君子？呵呵！"英英转身走了。

爱信不信！懒得跟你们解释了！我灌了自己一口水，拍了拍心口让自己冷静下来。英英"呵呵"得也不无道理。是啊，谁跟你一个女的论君子之交？那就是淑女之交？他当然不是淑女，我……好像也不是。

休息日，我总是睡到日上三竿。嫂嫂体谅我，从不要用人来催我。

可今早，烦扰我的，却是一通接一通的电话。

我蒙住被子不理睬。对方也没有打算要放弃的意思。

我火气上来，从枕头下面取出我的手机，没好声好气地朝里头吼："喂！"

"请问，是不是施本末小姐。"对方是个女生，声音听上去简洁有力。

"是，你哪位？"我依旧心情不畅。

"我是阿曼达，是许先生要我与你通电话。"

"许先生？哪个许，我不认识姓许的。"我只想睡觉。

"鼎盛亚洲的许先生。"

我吓得跳起来："你说谁？"

"鼎盛亚洲的许世允先生。"阿曼达重复一遍。

我完全清醒了。

四十分钟后，我与阿曼达在翠华餐厅见面。她看上去英姿飒爽，一副干练的职业装扮，样子叫我想起古代的穆桂英。

"抱歉，施小姐，这么早打扰你，"阿曼达亲自替我斟茶水，"许先生特意交代我们，你学习任务繁重，不可在你学习时间打搅，我们只得选在休息日才打你电话。"

我双手接过茶水连连道谢。

阿曼达替自己也倒杯茶后，开口说："施小姐，我们要做的事情很多，首先是你的作品，你现存稿有几幅？我建议至少要准备五十幅以上，以便筛选，其次是文案，这一部分我来替你完成，场地许先生已替你选了几处作为候选，回头你再确认一遍。最后是运作模式，单独卖您的画，我们认为受众狭窄，经营风险性较高，不妨变成专门拍卖与展览新锐画家作品，外加艺术品收藏，你看怎么样？"阿曼达取出笔记本打开文字处理，"所有一切都必须全面细致，美国 IDG 投资百轩雅失败后，风投是否适合画廊一直备受争议，我相信那些风险评估师一定会千方百计寻理由给你差评，所以我们必须做好万全的准备。"

阿曼达滔滔不绝，我却听得云里雾里。

我终于忍不住打断她："不好意思，在此之前，您能告诉我，您究竟找我出来是为了什么事情吗？"

阿曼达停下敲打键盘的十指，抬头看看我："施小姐想经营一间自己的画廊，正在寻求许先生进行投资，难道不是这样？"

我愣在原地半天。哦，上帝，他居然当真了！

"许世允呢？"我问阿曼达。我必须当面跟他谈。

"许先生此刻正在加拿大参加会议。"阿曼达问我，"施小姐是不是不满意我来替你处理这件事情？"

"不，不，没有，没有。"我忙摆手。

阿曼达继续看着键盘："那请施小姐提供以下资料……"她开始不断地问问题，我只得绞尽脑汁地去回答。

她做事一板一眼，雷厉风行，我怎么去跟她解释这件事情？

我必须找许世允谈！

我找出了他给我的名片，拨电话，得到的回答却是：你好，你所拨打的电话已经转移到秘书台，如需机主回电，请按 1，如给机主留言，请按 2……

我没有给过许世允我的电话。像我这样的陌生电话，是永远得不到机主的回电的。

可我必须跟他亲自谈！我按 2，刚要说话，却又犹豫了。该怎么说？我谢谢你的好意，可是我不接受？我跟你开玩笑的，你怎么当真了？或者我还没做好准备，真怕辜负了你的投资？一两句话，我真不知道该怎么解释这个事。

阿曼达一直看着我，没有继续问下去。

算了，我还是跟他当面说吧。

唉，认识许世允时间不长，我却常常被搞得方寸大乱。

"阿曼达，我有点事情要办，今天就先到这儿吧。那个……请问，许世允什么时候回来？"我问她。

阿曼达答："三天后。"

鼎盛亚洲在这个城市 CBD 区最具标志性的一座大厦里，很好找，可很不好进。我不出意外地被前台拦在大厅。她彬彬有礼地问我："您找董事长？请问您是否提前做好了预约？"

我摇头。她捧出一本会客登记本放到我面前："请您按照格式填写完后，先回家等待。我们会汇报董事长，如有需要会与你取得联系。"说完，她又开始做她的事情。

我对她说："请你打个电话给他，说是施本末找他。"

她抬起头，还是那种职业化的彬彬有礼："对不起，我们不可以直接致电董事长，只能按照公司的流程规定处理，请您谅解。"

　　我愣在原地。

　　是的，我算谁？区区一个"施本末"根本不值一提。

　　我是"凡客"，不是"上宾"。我必须按照他们的规矩来。

　　我低头看会客登记本。上头密密麻麻记录着被前台拦下的"不速之客"。有银行员工、保险推销员、股份公司职员……

　　我规规矩矩地将我的信息填上，将本子递给她。虽然我知道这没有什么用，她们会对我的来访熟视无睹，不太可能会将这种没有用的信息汇报给领导。成功拦下"骚扰者"，是她们的职责。

　　我带着深深的挫败感转身离开。

　　我的耳朵一向灵敏，走出几米了还能听到前台的两名女职员开始窃窃私语。

　　"这女生长得还不错啊，你说她会是干什么的？"

　　"红酒推销员？游艇销售？天晓得是谁，她总有自己的目的。"

　　"你猜她有几岁？哎，年轻到底好，皮肤好到无可挑剔，每日都不用上粉遮盖，晨起喷些玫瑰水就好。"

　　"啊，那又如何？'年轻'又不是钻石可以恒久闪亮。"

　　"'年轻'却是项链，可以戴着到处炫耀。"

　　"不过就是这么些年，一朝春尽红颜老，世间最留不住的就是青春。"

　　……

　　阿曼达捧着一摞 A4 纸约我出来见面。依旧在翠华，老位置。

　　那叠资料是她替我做的画廊经营方案，足足有四百多页。

　　我汗颜。

　　阿曼达喝口面前的荞麦茶，缓缓对我说："即使时代飞速发展，我却依旧喜欢纸质文件，整理齐、装订好，再做个精美的封面，我认为这样是对读它人的尊重。"

　　一个人对事物的态度即是对她自己人生的态度。

　　阿曼达一定是苛刻的完美主义者，事事要求精益求精。这份计划，她肯定花了无数的心思与血汗。

我有愧于她。

我不好意思地对她讲："阿曼达，我很感谢你为我所做的一切，但是有一件事，我想必须要你知道一下，那晚，我只是跟世允哥开个玩笑，是的，玩笑，我是想经营画廊，但是不是现在，可是世允哥却当真了，为此他还特地联系了你……"

阿曼达两手交叉在胸前直直地盯着我看。

"对不起，阿曼达。"我由衷地道歉，"实在不好意思。我会跟世允哥去说明白，这件事情，是我不好。"我不知该如何对阿曼达解释清楚，"我会尝试再去找他，我会跟他当面说清楚，到时……"

"你不必向我解释。"阿曼达打断了我的道歉，收好所有的资料，站起来离开。她忽然又站住，犹豫了一下，回头冷冷地对我说："如果一个男人，而且是像他那样的男人，为了你的一句戏言如此大费周章、兴师动众地来差遣我们，你不应该抱怨，而是应该偷笑。"

我双手握着玻璃杯说不出话来。什么意思？我是褒姒，世允哥是周幽王，我们这是在玩烽火戏诸侯吗？天啊！我完全没有这样的意思。

等我回过神来，阿曼达早就走远了。

"终日奔忙为了饥，才得饱食又思衣。冬穿绫罗夏穿纱，堂前缺少美貌妻。娶下三堂并四妾，又怕无官受人欺。四品三品嫌官小，又想面南做皇帝。一朝登了金銮殿，却慕神仙下象棋。洞宾与他把棋下，又问哪有上天梯。若非此时大限到，上至九天还嫌低。"我烦闷地坐公车回学校，路上没来由地想起了民间流传的这首《不足诗》。我摇头苦笑，在阿曼达眼里我肯定就是那样的人：贪得无厌、得寸进尺、永不知足。

一进公寓，就听见英英在阳台与她男友吵架。她冲着手机大叫："好，分手，就这样分手！追求我的人门庭若市，你蛮横个屁，谁稀罕你！"

乔乔也在房间拿着电话与她母亲据理力争："妈妈，我十八岁了，你不要总将我当成八岁孩童那样与我说话，我有我的思想，我的计划，我会安排我的人生，我上华高时，你说我错；我报艺术院校时，你说我错；我要住校，你也说我错……今后也一定是这样，我找的男友你也一定说我错；我寻的工作，你也一定说我错。总之我做的决定，统统都是错、错、错……"

英英挂上电话，冲出房间，跑下了楼。

乔乔也甩下话筒，将房门关得砰砰作响。

我身体埋进沙发里，吁出口长气。

这个九月，我们三人都有烦心的事。

这个九月，真是要命……

第三章：室友

我一直喜欢宿舍的阳台，尤其在慵懒的午后，搭个画架画上一副静物，绝对是种享受。

世杰给我来电话，问我要不要跟他们一起去辰山植物园写生。我婉拒。

挂上电话五分钟，他又打来，试图劝说我："一个人待在宿舍里多闷，好些人都去了，一起出去看看吧，听说这些日子，那边还有日葵与王莲的主题花展，美不胜收。"

"我保证，你们过去看的是人，而不是花。"我直白地对他说。

世杰又泄气地挂上电话。

我笑，将手机放到一边，继续调色。

须臾，手机又响起来。看来他是不到黄河心不死了。我拿起手机直接说："好了，不要再打了，我不喜欢日葵与王莲，改日有郁金香展再来叫我好不好？"

半晌，电话那头问我："你喜欢郁金香？"

这不是世杰的声音。我再查看下来电信息，是许世允。

"世允哥。"我停住手中的画笔，慌慌张张地招呼。

"本末，听说你来找过我？"世允问我。

"是。"

"抱歉，我的前台没有及时给我消息。"

"没关系。"

"你为什么不直接给我来电话？"

我打了，可是你不在服务区。

"哦，我怕打搅你。"我随意找了个理由。

世允在那头笑："你放心，只要是施本末的电话，我随时都有时间来接听或者回电。"

我心头一热。

"你现在在忙什么？是不是方便出来？"

"哦，我没有忙什么……出来？好的，没有问题，我们要在哪里见面？"

"我在校门口等你，黑色的宾利，车牌尾号 476，我三分钟后就到。"

我扔下画笔立刻冲到房里去换一身衣服。

做功课的乔乔从屋内走出来："你火急火燎的干什么？"

"乔乔，"我一手戴上耳环对她说，"我亲爱的乔乔，拜托你替我收拾一下阳台上的画板好不好？十万分地感谢。"

"你要出去？"乔乔问我。

"是的，我要出去，抱歉乔乔，我不能跟你一起吃晚饭了。"我又涂上口红，香奈儿丝绒 37 号，一直以来我最偏爱的色号。

乔乔冲我鬼笑："要与许世杰约会？"

"许世杰？哦，不是，不是许世杰。"

"你难道还有其他男人？"

"这是什么话？我有很多男人，比如我的父亲、我的哥哥……"

"嘿，嘿，你知道我在说什么。"

"可我没有时间再跟你说了，"我背上包，"我得马上下去。"

"好吧，约会顺利。"乔乔依旧笑得古怪。

我与她挥手告别，临走时，我不忘再次告诉乔乔自己不是去约会。乔乔朝我扬扬手："快走，快走，管你是不是约会，记得 23 点前准时回来。"

我点头，飞奔下楼，一路小跑。

直至见到世允的车子，我才放慢脚步，略微调整下呼吸，缓缓踱步过去。

世允下车来迎接我。

"不好意思，让你久等了。"我对世允说。

"才二十分钟而已，" 世允替我拉开副驾驶的车门，"等一位女士，两小时的时间都不算长。"

我笑，俯身钻进车里。"我们要去哪里？"

"过一会儿你就会知道。"

我不再说话。

二十分钟后，世允的车子停在毗邻郊区的一块广阔空地上。

这里风景秀丽，景色独好。

我俩下车。世允手指前方对我说："画廊就盖在这里，前方有佘山，后方有天然湖泊，整栋建筑用钢化玻璃，像水晶屋，阳光照耀下来五光十色；四周我会叫人种满梧桐，一到秋日，树叶大片大片地落下，整条道路好似铺上了金色的毛毯一样。"

听到这些话，我愣在原地，半日都没有回过神来。

世允转过身子问我："本末，你难道至今都没有想象过你梦想中画廊的样子？"

我看着他，不知如何作答。

我有。曾几何时，我绘过"未来的蓝图"给哥哥看。哥哥笑话我："我的妹妹，艺术搞不好会要你填不饱肚子。"

我无语。以后，我不再提这件事。

直至那晚遇到许世允，我脱口说出自己的梦想。他却没有笑话我，而是愿意帮助我。

这个把我随口一句话都当真的男人，让我百感交集。

世允两手插进裤袋里眺望远处："未央。"

我看着他。

世允转头问我："画廊取名'未央'你看怎么样？"

"长乐未央？"我猜测。

世允笑："是，长乐未央——永无止尽的欢乐。"

我低下头，有泪欲流。

他，没有必要对我这样一个"陌生"人这么好的。

世允看我低头不说话，又问："不喜欢这个名字？"

"不，很好。谢谢你！"我抬起头来，已是笑靥如花。

我们又逛了一会儿。

世允带我回了市区，他请我在波点用了晚餐。

波点是这一带有名的法国餐厅，那里的鹅肝配着柳橙与苹果醋，味道一级棒。

因为要开车，世允与我一样，只喝了苹果气泡饮料。

他切着鳕鱼排问我："你面对我是不是觉得有些压力？"

我有点惊讶地抬起头来看他："为什么会这么问？"

"阿曼达对我说，你想终止那个计划。"

"是的，因为我只是有些恐惧，一切来得太突然，我有些没有办法应付。"我不想对他隐瞒。

"当然不是要你现在就独当一面。"世允对我说，"阿曼达依旧会协助你。"

"嗯？"

"画廊的日常事务统统交给阿曼达打理，她曾在法国卢浮宫做过两年的馆长助理，所以对于她的能力你可放一百二十个心。"世允喝口面前的饮料继续说，"而你，现在需好好地画你的作品，当然，你也有其他事情要做，'未央'的名誉馆长之位就让给你。"

"名誉馆长？这都要干些什么活？"

"穿上美丽的礼服，出席各式慈善捐款会，或者作品拍卖会。"

你看，他统统都替我想周全了。

"谢谢你。"我对世允感激不尽。

"先别言之过早，文案都未审核通过，一切都是未知数。"世允冲我微微一笑。

"还是要谢谢你。"

"你知道的，我是商人，我不会错失任何赚钱的机会。"

"谢谢你。"

"好了，今天你谢了很多遍了。吃饭吧。"

我问世允要了阿曼达的住址，因为她不肯接我电话，我只得亲自上门前去负荆请罪。

暴雨天，大风吹折了我的雨伞，大雨淋湿了我半个身子。

我就这样狼狈不堪地去敲了阿曼达家的大门。

"哪位？"阿曼达将门拉开一条门缝朝外看。

"嘿，是我。"我探着脑袋朝她微笑。

阿曼达将我上下打量个遍，随后打开大门邀我进去。

感谢这场大雨将我淋成了落汤鸡，使得阿曼达慈悲心泛滥而放我进了她家门。

我换上拖鞋进入。阿曼达从浴室取出一条干毛巾扔到我手里："快擦干，否则会感冒。"她不等我道谢就去了厨房。

我站在沙发前用毛巾擦拭着自己的头发，身边茶几上摆放着一个水晶相框，里头是张二人留影。我拿起来看。是大学毕业照，相片里阿曼达与许世允穿着硕士服捧着鲜花双双微笑。

我一惊，原来他们俩是这层关系。

我正在思索，有一双手突然伸来，将我手中的相框夺下。

我回头，阿曼达一脸严肃地站在我的身后。

"先来喝些热咖啡。"阿曼达一边将相框玻璃面朝下覆盖到茶几上，一边招呼我过去。

"原来你与许世允是同学啊？"我与阿曼达面对面坐下后笑着问她。

"是。"阿曼达依旧不苟言笑地回答，替我在咖啡里头加了两勺枫叶糖浆，"我和许世允同班四年，我们都毕业于印度尼西亚大学。"

"印度尼西亚大学？"我歪着脑袋问她，"怎么会想到去念印度尼西亚大学的？我一直认为绝大多数人都会喜爱去剑桥、牛津、哈佛这一类的名校去深造。"

"许世允没有跟你说吗？我和他都是印度尼西亚华侨。"阿曼达也替自己倒了一杯咖啡来喝。

"你与许世允是印度尼西亚华侨？"我不可思议地问道。

"有问题吗？"阿曼达扫我一眼。

"不，没有，只是觉得太巧了，我嫂嫂也是印尼华侨，她从小就生活在印尼，婚后才与家人一起回到了中国生活，你说你们会不会认识？她叫……"

"有什么好稀奇的，"阿曼达打断我，"印尼有一千多万华侨，我们怎么可能个个都认识。"

"这倒也是。"我尴尬地挠挠头。

"好了，你找我有什么事情？"阿曼达问我，"你应该不会在这种暴雨天单单来同我喝一杯咖啡吧？"

"哦，是，"我放下咖啡杯，郑重其事地对她说，"我今天特意来向你道个歉，你原谅我的冒失，你与世允哥为我做了这么多，我却还狗咬吕洞宾不识好人心，对不起，一切是我的错。"

"所以呢？"阿曼达看着我。

"阿曼达，我不会再对我的梦想轻言放弃，所以请你继续帮助我。"我很激动很真诚地对她说。

阿曼达盯着我热血沸腾的样子看了许久，我不知道此刻在她的脑海里思索的是什么。

良久，她问我："许世允对你洗脑了？"

"他要我对自己的梦想坚持。"我答。

"是吗？"阿曼达朝我摊摊手，"抱歉，可我不懂这些，我只晓得许世允会付我工资，而我也可以继续我钟爱的事业。"

"是的，当然，"我笑起来，"所以，你是同意继续与我并肩作战略？"

"我是不是还没有说明白，还是你理解有问题？"阿曼达摆出一张扑克脸，"我不为任何人，我只为我自己。"

"对，对，为你自己，为你自己。"我笑着应声。

这个女人也有一张刀子嘴。

雨渐小了。

我向阿曼达告辞，独自坐公交回到学校。

我哼着小调，撑着伞走在雨里头。身边有同学经过，我听见她们一个一个在诅咒老天爷。

哈哈，我没有。即使这种烂天气，我的心情依旧好到无与伦比。

"本末。"有人在身后喊我的名字。

我回头，瞧见英英提着一个路易斯威登的新手提袋撑把雨伞朝我走来。在她身后，我看见校门口一辆凯迪拉克飞驰而去。

我问英英："你的马萨拉蒂呢？"马萨拉蒂是英英前男友的座驾。

英英走到我身边，一脸茫然地问道："什么马萨拉蒂？你在说谁的马萨拉蒂？我不认识哪个开马萨拉蒂的。"

她早已将自己的现在与过去划分得一干二净。

我莞尔，再不多言，并肩与她一起走回了宿舍里。

英英开始了全新的生活。

我们的乔乔也在试图颠覆自己本来的生活。她与辜思源公开在一起了。他们两人一起学习，一起吃饭，一起漫步。

我看着两人簇拥在一起的背影，托着腮忍不住问着身边的英英："你说辜思源会不会骑着他的脚踏车载着乔乔走到海角天涯去？"

"刮风下雨也骑那辆脚踏车？"英英毫不客气地回，"我保证不久之后，我们的乔乔一定会想念起有顶的轿车来。"

"曾经说'热爱过才会无憾'的，似乎也是你。"我朝英英抿抿嘴。

"当时我年少，天真地以为爱情就是人生的全部。"

"哦，现在呢？现在怎么想？"

"人民币才是人生的全部。"

我哈哈大笑。台上的教授转过身来，瞪了我们两眼。我与英英立马收敛笑容，正襟危坐，"认真"地开始听课。

"未央"的方案审核通过了。世允亲自电话来告诉了我这个消息。

我兴奋极了，抓着手机满屋子乱窜。世允笑着在那头喊："好了，停，停，你可以停了。"

"我估计今晚还会睡不着觉的，"我对世允说，"我无法形容这种感受，一种美梦成真的感觉，是的，美梦成真了，我要怎么说才好呢？你没有办法体会，我也没有办法用语言来形容。"

"我幼年时也收到过'圣诞老公公'的玩具，中学时也成功追求到心仪的女生，我想我可以体会。"世允轻声笑。

"是的，就是这样，感谢老天，你可以知道，谢谢你，真的真的谢谢你。"

"好了，我们不要在电话里头说个不停了好不好，我们见个面吧，为了庆祝一下成功，我们一起去吃顿饭怎么样？"世允提议。

"好啊好啊，日本菜？法国菜？还是泰国菜？我请我请！"我激动。

"听说新开的一家日本餐厅不错。"

"那我们就去吃日本菜，"我问世允，"要不要喊上阿曼达？"

"阿曼达此刻已经在飞往法国的飞机上。"

"法国？她去法国干什么？"

"找她的馆长朋友，应该跟画廊的事有关吧。"

"她叫我自愧不如。"

"相信你与她会愉快地合作，好了，我现在开车子过来，十五分钟后校门口见。"

"好的。"

我特意换了嫂嫂替我买的香奈儿裙装去赴约。

世允见到我时，也不吝赞美："本末，你穿裙子可比牛仔裤合适。"

我害羞地笑笑。

世允从车子里抱出一束鲜花递给我："祝贺你成功，本末。"

"郁金香？"我看着他手里的花，惊讶万分，"你怎么会知道我喜欢郁金香？"

"你说过想去参加郁金香花展的。"

我记起那通自己将他误以为是世杰的电话。"哦，是那样，"我接过郁金香冲他笑，"你还记得啊，记性真好。"

"是的，我当然记得，只要是施本末说的，我都会记得。"

这句有意无意的话，又使我羞涩地垂下脑袋。

"店家原要我挑白色的郁金香，但是我喜欢这束，红火花瓣镶着金边，好似燃烧的火焰一样。"

"它叫劳拉·泰琪。"我微笑地看着他。

"它的品种名吗？听上去像个人名。"世允指了指我怀里的郁金香，"有可能真是一个叫劳拉·泰琪的人培育出来的品种也说不定。"

我不客气地打开副驾驶座的车门："走了，我们去吃饭了。"

半个小时后，我们到达日本餐厅。

那里食材很是新鲜，刺身吃得我欲罢不能。

"不行，吃生鱼片没有清酒怎么可以？"我咕哝完，扬手喊了服务员点了一瓶清酒来。

"小心醉了。"世允只能喝他的荞麦茶。

"不是有你吗？"我替自己满上清酒，对他说，"我醉了就麻烦你把我扛回到宿舍里。"

"这么相信我？我可是男人。"世允话里有点危言耸听的意味。

我将清酒一饮而尽，辛辣感瞬间充斥着我的整个口腔，我五官扭曲成一团："没关系，反正我对你来说也不会是'一个女人'。"

世允看着我不说话。

隔壁一桌是日本人，清一色男性，个个喝得有些上火。其中一个男人捧着酒杯身子晃晃悠悠，嘴里还念念有词。

"五月的磅礴大雨，覆盖了一切，除了那座长长的濑田桥。"世允手中转着茶杯轻声说。

"诗？"我问他。

"俳句，那个日本人嘴里念的俳句。"

"我知道，俳句是日本的古典短诗，由'五-七-五'，共十七字音组成，要求严格，又受'季语'的限制，"我佩服地看着他，"真了不起，你居然还能听得懂它。"

"曾经有个朋友极其喜欢它，稍微了解过。"世允淡淡笑。

"初恋？"我朝他挑挑眉。

"什么？"

"你的初恋喜欢俳句？"

"为什么会这么问？"

"因为初恋最难忘呀，我至今也还记得我初恋男友最爱的歌曲。"

"哦，是什么？"世允笑问我。

"california dreamin。"

"加州梦？"

"是的，加州梦，"我又喝杯清酒，"他也是一个帅气的加州男孩，皮肤被那里的阳光晒成了灰棕色，他每天会走过我的教室前，和他的伙伴们，有时他们聊篮球，有时他们聊橄榄球，有时会说起好看的电影，当然还有他们心仪的女孩子；他在校庆上唱了这首歌，当时 HIGH 翻全场。"

"你就是这样被吸引的？"

"是啊，我觉得他活力无限，热情似火，我觉得与他在一起一定每天都是艳阳高照。"

"那你们在一起了？"

"没有，他唱完这首歌的第二天就转学了，"我又替自己满了一杯酒，"可我当时还叫不出他的全名，不知道他的年龄，更不知道他的联系方式，可我就这样子莫名其妙地失恋了，为此，我还将自己关在房间里哭了很久，吓得马德琳给哥哥通了好几次电话。"

"马德琳？"

"不是马德琳蛋糕啦，她是我在美国的管家，虽然她的身材确实很像一块厚实的贝壳蛋糕。"

世允笑。

"好了，你呢，"我手托腮，问世允，"那你与你的初恋是怎么分手的呢？"

"我不知道，"世允朝我摊摊手，"好像走着走着，就散了。"

我白他一眼："徐志摩，我祝你早日找到你的陆小曼。"

世允大笑。

我们又天南地北聊了好一会儿。我喝得微醺，世允扶着我出去。

"你还 OK 吗？"到餐厅门口，世允问我。

我身子歪向一边："OK，完全没有问题。"

我迎着风大步朝前走，世允跟在我身后。

我看见远处的广场上人山人海，探照灯忽明忽暗，听得音乐声此起彼伏、尖叫声接连不断。

我指着前方问世允："世允哥，那里在干什么？"

世允眺望几眼："好像是露天演唱会，台上还有乐队在表演。"

"走，我们也去看看。"我拉着世允小跑过去。

乐队在唱《红日》，台下观众听得热血沸腾。

我与世允挤进人群里。我遗憾地对世允说："人好多，完全看不到。"

世允未作答，双手不由分说地环住我的腰际将我高高抱起。

他问我："看见了吗？"

我笑着连连点头："是的，看到了，很清楚。"

台上又在唱零点的《爱不爱我》。

我们疯狂地跟着一起唱。

无意中，我摸到了世允的脸庞，他的颧骨、他的咬肌、他的双唇，他的胡碴。

经过那些部位时，我的手心仿佛被电流击到，全身都在痉挛。

我低头俯看，世允也恰好抬头看着我。

他冲我微笑。

我的心脏骤然间越跳越猛，好似随时要从口腔中一跃而出一样。

我捂着胸口，深深吐纳，直至感觉周围的一切全都安静了下来，整个广场只剩我与他。

那一刻，我竟有种感觉——自己就是为了这一抹微笑而来的。

我失眠了，在宿舍的床上翻腾来翻腾去。

要死，自己究竟在想什么？

满脑子都是许世允抱着我看演唱会的情景：他宽大的手掌，厚实的肩膀，俊美的轮廓，还有我的指尖划过的嘴唇与胡喳。

要是被这张性感的唇亲吻……

要是自己的皮肤在那样的胡喳上摩挲……

哦，上帝！

要疯了，要疯了！我一跃而起，双手猛拍自己的脸庞："清醒点，施本末。"

我罩件开衫起身出去。

客厅有乔乔摆放出来的画架。我铺了张白纸上去，取了油彩开始调色作画。

夜半三更，四周静得出奇。

英英挠着凌乱的头发，眼神迷离地踩着拖鞋出来上厕所。见了我，打着哈欠问："灵感来了？"

我随口应一声。

英英上好厕所又回到房间休息。

我继续在完成我的"画稿"，努力转移着自己的注意力。

凌晨四点，倦意终于袭来，我和衣倒到客厅的沙发上直接睡着。

一觉醒来，我身上已盖上了一条毛毯，乔乔正站在我的画稿前观赏。

我坐起身子，伸了个懒腰。

"你醒了？"乔乔回头对我说，"我给你买了早饭来，先去吃一点。"

我抱着她的腰撒娇："你对我这么好，我真怕自己会离不开你。"

乔乔笑着摸摸我脑袋："好了，快去。"

我去房间换了身衣裳后跑到卫生间洗漱。

乔乔在客厅问我："你画了什么？是背影，还是霓虹？"

"不知道，随便画画的。"我在刷牙，满嘴的泡沫。

我洗完脸出去，替自己倒了一杯纯水咕嘟咕嘟地喝下肚。

我开始吃乔乔替我买来的早餐，鸡蛋煎饼加芝麻豆浆。

乔乔看着我的画稿忽然吟起一首诗来：

"什么时候才能让我身心安然 / 什么时候才能让我停止对你的思念 / 日以继夜，夜以继日的煎熬 / 把我折磨得疲惫不堪……

"白日让我失魂落魄 / 夜里让我寝食难安 / 这样不停的煎熬 / 让我愁眉不展……

"白日的你，让我的目光牵引我的心 / 夜里的你，让无边的黑暗牵引我的思 / 白日，你虽然离我很远，但如阳光把我心田温暖 / 夜里，虽然我看不见你，但如星光照映我的世界 / 白日的牵挂，夜里的思念 / 让我骨销神散。"

"莎士比亚？"我看着乔乔揶揄，"乔乔，你能报考文学系了。"

乔乔指了指画："不是你画里头的意思吗？"

"什么？"

"这幅画难道不是在述说满满的思念吗？"乔乔问我。

我一时无法回答，继续嚼着鸡蛋煎饼。

乔乔是懂我的，她看懂了我的画。

可我却又有些懊恼自己。怎么办？自己的心思终究还是这么轻易就叫别人看穿了。

休息日，老赵来接我回家。

哥哥去北京参加会议，只有嫂嫂一人在家里。我回去时，她正捧着书籍坐在客厅里阅览。

我跑过去抱住她："嫂嫂，你在看什么？"

嫂嫂笑着将书的封面给我看——《俳句的魅力》。

"呀，是俳句。"我抢过她手里的书翻阅起来，"原来嫂嫂也喜欢俳句？"

"还有谁也喜欢俳句啊？"嫂嫂笑着问我。

"哦，"我想了一想，"就是……一个朋友。"

"你的朋友圈谈达·芬奇的比较多吧。"嫂嫂眯着眼睛问我，"而你的这位朋友却喜欢俳句？"

我被人看穿了心思，不好意思地别过脸去。"是嫂嫂你孤陋寡闻了，我的舍友还能背莎翁十四行诗的，美术院校的学生也兴趣广泛，多才多艺。"

"是吗？原来只是同学。"嫂嫂遗憾道。

"那你以为是谁？"我回头问嫂嫂。

"男朋友呀。"嫂嫂下巴顶在我的肩膀对我耳语，"不知不觉喜欢上一个人，莫名其妙将他的兴趣作为自己的兴趣，我曾经也为了我的男友，念完了巴菲特推崇的十本书呢。"

"原来哥哥喜欢巴菲特。"我笑起来。

不知为何，嫂嫂眼内有一丝稍纵即逝的黯淡。随后，她又明朗地笑起来："何止巴菲特，你哥哥还喜欢本杰明·格雷厄姆、彼得·林奇、罗伯特·阿诺德……"

"哈哈，那你念了多少本书？"我笑着问她。

"是的，我念了很多，我已经记不清我念了多少了，你可以去看看你哥哥的书架，上头的图书我统统都念过。"

"可你喜欢这些吗？"

"我答不上来，反正恋爱就是这么奇怪，久而久之对方的喜好变成自己的喜好，对方的口味变成自己的口味，所以人们才常说两个人在一起，时间久了，连音容相貌也会变得越来越像。"

嫂嫂拍拍我大腿："好了，不说了，你先休息一下，我得去看看宝林中午弄了些什么菜，她昨天的'创意菜'吃得我胃疼，今天我得盯着她了。"

我笑着应一声。

嫂子去了厨房，我一人静坐在客厅。

所以，我又恋爱了吗？

我思索揣摩。

院里有片树叶从枝头飘落。我抬头望去，落地玻璃窗上映出我端坐的身影。

今日，我又穿上了裙装。

我记得许世允曾对我说，我穿裙装比较好看。

我与世杰一起去新华书店挑选油画颜料。

世杰问我："你觉得温莎牛顿好还是老荷兰好？"

我答："我一直用老荷兰，温莎的白，干后发黄得厉害。"

世杰即刻取了几盒老荷兰捧在手里。

我们转向油画书籍。

世杰取了本《中国近代油画鉴赏》翻阅，我替他拿着刚刚选好的颜料。

我提了提勇气，趁机问他："世杰，你哥哥没有结婚，难道也没有女朋友吗？"

世杰看书看得入迷，漫不经心地说："怎么突然问起他来了？你想要给他介绍对象吗？"

"哦……那个……我只是觉得奇怪，这么优秀的人为什么会一直单身。"我将颜料放到一边，随意拿了本书伴装翻阅。

世杰答："他上大学时，是有过一个很要好的女朋友，本打算是要订婚的，不知为什么，后来哥哥却与她分手了，那时我也在美国读书，也只是偶尔听父母说起一星半点的，也不是全部，后来我们家中变故，生意失败，我们兄弟两个险些连饭都吃不上，更没空来理这种闲事了。"

"那他后来也没有再找过？"

"我记忆中没有，不过……"世杰取了另一本书籍问我，"你说《油画技巧》好还是《油画工作室》好？"

我答："《油画工作室》。"

世杰取了《油画工作室》："好了，今天算是满载而归了。"捧着颜料与书籍朝收银台走去。

我跟在身后，试图继续刚才那个话题："'不过'，'不过'什么？"

"什么'不过'什么？"世杰秒忘。

"你说你哥哥一直没有找女朋友，不过……"我提醒他。

世杰反而盯着我看了又看。

我生怕他看出端倪，"非常镇定"地回他："你干吗这样子盯着我看？"

"我觉得很奇怪，你为什么忽然对我哥哥这么有兴趣，莫非……"世杰欲言又止。

我吞了吞唾沫，屏息而待。

"莫非你真想要给他介绍对象？"

神经大条万岁，万岁，万万岁！

"你说是不是？"世杰神气活现地跟我确认。

"竟被你发现了，你真是太聪明了。"我着实松下一口气。

世杰自信满满："那当然，我可是142分得主。"

"那是什么东西？"

"IQ测试啊。"

"哦。"

神经大条再次万岁、万岁、万万岁！

"那你告诉我想要怎么样的嫂嫂？"我顺着世杰的思路问。

"我劝你不要伤神费力了啦。"世杰将书籍与颜料放上收银台。

"什么意思？"

"我哥哥这么优秀，身边怎么会缺女人嘛。"

我听懂了。

世杰付完账，提着塑料袋离开，我闷声不响地跟在他后边。

"本末，我们一起去喝杯饮料好不好？"世杰问我。

"不好，"我硬生生地回，"我要回学校了。"

世杰用无辜的眼神盯着我看："大小姐，你怎么了？刚刚还晴空万里，怎么一下就乌云密布了？"

我不理他，走到街口扬手拦下的士就走。

世杰在身后一遍又一遍地喊："本末，本末，本末……"

男青年司机竟也来揶揄我："小姑娘，跟男朋友闹矛盾了？"

我看看副驾驶座前的服务卡。"0672314，"我恶狠狠地朝后视镜里瞪着他看，"你公司叫你来打听客户的隐私来了吗？"

男司机色变，乖乖闭嘴，一言不发。

到学校门口，我扔给司机一张红色的毛爷爷后，推门下车。

司机按下车窗在里头喊："喂，找零，你的找零！"

我没有理睬，事实上，我此刻没有心情理睬任何人。

我独自回到宿舍，垂头丧气地爬着楼梯。

在转弯口，我撞到一名妇人，她穿着一身黑色西服，提了普拉达的手提袋，戴副黑框眼镜，头发盘起，不苟言笑再加犀利的眼神，叫我想起灭绝师太。

我向她道歉，她没有理睬，继续朝下走。

我又听得楼上有断断续续的抽噎声。

这声音好似乔乔？

我疾步上楼，小跑到寝室。

客厅门敞开，乔乔正坐在客厅哭成泪人模样。

"乔乔，你怎么了？"我快步走到她面前心急如焚地问道。

乔乔起身抱住我，哭声渐凶。

我轻轻拍着她的背，安静地等她发泄完情绪。

乔乔一言不发地坐着，两只眼睛又红又肿。

我替她倒杯水，乔乔不接，我将茶杯放到茶几上。

"你愿意告诉我发生了什么吗？"我坐到乔乔身边轻声细语地问。

"我妈妈来了，"乔乔终于对我开口，"不知怎么知道了我与辜思源的事，她今日过来朝我大发雷霆，并责令我同他马上分手。"

我想起在拐角遇上的"灭绝师太"。"你就为这事哭？"我尽可能轻松地对乔乔说，"全天下的父母均对儿女找的男朋友与女朋友有意见的啦。"

"本末，那是你不了解我的母亲。"乔乔语气中透满了无奈与恐惧。

"但是我知道，所有母亲都深爱自己的子女。"我拉她起来，"好了，不要为了这点小事闷闷不乐了好不好？"

乔乔垂眸一言不发。

我拉着她走："不要一个人胡思乱想，我肯定地告诉你，过了今天你会发现其实什么事情都没有。"

乔乔一脸怀疑地抬头看着我。

"走，现在跟我去个地方，我保证你的心情会瞬间变好哦。"

我背上背包，拉着乔乔下楼，在学校附近的哈根达斯，我点了一份冰激凌火锅与两杯祁门红茶。

我对乔乔说："心情不好时，一定要吃些冰淇淋与巧克力，老早有实验证明了，人类吃甜食后可以使大脑分泌更多的多巴胺与羟色胺，而这些元素正是我们快乐的源泉。"

我替乔乔取了一颗抹茶冰激凌放在热巧克力浓浆里滚了一圈。"来，你快些尝尝看。"

乔乔接过冰激凌热泪盈眶地盯着我看。

"你在担心身材吗？"我故意毫无边际地说，"哎呀，吃完这顿节食三天不就结了。"

乔乔破涕为笑，我也终于放下心来。

"冰激凌外边裹着的巧克力变硬了。"乔乔开始品尝。

"冰与火交融后的神秘口感，是不是很赞？"

乔乔竖着大拇指。我笑，这才对着那一桌甜食大快朵颐起来。

我和乔乔散步回去，乔乔说读美院令她觉得最愉快的事，就是与我和英英相遇，她真挚地希望这段友情可以永永远远下去。

"只要我们活着，当然会这样。"我拍着胸脯保证，乔乔笑。

近十一月，天渐有凉意，秋风一起，梧桐树叶纷纷坠落。

前方有环卫工人在清扫。

我倒认为这种天大可以不扫的，让坠落的梧桐树叶堆成一块金黄色的地毯，相信也别有一番味道。

咦，等等，这是谁对我说的话？

"本末，本末，快看。"乔乔的尖叫声，打乱了我的思绪。我顺着她指的方向望去，看到刚刚在清扫大街的环卫女工已倒在了地上。

我与乔乔奔跑过去，我随即拨打了120。

十分钟后，120赶到，护工提着担架抬女工上救护车。

我看清了这张脸，不知为何，这张饱经风霜的脸，却叫我有似曾相识的感觉。

我们放心不下，一起随救护车跟去医院。

到医院，医生争分夺秒地做检查，开展治疗；护士也通过患者的手机联系到了她的家人；乔乔去挂号处垫付了医药费；我在病房口焦急地等待。

乔乔回来问我："怎么样？"

我朝病房里头努努嘴："还在继续做检查。"

二十分钟后，医生出来，解下白口罩对我们说："估计是低血糖，没有什么大碍，平日里注意休息，不要叫你们的母亲太操劳，回家好生养着，今天输完液就可以回去了。"

我与乔乔松下一口气，又面面相觑。

旁边的护士提醒医生："这两位只是见义勇为的好心人，不是她子女，她的女儿正在赶来的路上。"

医生如梦初醒："哦，那抱歉了，我看两位都是圆圆脸，圆圆鼻，粗粗一看还真有几分相像。"

我与乔乔齐笑。

医生与护士离开，我将自己钱包里所剩的几百块钱放在了病床头的茶几上，并嘱咐了查房护士好生照看。

乔乔与我正准备离开时，外头一阵急促的脚步声由远及近地传来。

然后，我们看见英英出现在门口，满是焦虑不安的样子。

"英英？"乔乔看看英英，再看看病床上的环卫女工，非常惊讶，"这位阿姨就是你妈妈啊！"

英英未说话，径直走了进来。"感谢你们。"她面无表情地对我们说。

"英英，医生说阿姨只是低血糖没有大碍，回去好好休息就……"

"好了，"未等乔乔说话，英英打断她，"好了，我知道了，如果不明白我会与医生联系，现在我来了，你们去忙你们的吧。"

乔乔莫名奇妙地盯着英英看："英英，你怎……"

我看看英英，也打断乔乔："好了，乔乔，我们先回去好了，这里有英英不碍事的。"

我拉着乔乔走。路上乔乔对英英的反应很不理解，她茫然地问我："本末，英英怎么了？"

我耸耸肩："我怎会知道呢？"

两周后，英英母亲带着她亲手做的米糕来宿舍特意感谢我们。

我与乔乔受宠若惊。

"英英说了这次救我命的是她的室友，我也没什么好东西来感谢的，只有带点米糕过来。"英英母亲和蔼慈祥地笑。

"阿姨，你真是太了解我了，我最喜欢吃这个东西了。"乔乔不掩欢喜。

英英继续坐在一边玩着手机。

"喜欢就好，"英英母亲笑着起身准备离开，"好了，我还得干活，先走了，你们慢慢吃吧。"

恰巧，隔壁米娜过来串门子："本末，借你的老荷兰用一下。"

我从房内取出颜料给她。

米娜问乔乔："乔乔你在吃什么？"

乔乔极力推荐："英英妈妈做的米糕，味道一级棒，快过来尝尝。"

米娜朝身边穿着环卫工人服装的妇人看了又看。

英英母亲害羞地讲："好了，你们吃，我先走了。"

我们与她告别，乔乔大力挥着手。

我听见米娜这么问英英："英英，你妈是扫大街的啊？"

乔乔估计又是暂时自主性失聪，因为她依旧沉醉在美味的米糕里。我却看到英英一手握拳，一声不吭埋在沙发里，长长的头发遮住了她的侧脸，让人无法看清她此刻究竟在想些什么。

米娜转身离开，第二天，英英母亲的职业传遍了整个美院，然后还有这样的议论：

"她家境不好还住公寓楼，装什么啊？"

"我只想知道她的那些包是哪里来的？"

"男人给的咯，睡一晚换来一个包也值得呀。"

"难怪她的男友一打一打地换。"

"呵呵，虚荣。"

乔乔听了气不过，上去与她们翻脸，那些人悻悻而走。

我安慰英英："嘴巴长在别人身上，让他们胡说八道吧，我们也没有少一块肉，不要放在心上。"

"就是就是。"乔乔也走过来。

英英不领情，硬生生推开我们，小跑离开。

她想逃离的何止流言蜚语，她所不能忍受的或许不止这些说三道四。

那一夜，英英喝得烂醉，由她男友扶着回来。

我到校门口去接她，将她架在自己的肩膀上慢慢扛着她走。她一把鼻涕一把眼泪地对我说："我们的出生不能选，我们的父母不能选，我们过的日子是不是也不能选？人活着真他妈累，操蛋的人生……"

我无言。

你或许不会相信，一周后另一个人也跟我说了相同的话。

是乔乔。

在一个暴雨的夜。

她打电话给我，哭哭啼啼地问我是不是可以出来，她在家和广场等我。

是夜半，我怕惊扰了哥哥与嫂嫂，于是偷偷下楼叫醒了老赵赶过去。

只见乔乔伞也不打，全身淋在雨里头。我慌了，撑着伞跑过去，我问："乔乔，发生了什么事？"

乔乔扑到我怀里失声痛哭："本末，思源要跟我分手。本末，我说过我妈妈不会善罢甘休的，同学说见到思源与一个面目可憎的妇女一起喝了下午茶，一定是我妈妈……我妈妈去找过他了，一定是她使了什么花招才让思源与我分手的……"

我拥紧她："如果是这样，那更应该跟这种人分手才对。没主见，没魄力，没胆量！你要这种男人干什么？"

"不，本末，我是不能离开他的。"乔乔推开我嘶吼。

"这个世界没有谁离开谁就活不下去。"我撑着伞上前一步。

"本末，我不能没有思源。"乔乔掩面。

"乔乔，清醒一点，这样的人根本不值得你爱。"

"不，不行，思源不行，本末，唯独思源不可以。"

"为什么思源不可以？"我问乔乔，"辜思源有什么好的？"

"本末，我……我怀孕了。"

"什么？"我耳内嗡一声。

"我怀了辜思源的孩子。"乔乔瘫倒在地上，"本末，我好累，我从来没有这样累过，为什么人活着要这么累……为什么……"

我丢下雨伞，拥着乔乔的身子蹲下。

我俩就这样淋在雨里头，任雨水似皮鞭一样抽打在我们身上。而这场雨，一时半会儿也没有要停的意思，这场雨好像要将人间那一层瑰丽的妆容统统冲刷而去，只留下她的本来面目，狰狞，残忍，挣扎，无可奈何。

第四章：人间

我从来没有处理过这么棘手的事情。

我看着躲在被窝里累极熟睡的乔乔分方寸大乱，在宿舍的客厅里站也不是坐也不是。

凌晨，英英带着残褪的妆容疲惫地回来。

我不得不向她求救。我说："英英，现在乔乔该怎么办？"

英英不解地盯着我看。我与她面对面坐下，我将事情的经过如实相告，我认为，我们三人之间不必隐藏任何秘密。听完，英英起身替自己倒了杯凉水一口气喝下肚。

"拿掉孩子。"这是英英的结论。

"什么？"我却震惊了。

"那你想让她怎么办？一个人生下来？"英英看着我。

我垂头。不，我没有更好的办法。

天微微发亮，我与英英才回到各自房间胡乱睡去。

一闭上眼，我就开始做一些光怪陆离的梦。周围混沌不堪，我在黑暗里头游走，耳畔却听到乔乔的喁喁细语。

她一声一声地唤我："本末，我在这里。我在这里，本末。"

我循声而至，却看到乔乔倒在血泊里，双手伸开，像只振翅欲飞的蝴蝶。

我惊坐起身子，重重喘着气，额头后背统统都是汗。

闹钟此刻响起。清晨八点。

我松下一口气，坐于床头定定神后，起身出了房间，而乔乔的房间，此刻的门是虚掩着。我听见里头传出英英的声音："……你告诉我，你怎么留下它？"

乔乔带着哭腔："可我也舍不得。"

英英又劝："只是一颗受精卵，不足以让你为了它舍弃了前途。"

乔乔没有声响。

我看着英英推门而出。"你劝劝她。"英英看着我，无奈地朝里头努嘴。

我移步至乔乔的床边。乔乔即刻环住我的腰无力地失声痛哭。我亦跟着呜咽。

手术定在一周后，是英英帮忙预约的专家。

十五分钟的刮宫手术好了之后，乔乔在医院里昏昏沉沉睡了一个多小时，然后我与英英陪着她回到宿舍，一切很顺利。

我替乔乔买了许多维他命丸以进行术后保健。英英几乎包揽了宿舍所有的日常杂物活。

我们寸步不离地陪着乔乔。即使如此，乔乔依旧没有多少欢乐。她一日比一日地消瘦，一天比一天地沉默。

每天，她最爱做的事情，就是坐在笔记本前，在自己的 QQ 空间里更新着自己的"说说"。学校里头的流言蜚语，也是在这个时候起的，布告栏、小纸条、学校论坛，班级主页，哪里都有中伤乔乔的话语。

那个呆头呆脑的许世杰还跑过来问我："本末，统统都在传言乔乔被辜思源抛弃，还为他堕了胎，是不是真的？"

我不满，冷冷说道："许世杰，你什么时候跟一个长舌妇一样，喜欢说三道四了？"

许世杰立刻噤了声。

没两天，辅导老师也来课堂上找我："梁乔乔已旷课数星期了。"

我为难地垂下头。

辅导老师叹口气："此刻她最需要关心，你与洛英英的友情或许成为她的一剂良药。"

我感动地点头。

辅导老师起身离开教室，临走时，不忘提醒我："必要时，不要忘记向费老师求助。"

费老师是学校为学生安排的心理咨询师。很遗憾，我们未能等到费老师。

乔乔在两天后自杀。

当时我们在上油画课，原本鸦雀无声的课堂，忽然被外头一声声呼喊与恐怖的尖叫声袭击："有人自杀啦！快来人哪！"

我的心一沉，下意识地与英英对望一眼。我们俩第一时间丢下画笔，奔跑出去。

远远就看见倒在血泊里的乔乔。

英英煞白了脸，跌坐在地上，悲伤与恐惧席卷了她的容颜。

我拖着木偶似的步伐缓缓走上前。哭不出，喊不出，只木着一张脸。

许世杰过来抱住我："本末，不要怕，有我在。"

不，我没有怕，没有什么好怕的。因为我老早就见过这样子的乔乔了，在我的梦里，她双手伸开倒在地上，像只振翅欲飞的蝴蝶。

我们整理乔乔的遗物时，辜思源找了过来。

英英一开门便将他骂得狗血喷头。

辜思源僵着一张脸问我："乔乔可留下了什么东西？"我指指桌上的笔记本。

辜思源颤抖着双手将它打开。他浏览着乔乔的 QQ 空间，开放的文章里头，有无数条嘲讽她的留言，还有仅对"自己"开放的一条条说说记录：

头七。

二七。

三七。

四七。

……

辜思源不忍再看下去，合上笔记本泣不成声："她……来找过我，说只要我离开乔乔……她即刻送我去海外研修。"

我知道他在说谁。

我鼻子一阵酸楚，反问："所以，你离开了乔乔。"

"不，"辜思源声嘶力竭，"我拒绝了她，可她又问我，一个穷酸秀才，能给乔乔什么，乔乔本来是要去法国巴黎美术学院深造的，你却拖累她，到头来，别人都起飞了，她却永远禁锢在这里，难道真的让她跟着你临摹他人作品一辈子，还是偷卖赝品为生？"

"我认为这是为她好，真的认为这是为她好！"辜思源抱着头后悔不迭，痛不欲生。

英英沉默地站在一边。

我默默地看着辜思源抱着笔记本迈着沉重的脚步离开。

房间又变得空空荡荡。

我的胃突然一阵恶心，跑到卫生间抱着马桶狂吐不止。英英过来，关切地问我是不是哪里不舒服。

我不说话，将她推出门外，上锁，一人躲在门后面泪流不止。

乔乔说要与我们的友谊长长久久下去，那画面仿佛就在昨日。如今，物是人非事事休，欲语泪先流。

乔乔葬礼那天，我们全班都有出席，独缺辜思源。

我看着乔乔的母亲由人推着轮椅过来。经历这场巨变，那个看起来雷厉风行的女人竟一日白了头发，仿佛一下老了十几年。

许世杰注视了一会儿乔乔的遗像，含着眼泪轻声在我耳畔说："照片上看着她这么年轻，如今却不在了。"

我没哭。

曾经，我认为眼泪是宣泄痛苦的唯一途径，此时方知，哀莫大于心死。

葬礼结束，大家逐一散去。英英过来预备拉我走，我动也不动。

英英问："本末，你怎么了？"

"普拉达女王。"

英英色变，疙疙瘩瘩地问我："什……什么？"

"普——拉——达——女——王。"我逐字重复。

英英煞白了面孔。

"你的昵称，你的头像，在学校论坛，在班级主页，我以为我眼花，那日辜思源打开乔乔的空间，评论里头竟然也有你。"我握着拳，怒目相视，"洛英英，你为什么要这么做？"

英英冷冷地牵牵嘴角，对我说："只不过也叫她尝尝流言蜚语是什么滋味。"

我如遭五雷轰顶。

"你记恨乔乔什么？"我猜测，"你母亲？"

英英狰狞着面孔说："当日那些唾沫星子差点变成洪水猛兽将我吞没，现在我只不过以彼之道，还诸彼身。"

"洛英英，你虚荣、拜金、不爱自身，一切都是你咎由自取！"我替乔乔鸣不平。

"爱不爱自己，青春都会过，"英英反唇相讥，"你少在这里装圣母，我要是有一个有钱的父亲，我也会觉得天空从来都是蔷薇色，鲜花与珍珠布满成功的天梯。可不幸，我生来就是贱命，我没有个有权势的哥哥替我撑腰，所以什么都得单枪匹马地朝前冲，哪日摔下九重天，支离破碎，血肉模糊，还得爬起来继续，你这个含金汤匙出生的洋娃娃懂什么？"英英讪笑，"你懂个屁。"

她放开我，拂袖而走。

浩瀚晴空，忽然骤变。狂风呼啸，大雨磅礴。

我一动不动地站在雨里，眼前，尽是刚刚开学，我们三人初相遇时的画面。

良久，亦淋成落汤鸡的许世杰过来拍拍我的肩："本末，随我回家。"

我一声不吭地坐上他自行车的后座，将头枕到他的背上。

到许宅。世杰让用人替我放了洗澡水，又将自己一身干净的运动衫递给我。

我进浴室将自己整理干净，套着这身衣裳下了楼。世杰也已换上了干净的衬衣，此刻正在客厅里倒着茶水。

我走过去，整个身子蜷缩到沙发的一角。世杰递了一个白瓷杯给我，里头正汩汩冒着热气。

"刚叫人煮的八宝茶，快趁热喝下暖暖身子。"世杰温柔地对我说。

我接过茶杯，呷了几口，热水下肚，一股暖流袭来，使整个身体舒适非常。

世杰坐到了地毯上，生起了对面的壁炉。

火烧得很旺，不断折射出红蓝色的光芒。

我忽然不能自己，泪如雨下。"世杰，为什么会这样？我想不到会这样。"

世杰起身过来拥抱我："好了，一切都过去了，别再想了。"

忽然，有一洪亮的声音响起：“什么事哭得这么伤心？”

我与世杰闻声抬头，看到许世允站在我们面前。我收了收眼泪，下意识地推开了世杰。

世杰未发觉，依旧笑着同世允招呼：“哥哥什么时候回来的？”

“就刚刚，我还踢倒了玄关口的花瓶，可你们毫无反应。” 世允朝前走几步，“发生了什么？”世允看着我。

我不答，他又望向世杰。世杰正要开口，我打断他，胡乱找了一个理由：“我画了一个晚上的作品，不小心淋了雨，于是全泡汤了。”

“为着这种事情哭？” 世允笑出声，“小女孩，这样你会发觉你的眼泪根本不够用。”

用人陆续端出了晚餐。

世允挽留：“本末，留在这里吃顿便饭再走。”

世杰亦拉住我：“本末，厨房师傅是地道的上海人，他煮的沪菜味美绝伦。”

我只好留下。世杰不断向我碗里夹菜：“本末，尝尝上海青。本末，尝尝红烧肉……”

我动了动筷子，苦着脸说：“世杰，我没有胃口。”

世杰体谅：“那就多喝些汤好了。”

“什么事情能叫人不吃饭的？” 另一边的世允则反对。他喊厨房煮了鸡汤泡饭来。

“多少吃一点。”世允命令我。

我不敢“忤逆”他，只得一口一口将碗里的泡饭扒光。

世允又舀了半碗鸡汤让用人递给我，我咕嘟咕嘟一口不剩地喝下肚。

世杰在一旁拍手：“哈哈，施本末，你拿我哥哥没辙了吧，这真是蛇吞老鼠鹰叼蛇，一物降一物呢。”

“你这只硕鼠。”我瞅着世杰，没好声好气。

世杰不忘回嘴：“你也不错，美人蛇。”

看着我和世杰拌嘴，世允微笑。只是，他的笑总感觉淡淡的，里头似乎掺杂了许许多多无法名状的复杂情绪，叫人无法揣摩他此刻的心境究竟如何。

饭后，我告辞离去。世杰套上了外套准备送我。世允取了车钥匙拦下我们：“好了，外头还在飘雨，世杰待在家里，我来送本末好了。”说完便自顾走出了门。

我向世杰道别。世杰笑着对我说："本末，无论如何，明天都是全新的一天。"

我感激地点点头。世杰又说："本末，明天一道去植物园写生可好？"

我答应，朝他挥手再见。

世允已将车子开到门口。世杰送我上车，站在原地目送我们离开。

车里没有开调频，静得出奇。

我有些局促不安。不知为何，看到世允时，我总是莫名紧张。

"你为什么不开调频？"我试着找一些话题来聊。

"哦，你想听？"世允准备打开。

"不，不，"我忙摆手，"我只是好奇，因为大多数人开车都喜欢听调频。"

"哦，是吗？"世允回，"可我不喜欢。"

"那你不觉得太安静？"

"这个世界已经足够嘈杂。"世允笑笑。

这点想法，倒与我如出一辙。

"刚刚你为什么哭？"世允问我。

我沉默。英英的话伴着淅淅沥沥的雨声又开始在我耳畔回响。

有些事，如果不是发生在自己身上，根本无法做到真正意义上的感同身受。

世允不再作声，专心开着车，但我知道他在等我的回答。他的沉默也是一种追问。

我依旧固执地说："我说过了，因为我的画作被雨淋了个稀巴烂。"

我从后视镜里看到世允意味深长地牵了牵嘴角。

车一路左转。我这才想起自己没有提醒他回家的路怎么走。奇怪的是，世允竟也没有问。

"世允哥，我家在前一个路口就应该右转，"我对他说，"抱歉，刚刚没有跟你说清楚。"

世允不说话，只将车子停到了路边。他撑着伞下车，拉开了后座的门："来，下车，我们到了。"

我一头雾水地走下车，环顾四周，还未看分明，世允已牵着我的手走进了对过的巴宝瑞门店。

女服务员笑着过来招呼我们："欢迎光临，有什么可以帮到您？"

世允指了指我："替她选一身合适的衣裳。"

女服务员会意，即刻捧出一件白色羊驼毛混纺针织衫，一条流苏丝棉半身裙，另一只手提了一双黑色羊皮短靴过来。

世允一一过目，满意地点点头，对服务员说："替她换上。"

我没有说不，我总觉得自己没有勇气跟许世允说不，我对他的话始终言听计从，刚刚那碗鸡汤泡饭如是，现在这身衣裳亦如是。

我换好衣服走出更衣间。世允立刻刷卡付账。

服务员笑盈盈地将我褪下的一身运动衫放入纸袋递给我。我接过，一声不响地跟着世允出了门店，听见女服务员在身后悄悄议论："她究竟是上辈子积了多少德，今生才能交到这么帅气的男友！替人买身几万块的衣服，眼睛都不眨一下。"

世允替我拉开了车门。"这身衣服才适合施本末。" 他对我说，"以后，不要随随便便穿别的男人衣服，不管是许世杰，或者是旁人。"说完，他将我手中的纸袋硬生生夺下，甩手丢进了垃圾桶。又将我推进了车子里，关门，回到驾驶座，发动车掉头离开。一连串的动作叫我连过多思索的时间都没有。

但是，我确定自己是喜欢的，不管是他刚刚牵了我的手，还是用霸道的语气命令我。

因为，这些，都叫我感觉到：他是在乎我的。

世允送我到家门口。我向他道别，打开车门下车。走了两步，又回身走到副驾驶座车窗边说："世允哥，要不要进来喝杯茶？今天我哥哥与嫂嫂也在家里。"

世允玩笑："你的哥哥见到自己的胞妹被一个陌生男子送回家，恐怕得将我关起来严刑拷问一番，算了，下次再约。"

我笑着点头，目光始终追随着他的黑色宾利，直至它完全消失在黑暗里。

"这位是谁？"

我回头，转身瞧见嫂嫂站在我身后，眼内全是笑意。

蓦地，我觉得脸孔一阵燥热，答也不答，风一样地钻进了屋里，爬上了楼。

我钻到了床上，被子盖过头顶。

嫂嫂又在外头敲门："本末，你快点将门打开。"

"不开，不开！"我直嚷。

嫂嫂笑了几声。

"本末，嫂嫂只想告诉你，明天一早，我跟着你哥哥去北京开会，为期一周，你自己照顾好自己。"

"好，"我喊得大声，"替我带稻香村的京八件回来。"

嫂嫂笑着走开。我这才钻出脑袋，重重吁了几口气。

现在我的心情，美妙得无以复加，好似曾经我遇到那个让我怦然心动的加州男孩一样。

我微微笑着合上了眼睑。这一夜，果真尽是美梦。

第二天，我起床下楼时，哥哥与嫂嫂早已出发去了北京，我并未与他们照上面。

用人替我端来了牛奶与可颂面包。我还没端起杯子，世杰连环夺命CALL已经进来。

"本末，你出来了没有？我已到了植物园。"

"马上，马上。"我匆匆地将牛奶喝下肚。

"速写本与彩铅我已准备。"

"好好好。"我挂上电话，抓了个可颂面包塞进嘴巴后，背上小包往外头冲。

门口停着一辆白色雪佛莱。阿曼达一身正装，不苟言笑地站在车头部位。

我硬生生吞下面包。"阿曼达，你怎么在这里？"我上前询问，"你什么时候从法国回来的？"

阿曼达未作答，反而替我拉开了车门。"许先生要我来接你。"

"世允哥派你来接我？"我疑惑不解，"为什么？"

"许先生说今天想要你去公司确认一下'未央'的装修方案。"阿曼达仍然不苟言笑。

"可是我今天……"

"施小姐，"未等我说完，阿曼达催促我，"十点我还有一场会议要赶。"

我只好钻进后座里。阿曼达替我关上门，随后上车，拉上安全带发动了引擎。

我给世杰发消息，说自己有要紧的事，不能去植物园了，望他谅解。

世杰发了遗憾的表情，回：那好吧。

我收起电话，对阿曼达说："阿曼达，下次你不用特意来接我，直接电话我就可以，我会打车过来。"

阿曼达一本正经地道："许先生付我工资，接你也是我工作的一部分。"

我无话可说。

到达鼎盛亚洲。阿曼达送我至许世允办公室所在的楼层便返身下楼赶去开会。一位漂亮的秘书小姐笑着迎我进去："施小姐，许先生此刻正在会客室接待重要客户，麻烦您先在许先生的办公室稍等片刻。"

我点头，跟随她到世允的办公室，坐在沙发上等待。她替我沏了一杯香片茶后出去了。

我呷一口香茗环顾四周，偌大的办公室明亮通透，简单大气。

面前的茶几上斜斜地放着一本《滚雪球》。我捧起阅读。

第一页写着："人生就像滚雪球。最重要的是发现很湿的雪和很长的坡。"

——沃伦·巴菲特

"你来了？"

我抬起头。世允捧着资料站在门口，身上一身阿玛尼的黑色西装做工考究。

"你也喜欢巴菲特？"我捧起书本笑着问他。

"是，我喜欢，"世允坐到我身边，"还有谁也喜欢？"

"我哥哥，还有，我的嫂嫂，"我将书本归位，"当然，她是爱屋及乌。"

世允不解地看着我。

"因为我哥哥喜欢巴菲特，所以我嫂嫂也看光了所有有关他的书籍。"我答。

世允眼内极快地掠过一丝黯然。如果不是我一直看着他，很难察觉得到。

只是有一点点那种感觉，我很快忽略。世允已经站起身子，从办公桌上取了一份文件递给我。

"来，看看'未央'的设计初稿，"世允对我说，"墙面依然是以白色为主，地面采用希腊水晶白色大理石，我犹豫的是大堂顶部，究竟是悬挂水晶吊灯好，还是画幅天顶画好？"

"《创造亚当》《创造夏娃》，"我兴致高昂，"还是《神分光月》？"

"你想要打造成东方西斯廷大教堂？"世允揶揄。

我笑起来："我喜欢天顶画。"

"那你好好想想要画些什么，"世允笑着回复我，"你可以慢慢考虑，不急，现在有比这件事情更要紧的事。"他拉我起来，"听说过度饥饿会叫人感到乏力、恶心、四肢酸软无力、肌肉颤抖，甚至昏厥。"

我看看墙上的时钟，已到饭点。

"那你想吃些什么？"我问他。

"日式、中式、美式，样样都成，我现在饿得可以吞下一头牛。"

世允同我一起走出办公室，坐电梯至地下停车库。

他的劳斯莱斯上，有一名司机在等待。世允替我拉开车门，我俯身进入，关门，他到另一边上车，坐到我的身边。

车子行驶向前，我与世允继续探讨午餐的地点。聊得正投入，司机毫无预兆地猛一下刹车，车子立刻停住。

世允蹙眉，不满地朝前看。挡风玻璃前头一个衣衫不整、满脸胡碴、邋里邋遢的中年人，手持尖刀站在车前头。

见已成功逼停车，中年男子走到车子的一边，面目狰狞，用手中的尖刀，狠狠敲打着车窗。

我心惊肉跳。世允却镇定自若。

中年男子叫嚣："许世允，有种出来，我们说个明白！"

世允准备按下车窗。我忙阻止："世允哥，他会伤害到你！"

世允朝我微笑，用宽厚的手掌拍拍我手背，叫我放心。

司机赶紧用手机拨打保安电话，又打了110报警。

世允已经打开了车窗。他皱眉看了看这个男人手中的刀，说："无论什么事，用刀解决不了麻烦，只能制造更大的麻烦。"

中年男子穷凶极恶："许世允，我是PG公司的张耀天，我与你无怨无仇，为何你一上任就要对PG行使赎回权，断我后路，置我们百余名员工于不顾？"

"近一年来，PG管理松散、财务混乱，又不懂得开源节流，一味盲目扩张，PG已不复当年，"世允镇定地说，"张先生，我是商人，不是慈善家，我不能看着自己公司折本，几千万人民币统统打水漂。"

张耀天瞬间又变了脸，他哭丧着脸跪倒在地上频频磕头："许先生，当我张某求你，你开开大恩，再给我一些时间，放我一条生路。"

世允冷笑："你这样会叫人误会我是放高利贷的。"

张耀天又愤愤而起："许世允，你两年拿走 15% 的收益，你与高利贷根本没有分别！"

"合约是你自己签的，我没拿刀架着你。"许世允顿了顿，又说，"而且你即便现在用刀架着我，这份合约我也不会取消的。你可以试试看。"

张耀天呆了一会儿，突然将尖刀抵住自己咽喉："许世允，你若不答应我的要求，我今天就死在你面前！"

刀是开了刃的，他咽喉部的皮肤已被刺破，有鲜血流下。

世允冷冷地看着他几秒钟，说："请便。"然后关上车窗，命司机继续开车向前。张耀天在后面大声诅咒："许世允，你不得好死，老天会来收拾你！"

我怔怔地回头张望。几个保安已赶到，成功将那个男人制服。

世允若无其事地抽出了面前的财经杂志翻阅。

四十分钟后，许世允与我面对面坐着吃西餐。菜品精致、酒色迷人、环境优雅。当然，价格不菲。

许世允姿态优美，语言幽默。我动着刀叉，内心却有些惊魂未定，脑海里一直迂回刚才那个男人的疯言疯语，和他尖刀刺入咽喉，鲜红的血液流下的画面。

世允又扬手喊服务生过来点了一份三文鱼菠菜，他知道这是我喜欢的，继续兴致盎然地对我谈论着各种红酒的典故以及喝法。

这个温文尔雅、妙语连珠的绅士，和刚才那个眼藏冰刀、嘴含霜剑的许世允，似乎并不是一个人。

几天后，我和许世杰去植物园写生。

我问他："世杰，你觉得你哥哥是怎么样的人？"

世杰正聚精会神完成着手里头的素描，漫不经心地说："你还没有放弃替他找女朋友的念头？"

我不理，继续问："比如事实上他很专横、独裁，甚至冷酷无情？"

"无情？"世杰手握着画笔撇撇嘴，"我怎么可能会体会到这个呢？"

"为什么？"我不明白。

"他是我哥哥。"

我醍醐灌顶。

是的，世允当时的"决绝"有他的苦衷，他的"冷酷"有他的道理。同样我也认为那个叫张耀天的男人肯定"十恶不赦"。

因为我与世杰一样，都爱许世允。他是我们的亲人、爱人。

所以我们才会体谅、理解、包容一切，即使他犯错，也会千方百计找上万条借口替他解说。

再过几天，就将是我们学校九十周年校庆。像我们这样的名校，校庆自然会办得轰轰烈烈，也会是新闻界报道的热点。很多毕业已久，在各个领域领袖风骚的名人校友，也会赶来参加。

班长走进画室向我们宣布："本次校庆，有义卖环节，我已向院方争取到三个名额，届时我系将有三幅优秀作品进入会场拍卖，所得善款将全数捐入红十字会，希望各位同学积极准备，踊跃参与。"

世杰探着脑袋问我："本末，你是否会参加？"

我说："当然。"

"嗯，那我也参加。"世杰笑着回复我。

结束课程，我与世杰去学校的餐厅喝了下午茶。他体贴地替我倒了丝袜奶茶不算，还亲自去排队购买每日限量的牛油面包过来。

同学寇娜羡慕地望着我："本末，我也好希望自己的男友像许世杰一样，对自己俯首称臣，我说往东他不敢往西。"

我笑岔了气。正想跟她解释一番，寇娜却打包了奶茶离去。

我耸耸肩。无碍，不过是一个外人，解释那么多干什么？

世杰捧着热腾腾的牛油面包过来。我俩面对面开吃。

世杰同我聊起了席勒，说他心比天高，命比纸薄。我听得津津有味。

一个小时后，我俩在餐厅门口告别，我回了宿舍，他回了家。

我没有带钥匙，只得敲敲门。出来开门的是高一届的学姐。

乔乔走后的一周，英英也退了学。我不知道她去了哪里。

总之，再没有"英英"，再没有"乔乔"会出现在这间房间里了。

故事的开头总是这样，适逢其会，猝不及防；故事的结局总是这样，花开两朵，天各一方。

接下去的一周，我与世杰埋头作画，费尽心力完成了我们的作品。很幸运，我与他的作品均被选上进了最终的义卖环节。

世杰的作品名叫：《永生不灭》。我的作品取名：《爱心接力》。

当然，我与其他创作人一样，对自己的作品怡然自得，直到听到有人这样评价它——

"怎么将这幅作品拿出来义卖？我们美院的一流水准不是这个样子的，这幅画只能算画得中规中矩，但是想象力无、独特性无，毫无建树。"

说这话的是一位白发苍苍的老者，鼻梁上架着一副老花眼镜。

他身边的中年人轻轻对他耳语。老者失声喊了一句："是他的妹妹？"

"是，"中年人点头微笑，"弘德楼也是他捐赠的。"

老者不再言语。

他们在说我的哥哥。站在二人身后的我听得一清二楚。

我身边的许世杰怜惜地看着我。

中年人又指了指世杰的画作给老者看。他赞许地点头："技法虽然稚嫩些，但能看得出作者的思想温度，是幅佳作，全然看不出是一年级的学生，让我来看看他的名字……"

我未听完他对世杰的溢美、嘉许，气馁地返身离开，挫败感在我的全身蔓延开来。

世杰跟上，嘴里喊着："本末，本末！"

我不理。

往日熙熙攘攘的林荫大道今日有些清冷。我徘徊了许久，最终坐在石椅上放空自己。

世杰追了过来。"姐姐，你咋不考体育学院？"世杰气喘吁吁地在我身边坐下，"你这是竞走的速度啊！"

可惜，他的玩笑没有逗笑我，我甚至对他的话置若罔闻。

世杰又安慰我："牛顿与爱因斯坦小时候，还有人骂二人是傻瓜蛋的。"

我看着世杰，勉强牵牵嘴角。

"好了，终于肯笑了。"世杰放松下来。

"我从小就喜欢美术，但是没有什么出彩，只是画得比同学们好一些。

初中时，哥哥特意替我找了一名美术老师一对一教我画画，一日，她布置了作业给我，要我画幅梦想中的伊甸园出来，我想了一天一夜没有结果，于是借鉴了一名新锐画家的名作后，画了一幅交给她，她看后勃然大怒，将画作一撕为二，她呵斥我："作画人的修养与品格、与技巧一样重要，虽没有天赋，但也不能因袭他人作品来滥竽充数！"我吓得躲在一旁哭，哥哥知道后，即刻辞了她换了一个对我服服帖帖的男老师过来教我，虽然自此后，我被捧在了手掌心，但我深刻地明白，自己从来不是莫迪利阿尼一样的天才。"这么多年后，我终于将隐藏于心底的秘密说给另一个人听。

我深深吁口气，不甘又无可奈何地坦白："世杰，或许我从来没有绘画的天赋。"

"哪里来这么多心事？只要享受作画时的快乐就好，"世杰问我，"难道不是这个样子？"

我犹如被人当头棒喝，顿时茅塞顿开。

我笑着回世杰："是，你说得对，快乐地作画才最重要。"

世杰重重地点点头。

我与世杰又重新走回义卖现场。

班长从另一扇门外窜出来："你们两个去了哪里？刚刚你们二人的作品分别被两位买家买走，正想寻你们来一起合个影，你们两个倒好，齐齐消失得无影无踪。"

世杰大喜，顾不得班长的埋怨，着急问："筹集到多少善款？"

"你的一万，本末的十万。"班长回。

世杰激动得无以复加，张开双臂过来拥抱我。我却在他怀里呆住，不知如何去反应才好，只是不断地猜测，这个愿意出高价买我涂鸦的天字第一号傻瓜是谁？

世杰依旧情绪高昂。他还特意请我到校外的酒吧喝啤酒。

我不善饮酒，只小酌了几口。世杰却肆无忌惮地一瓶一瓶灌下去，后觉得啤酒不够劲，又要了几杯威士忌来。

这当然会醉的。

他醉醺醺地倒到我身上，笑眯眯地说："本末，我今生最大的愿望就是开我的个人画展。"

我答："在'未央'好不好？你成为第一个办展览的画者。"

世杰没有回答我，他已醉倒在我肩上。

我淡淡地一笑，却在心头，早已执拗地替他留了"第一"的位置。

我拦了一辆出租送世杰回去。

世允还在公司工作，家里头只有几个用人。我看着许家的用人将世杰扶上楼后才重新跳上了出租回到宿舍。

第二天一早，我被阿曼达的电话吵醒，她要我去鼎盛签一份合约。我起身梳洗干净，穿上了世杰替我买的巴宝瑞成衣过去。

到鼎盛，阿曼达正在处理一桩临时投诉。我借机偷偷坐电梯跑到了高层去见世允。

接待过我的那位秘书小姐还认得我，远远就起身招呼我："施小姐好。"

"世允哥在不在？"我问。

"许先生离开一会儿，马上回来，您可先去他的办公室稍坐片刻。"她替我打开世允的办公室大门。

我进入，坐到沙发里。她又细心地泡了玫瑰花茶送进来。我道谢。

此时，两名工作人员抬了一幅字画进来。一名说："许先生的画已镶好了框，今日替他送来。"

秘书会意，指指墙角："先放在那里就好，我稍后叫后勤过来挂上。"

工作人员小心翼翼地摆好画作后离开。秘书也回到自己的座位联系后勤。

我望着地上那幅画作瞠目结舌。

这不就是我的那幅被美院的退休教授批评得体无完肤的《爱心接力》吗？而许世允却用十万元买下了它！

原来他就是那个天字第一号大傻瓜！

世允捧着文件进来，见了我，倒没有多少惊讶。

"阿曼达叫你来签合同？"世允笑着问我。

"是。"我嘴上回答，心里头依旧在想那幅画。

他十万元买了我一幅烂涂鸦！

"'未央'计划正式通过，一切均开始走相应的流程，好好准备，日后就该你忙了。"世允叮咛。

"好。"

他为什么要花十万元买我一幅画？

"哦，对了，听用人讲，昨晚是你送世杰回来的，"他将文件放到办公桌上，背对我，"以后不要再三更半夜同他一起出去喝酒了。"

为着那幅画，我有些方寸大乱，甚至没有听到世允对我的"命令"。

我终于站起身来问他："为什么你要买这幅画？"

世允转过身："什么？"

"这幅画根本不值一文。"

世允莞尔："只要是施本末的，什么都值得。"

听到这句，我忽然无法自持，泪海翻涌。我冲过去扑到世允怀里大声地哭道："许世允，你是笨蛋，你是天字第一号大傻瓜！谁要你拿十万来买我的画，谁要你对我这么好？"

显然，世允被我突如其来的举动吓了一跳。他的身体僵直在原地，良久，才张开了双臂将我拥入怀里。

我躲在他温暖的胸膛里，听着他激烈的心跳声。

我忍不住"咻"一声笑了出来。

世允问："你……在笑什么？"

我抬起头来答："你在紧张什么？"

世允颇为害羞地答："我不知道自己还有让一个二十岁的少女扑到怀里的魅力。"

我轻轻地说："你有的。"

时间静止，地球停止转动。

身后有敲门声响起。我与世允惊醒过来，尴尬地放开了对方。

"阿曼达，你……你来了？"我转身，阿曼达正捧着资料站在门口。

"抱歉，我无意打搅你们，"阿曼达永远一张扑克脸，"只是法务部催得紧，要我们快些签合同。"

阿曼达走进来，将文件递给我签署。我慌乱地在我的背包里找水笔，没找到，世允立刻递来了一支派克笔。

我害羞地接过。世允的脸色却已经恢复了正常。他看着我签完了字，伸出手来同我相握："合作愉快！"

第五章：沦陷

文件签署完毕，我跟世允哥告辞，由阿曼达送我回去。

一路上，阿曼达始终沉默不语。

面前红灯亮起，阿曼达停车。

我忍不住问阿曼达："阿曼达，你觉得世允哥怎么样？"

阿曼达眼朝前方看也不看我："只要施小姐你觉得许先生优秀就好。"

我才发现自己刚刚那个问题实在多余。可不就是这样，在我眼里世允哥早已是完美一百分，我哪里还能听得进去意见？

世允哥买我画的事，不知是哪个大嘴巴向我哥哥告了密。

一个休息日的晚饭，他突然煞有其事地问我，"听说你那幅涂鸦卖得了十万大洋？"语气中当然全都是轻蔑。

我白了他一眼不说话。

"买你画的人是鼎盛亚洲的掌舵人？"哥哥进一步试探我。

"哥哥，你这么打探人家做什么？"我无理地打断他。

哥哥喝了口面前的威士忌。"你不要激动，我可不是要打探他是不是要追求我的妹妹，"哥哥朝我耸耸肩，颇大义凛然地问，"我只是很想问下他：舍妹胡乱涂鸦的艺术价值究竟在哪里？为何叫你舍得下大手笔？"

"哥哥，你胳膊肘往外拐，"我噘起了嘴巴，"你不如人家，人家还说只要是施本末的就值得，你是我的亲哥哥，可你却看轻我。"

"人家？"哥哥饶有意味地冲着我笑，"'人家'是不是那个印尼华侨？"

"哥哥……"我被他逼得慌了手脚。

嫂嫂端着她亲自熬的腐竹老鸭汤从厨房里头走出来，放到餐桌正中央，替我们一人舀了一碗。

"刚刚你们在说什么？什么印尼华侨？"嫂子笑着问哥哥。

"有人出十万大洋买了咱妹妹的画，听说对方是鼎盛亚洲的 CEO，与你一样是印尼华侨，叫……"

哥哥正准备说明，我霍地站起来："哥哥，你要是再吐出半个字，我即刻离家出走。"

嫂子过来劝我："好了，莫激动，嫂嫂只是随便问问，你若不喜欢，嫂子不问就是了。"

我这才肯坐下继续扒饭。

哥哥与嫂嫂也开始用餐。我听着哥哥又将话题转向了基金股票后，才稍稍放松了紧绷的神经。

我当然是喜欢许世允的，这点显而易见。自从他住进我心里后，我的天空永远是蔷薇色，风里透着玫瑰的芬芳，落下的雨像琥珀珍珠一样，连杯苦艾也似掺了蜜糖。

我托着腮昂头望着天空无限遐想。

世杰取支画笔在我眼前晃悠："喂喂喂，你又神游去了哪里？"

我回神，垂着脑袋，微微笑。

"嘿，本末，这周六有没有空？"世杰问我。

"怎么了？"我问。

"想……邀你到我家吃顿便饭。"世杰的一张面孔藏到了画稿之后。

"好啊。"我爽快地答应。

"真的？"世杰探出头来跟我确认，满脸的惊喜。

"我骗你干吗？"我拿起画笔开始作画。

"一言为定。"世杰煞有其事地伸出手掌。

我失笑，不得不与他击掌为誓。

周六一早，我先是跟哥哥告假，之后将自己打扮得漂漂亮亮出门。

与世杰午餐，世允哥也一定在，如果这只是平常的一个休息日，而他又没有业务缠身的话……

我哼着小曲大步踏在石子路上，穿过花园，走到了美院的大门。刚抬手准备拦下出租，一辆黑色宾利停在我的面前。

"世允哥？"我意外。

世允朝我微笑："嘿，上来，陪我去个地方。"

我着了魔似的拉开车门坐进去。"世允哥要带我去哪里？"

世允驱车朝前走："本末，我们私奔好不好？"

因着这句话，我的三魂七魄离开了这具肉身，统统飞上了九重天之上。

我的脑袋发闷，舌头打结："世允哥……你……"

"骗你的，"世允这时别过头来朝我微微一笑，"瞧把你吓成了什么样子！"

"世允哥！"我赌气，朝窗外望去。

"好了，不要生气了，"世允对我说，"我找你来，是要你来帮我忙的，今天是世杰生日，而挑礼物这件事情却叫我束手无策。"

"今天是世杰的生日？"我惊讶地问。

"是，难道你不知道？"世允问我。

原来这顿饭是生日宴。

顶讨厌的许世杰，也不直说，难道真叫我空着双手过去白白吃一顿饭？

"我不知道，世杰没有告诉我，"我对世允说："世允哥，我也必须要去准备一份礼物的。"

我与世允一起去了商场。

世允问我："你认为世杰会喜欢什么？"

我答："我一直觉得绘画是世杰的全部。"

世允笑："看来你比较了解他。"

不知是否是我的错觉，我竟在这句话里头听出了一丝酸楚。

我与世允到绘画用具专柜。我问店员："我朋友在念油画，想挑一件礼物送给他，你认为送什么合适？"

店员会意，即刻捧出了一套画笔："刚从西班牙空运而来的笔皇，我想一定适合他。"

我接过来细细看，很满意，转头问世允："世允哥，你认为这件怎么样？"

我的身边空空荡荡，世允去哪儿了？我取出手机拨打世允电话。店员又捧出一张油画布："新到的粗纹雨露麻透明图层油画布，也是礼物的不二之选。"

我只好放下手机接过来。正看着，一根钻石项链出现在了我的眼前，坠子是朵含苞欲放的蔷薇花。

我吓了一跳，身后已有人将这条链子挂在我的项颈。世允在我耳边说："很适合你。"

识趣的店员不知从哪里找出了一面镜子，端在手里，镜面对着我，笑着说："意大利设计师乔利文的最新作品——蔷薇之恋，本次商场珠宝展的主打款，女士，您男友慧眼如炬。"

世允牵起我的手冲店员微微一笑："刚刚我女朋友挑的两样礼物，请替我们包起来。"

我惊慌失措地看着世允："世允哥，你……"

世允打断我说："我一直不敢奢望能得到你这件瑰宝，直至我昨日下班回家途中，我亲眼目睹了一起惨烈车祸，驾驶员当场殒命，他的妻子跪倒在遗体旁，声泪俱下，这起事故更加叫我体会到一个道理：明天与意外不知哪一个会先到，我必须抓紧时间、鼓起勇气去做我想做的事。"

我怔住了。

"本末，做我的女朋友好不好？"世允恳求我。

我根本对世允深情款款的双眸无力招架，激动得热泪盈眶，频频点头。

世允笑，拥我入怀，我与他紧紧拥抱。周遭的工作人员也替我俩鼓起掌来。

如今，我也是求仁得仁。日后，我也相信：心之所向，无怨无悔。

我内心涌起一股无以名状的满足。

我与世允提着礼物，手牵手踏进了许家的大门。

用人正在忙前忙后，屋内透着百合的清香。我与世允相视一笑，幸福溢于言表。

"你们在做什么？"

我闻声抬头，世杰不知何时走下了楼，站在我们面前。

他将我与世允上下打量了个遍，一张脸宛如突遭了晴空霹雳一般，恐惧且狰狞。

我连忙捧上了礼物："世杰，生日快乐！"

世杰熟视无睹，甚至伸手将礼盒扫到一边。摔下的礼盒恰好碰到茶几上的玻璃花瓶，花瓶随即倒地，玻璃碎了一滩，残花躺在地上。

用人惶惶不安地立定。

世杰双拳紧握，一步一步逼近世允："你为什么这么做？你为什么要这么对我？"

世允不作声。

世杰抓住世允的领口，额头上的青筋凸起："我分明告诉过你的，你为什么要这么做？为什么？"

世杰泪水从眼角滑落。他咆哮一声，将沙发边的落地台灯推倒在地。

世允一把拽起世杰手臂，拉着他上了楼。随后，关门声、物体落地声、世杰的尖叫声此起彼伏。

我吓得站在原地一声不吭。

阿曼达此时提着蛋糕走进来。

"我只是替许先生送来预订的蛋糕。"阿曼达向我道明来意。

楼上传下来几声叫喊。我苦恼地朝着阿曼达看。

阿曼达放下蛋糕，拉着我离开。我张望了楼上几眼，心有所忧。

阿曼达劝我："相信我，这种时候，谁也不希望外人参与进来。"

车上，我向阿曼达倾诉："阿曼达，我不知道世杰会有这么大的反应。"

阿曼达回答道："他迟早要知道的，长痛不如短痛。"

我望着窗外再也不吭声。我又想到了与世杰的初遇，在纽约飞往上海的飞机上，一个与我同校的阳光又腼腆的大男孩。

人生若只如初相见。

翌日凌晨，世杰过来找我。

我本就没有睡着，望着天花板思绪反反复复，总不能平静，而他的电话却一个接一个地进来。

我犹豫了很久，终于接起来，他在那头带着哭腔央求我下去见他。

我受不住，随即套上外衣，趁宿管阿姨不备，偷偷溜了出去。

世杰一个人坐在校门口的石椅上，头发凌乱，衣衫褴褛，整个人憔悴到不行。

刚刚下楼时，我腹中已准备了许许多多铿锵有力的句子，打算说给世杰听，好叫他知难而退。如今看到这副光景，我心软了。

"世杰，你这是何必呢？"我走上去，语气几乎是哀求的。

见了我，世杰又亢奋起来。他起身，两只手硬生生捏着我的肩膀，一张颊容面对我说："我早就告诉过他我喜欢你，我也早就说过我生日当天要带你正式见他，挑明我们的关系。他什么都知道，可他心机深重，步步为营，他抢亲弟弟的女友，他不是好汉！"

我当然知道他在说世允。

"不，世杰，不是你想象的那个样子。"我劝说。

"君子不夺人所好，为什么他要来跟我抢？"世杰始终有孩子气。

我无可奈何地又喊一声："世杰！"

"他身边哪一日是缺女人的？我又何尝与他争过一个半个？可他却偏偏来同我争你，是我先遇上你，是我先爱上你，他没有资格跟我来争你。"

"然而是我先爱上许世允的！"我提高了分贝。

"什么？"世杰激动的表情凝固住了。

"那日在浦东机场，世允替我解了围，当日他儒雅的身姿始终在我脑海迂回，消散不去。"我向世杰坦白。

"一见钟情？"世杰机械地问我。

"是。"我想也不想地回答。

世杰诡异地大声笑起来，笑得我毛骨悚然。他放开了我，一步一步向前艰难地移动着脚步，随即消失在黑暗里。

感情的事，从来都是这的突如其来，或者叫人不得要领，若是能两情相悦，可谓求仁得仁，复无怨怼，最怕落花有意随流水，流水无心恋落花。

可我始终是不想失去世杰这个朋友的。他若是肯原谅我，我即便负荆请罪，也心甘情愿。

然而他终究不肯给我机会。

两天后，世允在电话里告知我：世杰已离家出走，没有留下只言片语。

我拿着手机，整个人如遭电击。

我即刻打车至许宅。

世允掩着面孔疲惫地坐在世杰的床沿边。我心疼地过去喊了一声："世允。"

世允抬起头，朝我干干笑了笑。"世杰将自己关在房里一天一夜，一滴水不粘，一粒米不进，用人过来敲了无数次的门也无济于事。我只当是寻常的失恋，过几日自然又生如活虎，今早女佣一早就来喊我的门，说二少爷不在房内，我立刻赶过去，才发现他的护照、身份证与他的旅行袋齐齐跟他一起消失，"世允悲怆地苦笑几声，"啊，离家出走，我竟逼得我的亲弟弟离家出走！"

我将他一把拥入怀里。我说："世允，世杰会回来的，我和你一起等着他回来。"

他在我怀里微微抽泣。

接下去的日子，我得空就来陪世允。

我们手挽手看上一场电影，或者站在瑟瑟的寒风中吃上一客冰激凌，我也曾央求他骑脚踏车载我兜风，或者两人缠着一条羊毛围巾坐在公园的长椅上看会儿落叶。总之，两个人的时光总是那么易过，一分钟好似只有十五秒，一小时只有三十分钟，一天只有往常的半日那么短。

为着与世允在一起，我也时常"冷落"我的哥哥，借故不回家吃饭不算，休息日，他电话打来，我也总推说功课繁重，要在学校待着。

如此这般，"逼"得我哥哥携着我嫂嫂亲自跑到我的宿舍里来"接"我回家。

"何劳哥哥如此这般兴师动众。"我不好意思地说。

哥哥却正经地说："我还想去找你们的系主任聊一聊，究竟是布置了多少功课要你赶？当日在异国他乡念高中时，也不见得你这么卖力过。"

这几句说得我十分汗颜，只得灰溜溜地跟他回家。

你们若是觉得我哥哥这么做，只是因为十分想念我，那我确定一定以及肯定地跟你们说：这皆是因为你们不了解我哥哥的缘故。

"交男友了？"饭桌上，我哥哥果不其然单刀直入地问我。

我低头扒着饭，嗯嗯啊啊着。

"怎么样的一个人？是否与你同龄？念的是哪一门？"哥哥咄咄逼人。

"哥哥，你就不要问了。"我求饶。

"你是我拉扯大的，如今我问几声也不肯了？"哥哥将碗筷放到餐桌上。

他执拗的毛病又犯了，开始对我不依不饶。"别嫌我啰唆，我总有权知道约我妹妹去看午夜场的男人是谁吧？"

我内心烧起一把无名火："你找人跟踪我？"

"是你要知道，我只是对你'放松'不是'放任'。"哥哥默认。

我拍案而起："哥哥，你不尊重我的隐私，你在践踏我人格的权利，侮辱我的尊严！"

哥哥双手环在胸前讪笑："你说的这些我统统不懂，我只晓得，女子在家从父，父亲不在，如今长兄如父。"

"封建！独裁！专制！"我摔下碗筷，愤愤离席，跑进了房里，一人坐在床头生闷气。

不一会儿，嫂嫂过来敲我的门："本末，本末？"

我不搭理。

嫂嫂自顾开了门。

我回头看看她。她坐到我的身边来："本末，你要知道，你哥哥只是担心你。"

"关心不等于侵犯我的隐私！"我也很固执，跟哥哥一样同为施家人的固执。

嫂嫂笑："听说天下的哥哥都会吃妹妹男朋友的醋，天下的父亲也都会吃未来女婿的醋，通常他们均会对这个男人挑剔万分。谁叫他们过来抢了他最爱的女人呢？"

我转向嫂嫂。她朝我点点头："想想当初我的父亲，也故意找碴儿将我的男友拒之门外。"

"什么？我哥哥？"我忍不住笑弯了腰，"他那么骄傲的一个人也被赶出门外？完全不敢想象！"

嫂嫂跟着我笑了起来。

"所以你要晓得你哥哥的良苦用心。"嫂嫂的右手覆在我的左手背上。

我对嫂嫂说："嫂嫂，我也希望你们可以接受我的男友。"

"我可不管你那个执拗的哥哥怎么样，总之只要本末的最爱，我一定百分之百支持。" 嫂嫂说，"找机会，带他来见见我们可好？我也好想看看这位叫我们本末心动的男人究竟是何人？"

我羞涩地点点头。

第二天，我约世允在季诺餐厅午餐，各点了一份菲力牛排。

我说："世允，我哥哥想见见你。"

世允停住了手里的刀叉，抬头看着我。

我嗫嚅道："不……可以吗？"

世允扬了扬嘴角："丑媳妇终于要见公婆了。"

我掩嘴偷偷笑。

餐后，世允与我去恒隆挑选见面礼。他替哥哥挑了一支派克钢笔。

世允问我："你嫂嫂呢？你嫂嫂喜欢什么？"

我绞尽脑汁，但一无所获。我一直在理所当然地享受着她对我无微不至的关心，但我从来没有关心过她究竟喜欢什么。

我苦恼地盯着世允看："怎么办？我真的不知道她最喜欢什么？在我眼里她对什么都不挑剔。"

世允指着前面的施华洛世奇门店："要不，在那里挑一样怎么样？"

"好啊好啊。"我十万个同意。

走进门店，服务员即刻上来迎接。

我被光彩夺目的水晶耀了双眼，这个那个看个不停，心里头根本打不定主意。世允却已走到柜台另一边，要服务员打包了一条项链。

我走过去细看，那是一条水晶白天鹅。服务员笑着向我解释："小姐，你男友眼光极佳，这是世纪经典款。"随后，她拿着礼盒到后台包扎。

世允问我："好不好？"

我挽着他的胳膊笑着点头："我相信我嫂嫂一定十万个喜欢。"

我们走出商场。世允提着礼物问我："接下去就请你安排时间了？"

"时间？拣日不如撞日，就今天好了。"我二话不说欢欢喜喜地拉着世允上了车，也全然不顾世允是不是愿意。

车上，我给哥哥电话，神清气爽地喊："哥哥，让厨子烧些好菜。"

哥哥问什么。

我又笑笑卖了个关子。

四十分钟后，到家，我们下车。

世允远远地望着大门怔怔。我似乎猜出了他的顾虑，便拉住他的手，半开玩笑地说："你放心，我哥哥与嫂嫂不是一对老虎，不会吃人。"

世允笑了笑，与我一起进了家门。

哥哥正坐在客厅的沙发上，读着财经杂志。

我牵着世允的手走过去："哥哥，我们来看你了。"我客气地说。

哥哥却不作声，依旧自顾翻着书本，将我们晾在一旁。

我有些生气，鼓着腮帮子准备与他争论。世允拉住我，朝我使眼色，要我不要冲动。

足有五分钟后，哥哥终于"看到了"我们。

他合上杂志，伸手邀世允坐下："许先生是吧？来，坐。"

我与世允肩并肩坐下。用人上了两杯龙井茶。

哥哥两腿相叠："最近生意还好吗？"他问，一如接待客户一般。

"还过得去。"世允客气。

"我一直看好风投，你知道的，由于风险与融资成本，银行不得不对一些小企业'惜贷'，而风投正好弥补这个不足。"

"银行与风投实为互补。"

他们竟然谈起了生意经。有没有搞错！

身后突然"哐当"一声，惊得我们齐齐回过头。

原来是嫂嫂失手砸了果盘。

"对不起，对不起，一时滑了手。"嫂嫂惊慌失措地蹲了下来收拾残骸。

我走过，一边喊了用人，一边将嫂嫂拉起："嫂子，你过来，这里交给宝蓝弄就好了。"我拉着嫂嫂，她的手却在瑟瑟发抖。

我转头问面色惨白的她："嫂嫂，你怎么了？你的脸色有些怪。"

嫂嫂强颜欢笑："没……没事。"

我与嫂嫂走到客厅，她坐到哥哥身边，我坐到世允邻侧。

哥哥拉着嫂嫂手问："是不是哪里不舒服？"眼里全是疼惜。

嫂嫂目光闪躲地答："估计晨起着凉了，没什么大事。"

哥哥又嘱咐："回头喊宝蓝炖点姜茶喝。"

嫂嫂点点头。

我向嫂嫂介绍了世允，还特意提到他也是印尼华侨。

嫂嫂没有多少意外，只客气地与他寒暄几句，之后坐在一边沉默。

"哦，对了，"我将礼物捧了上来，"哥哥，嫂子，世允替你们带了礼物来。"

我将哥哥的派克笔呈上，又将水晶项链打开给嫂嫂看。

哥哥淡淡地对世允说了句："劳你费心，实不敢当。"嫂嫂却一不留神又失手打翻了项链盒子，嘴里头又忙不迭来道谢。

世允始终坐在一边不失风度地微笑。

我绞尽脑汁想寻一些话题来讲，哥哥却看看腕上的手表，拍拍嫂嫂的手背问："今天王总的聚会是晚上6点吧？"

这么明着下逐客令，连我这个腹中尽是草莽的臭皮囊都听出来了，何况世允？他很快起身，客气地告辞。

我将他送至门口，说："世允，对不起，让你受委屈了。"

"竟让你来开解我了？"世允摸着我的头顶啼笑皆非，"你看我有少一只胳膊吗？"

我被他逗得发笑。

我看着世允上车，目送他离去，然后板着面孔折回客厅。

哥哥佯装着捧起了财经杂志。

我怫然不悦地坐到一边，说："哥哥，你刚刚一定把礼貌煮汤喝下肚了。"

哥哥愤愤地合上杂志摔到一边："施本末，是你应该庆幸我忍到现在没有发作！"

"哥哥，你当世允是你客户还是员工？"我十分不满。

"那你要我问些什么？问他是使什么手段骗到我妹妹的？"哥哥亦被我激怒。

"哥哥，我讨厌你这么说世允！"我第一次朝哥哥发这么大的火。

哥哥脸上充斥着愤怒、失望、无可奈何，总之他表情复杂。

他愤然离座，独自跑到楼上去。

我转向嫂嫂，几乎带着哭腔问："嫂嫂，为什么哥哥会不喜欢世允？"

嫂嫂竟也对我说："本末，你不能跟他在一起，他不行，他不适合你。"

"嫂嫂，你不是说过无条件站在我这一边的吗？"我起身，惊恐地问。

嫂嫂脸上完全没有了往日的疼爱和宽容："不，不行！许世允不行！"

"为什么？为什么偏偏许世允不行？！"我大叫。

"他……"嫂嫂调整了情绪，想同我晓之以理，"本末，他与你年龄相差太大，老了注定是你来照顾他的，我们于心不忍。"

"什么？这是什么理由？再说即便照顾他也是我愿意的。"我无畏无惧。

"本末，你与他认识多久？你对他的过去了解多少？你又知道他的为人有多深呢？"

"他的过去我管来干什么，我只要他的现在与未来。"

"本末，你将来一定会后悔。"

"后不后悔将来再说！"我愤愤转身而走。

为什么会这样子？！

为什么一时间，全世界的人都似乎与世允为敌？我的世允究竟做错了什么，要受这么多非议？

我对世允，心疼得无以言表。

近十一月的天已经微寒。我游荡在大街上。

夜上海霓虹闪烁，人潮涌动，川流不息。

然而这些在我眼里都不存在，因为我满眼满心只有许世允。

我要去找他。哪怕全世界都离开我，我只要能在他身边就行。

对，就是现在，我一刻也不能等。

我快步走到路口，伸手招了辆的士奔向世允家。

到了门口，我抬起手准备按门铃，犹豫了一下，又轻轻放下。

我要来说些什么呢？

似乎也没有。

我索性转身靠着门坐下来，闭上眼，任侵入骨髓的思念再度蔓延开来。

我做了一个梦。梦里头，我手捧玫瑰，眼里含笑，一袭白纱拖地，头顶的蓝宝石皇冠闪闪晶亮。礼堂的钟声响起，牧师宣布仪式开始，宾客开始鼓掌。花童拉着我的裙摆与我一起走上红毯。世允在正前方等待。我笑着走到世允跟前，古董头纱遮了面。世允将我的头纱掀起，轻缓而温柔。

我终于与他面对面。可是，世允却不是微笑着的。他板着面孔问我："你是谁？为什么在这里冒充我的新娘？"

我惶恐无限。牧师斜着眼睛看我，台下的客人亦开始窃窃私语。

我哭着向世允解释："世允，是我，我是你的新娘施本末。"

世允依旧冷峻："不，我的新娘从来不是施本末……"

此时，我听得教堂的大门又被人重重推开，一回头，另一个身着白纱的模糊身影朝我们走了过来……

我惊醒，这才发现，自己已不在大门口坐着，而是在屋子里。

宽敞的厅堂，明亮的落地窗。茶几上的花瓶内，斜斜插着一束铃兰。我躺在牛皮沙发上，一条米色毛毯柔柔的盖在我身上。

缓缓坐起身子，我依旧惊魂未定。

"你醒了？"

我闻声回头，世允一身休闲装站在我眼前。

他坐到我的身边，一阵古龙水的香立刻沁入心脾，叫人觉得舒适安宁。

"为什么一声不吭地坐在门口？你不止将清晨开门的用人吓了个半死，也将我吓了个半死。"世允温柔地责备我。

他轻轻抚摸我的秀发，继续问我："发生了什么？为什么刚刚不停地梦呓？"

我一头扎进他的怀里，伸臂环住他的腰际："我梦见你结婚，可新娘却不是我。"

世允嬉笑："噢，那是谁？"

我摇头："不，我不想知道。"

世允握着我的双臂，身子朝后微仰，与我四目相对，朝我笑道："可是，我却想知道。"

我不解地看着他。

世允从口袋里取出一枚钻戒说："我想知道，你愿不愿意收下这枚戒指，披上白纱，与我一起步入教堂。"

"你……"我激动得热泪盈眶。

"是的，我在向你求婚，"世允扬起嘴角，"施本末，求你嫁给我好不好？"

我笑中带泪，重重点头。

世允将钻戒套上我的手指，与我深深相拥。

用人替我端来了土司与煎蛋。世允看着我用餐。

他替我满上牛奶："你可以告诉我为什么要偷偷跑出来吗？"

我有口难言。

桌上的手机此刻响起，我查看，来自哥哥。我正恼他，于是将手机推至一边，自顾自吃饭。

哥哥不罢休，继续打来，振动声扰得我头昏脑涨。我只得接起来。

才接通，哥哥就在那头对我开连珠炮："施本末！你胆子越发大了，竟还敢彻夜不归，你在哪里？是不是与许世允在一起？我警告你，你最好趁我还没有发作前回到家里来！"

我一股气又冒上来："不回，就不回！"

哥哥大概气炸了肺，在那头怒吼："施本末！我是不会同意你跟许世允在一起的，你趁早死了这条心！"

"不管你同不同意，我俩已经决定结婚。"

"什么？！"

"是的，结婚，我要和他结婚了，当然，你要是不愿意看到，我请柬就不发给你了。"我一意孤行地将电话挂断，看着手机发呆。

哥哥却没有再打来。

我的胸口仿佛压了一块花岗岩一样。

世允说："本末，你何必说一些违心的话？"

到底还是他看穿了我的心思。

我垂头不语。

世允起身走到我身边，伸手抚摸我的头顶："本末，待会儿我送你回家。"

我抬头看看他。世允微微一笑："我们的婚礼必须有你哥哥的祝福。"

我又扑到他怀里泪如雨下。

世允送我回家。

车子开到门口，世允又叮嘱我："记得跟哥哥好好赔不是。"

我羞愧地颔首，转身开车门，准备下车。

"本末。"

我回头，却被他突如其来的深吻惊得有点恍神。

"本末，谢谢你同意与我结婚。"世允语气永远这么温柔。

我下车，挥手与他告别。

世允看着我走入屋内。

用人见着我问好。我问："我哥哥与嫂嫂呢？"

"施先生自昨晚开始就将自己关在书房内，夫人一早被娘家的电话请了回去。"

我点点头，上楼去哥哥的书房，步履沉重。

我握着门把手，深深吁口浊气，心想：再挨他一顿臭骂好了，先赔不是，再跟他理论。

推开门，一切在我意料之外。

落地窗前的窗帘拉到了一半，一间屋子半明半暗。哥哥捧着红酒独自坐在书桌前斟饮，头发乱糟糟的，胡子拉碴，一脸憔悴。这，还是那个英俊少壮、意气风发的哥哥吗？仅仅一天，他看上去就像一个受尽生活煎熬的中年人。

最叫人害怕的是地上东倒西歪的空酒瓶。哥哥是个非常有节制的人，我从来没有看到过他这样大量地饮酒。

哥哥瞧见立在门口的我，苦笑了一下，一改电话中的凌厉，哑声对我说："我等到现在，你终于回来了。"

我的自责爬满了整个胸腔。我为什么要用言语去伤害他，伤害将我含辛茹苦拉扯大，我最最亲爱的哥哥！

"哥哥，我不结婚，如果你不愿意，我不与许世允结婚了。"我冲上前，双腿跪到地上，身子扑到他怀里号啕大哭。

记忆中，哥哥一直是不死金刚，商场上叱咤风云，家族内不怒自威。可是，今天……

哥哥捧起我的面孔。"本末，你现在是不是感到快乐？"

"不，"我摇头，"如果我叫哥哥不快乐，那我永远也不会快乐。"

哥哥笑了，伸出宽大的手掌摸着我的头顶："一切都是哥哥的错，哥哥忘了，凡事，首要就是要你感到快乐。"

依旧是那句。永远是那句。自始至终都是哥哥在妥协。

我钻到他的怀里再度泣不成声。

傍晚，我与哥哥正坐在沙发上说着话。嫂嫂回来，一脸颓败。

哥哥拉她到自己身边坐下："曼芝，发生了什么？"

"父亲一笔海外投资失败，公司损失巨大，几个合伙人要求开股东大会，准备赶他下台。"

"所有决策均是董事局做出的，不可能由他一人担责任。"

"可如今他们说，当初全是爸爸的一意孤行。"

"哼，从来不见雪中送炭，只见落井下石。商场上的利益争夺，人情冷暖，向来如此。"

"爸爸也说一夜间所有人像被那个瘸子收买了一般，全都与他为敌，他此刻已是众矢之的。"

　　用人端来纯水，嫂嫂拿起喝了一口："我们那个毫无主张的母亲，这会儿已经在家里哭天喊地，捶胸顿足说自己命不好，注定下半辈子吃苦，总之，乱、乱、乱。"

　　"我们能做些什么？"哥哥问。

　　"几次都叫你出头，爸爸已没脸来找你了。"

　　"一家人，不要说见外的话。"

　　"随它吧，总之爸爸已做了最坏打算，他说回到印尼老宅，养花种草，未尝不是一个好的归宿。他累了，如今已疲于应付商场上这些尔虞我诈了。"

　　哥哥点了点头。

　　我坐到嫂嫂身边，伸手握住她的臂膀："也有一桩好消息要告诉嫂嫂。"

　　"什么？"

　　"我要结婚了，"我将戒指亮给她看，"世允哥，今早向我求婚了。"

　　嫂嫂大惊失色，看向哥哥。

　　哥哥摊开报纸佯装鄙夷："有什么办法，女大不中留。"

　　嫂嫂别过脸告诫我："本末，婚姻不像你想象中的那样简单，你要慎重。"

　　"别费劲了。她听得进去？"哥哥讪笑。

　　我朝他吐吐舌头，转向嫂嫂："世允哥一定会对我好，你放心好了。"我依偎着嫂嫂，嘴角含笑。

第六章：婚礼

世允终于可以正大光明地来接我约会了。

我们约好一起去试婚纱。

午后，世允"登堂入室"过来接我。我托正在客厅看偶像剧的嫂嫂招待他，自己跑去楼上房间换衣服。

楼下，嫂嫂调高了电视音量。

我哼着曲子快速但又精心地装扮着自己，隐隐听到下面传来尖锐的女声："……你不要以为我不知道……项链……什么意思！你恨我，我知道你恨我……不要牵连我的家人。"

我穿了一身香奈儿套装，提着小包下楼。

世允与嫂嫂各坐沙发一头。电视里偶像剧的结尾曲响起来。

我说："你们看电视怎么这么大声音？"

世允笑了笑站起来："这是你嫂嫂最爱看的一部台湾偶像剧。你知道的，台湾剧的台词和腔调总是很夸张。怎么样，能走了吗？"

"可以走了。嫂嫂，你看的什么剧，女主角的声音倒有点像你。"

嫂嫂也笑了笑："配音演员也是一个不错的职业。快走吧，别误了你们的大事。"

我笑，牵起世允的手与她告辞。瞥见嫂嫂拿起遥控器又换了娱乐新闻来看。

我们开车到婚纱店。店长亲自迎上来："许先生，施小姐，恭侯多时。"

她领我们上二楼。早已有几名服务员提着婚纱在上头等着我们。

"施小姐，这些统统都是越洋货。"店长朝我介绍。

我走近去细看婚纱。世允已坐到了一边的沙发喝着玫瑰普洱茶。

"试试那件鱼尾抹胸白纱。"世允呷口热茶建议我。

"不，我要复古蓬裙，头纱拖地。"我朝他噘嘴。

世允无可奈何地摇头轻笑。

服务员将蓬裙白纱呈上，可我却嫌这嫌那总不满意。

店长取来平板电脑给我看："施小姐，您可以看看这件，薇薇·王的作品，上好的欧根纱轻盈飘逸，裙摆镶满了水晶珠片，蝴蝶缝边的复古头纱从头部延伸至脚踝，浪漫非常。"

"就要这件。"我对它一见钟情。

店长遗憾地提醒我："施小姐，这件下周一才到货。"

"好的东西值得等待。"

店长即刻替我预订下来。"许先生，施小姐，下周一见。"她送我们至门口，目送我俩离开。

世允揶揄："我得替你去定制一顶皇冠来。"

"哪个女孩都有公主梦。"我不服气。

"吃毒苹果的傻瓜还是犯嗜睡症的小女孩？"

"《白雪公主》与《睡美人》？"

"你听，这些名字多好听，可见，所有的童话都是在掩盖残忍的现实。"

"我可不关心，因为你说的两个我统统都不喜欢，我只喜欢茉莉。"我在副驾驶座上调调坐姿。

"阿拉丁的新娘？"

"是。"

"为什么？"

"因为她不甘于命，懂得自我争取。"

"可我倾向于宿命论，比如：不是不报，时候未到。"

"我以为你会说：按着定命，人人都有一死，死后且有审判。"

"这样太便宜他们了。"

"什么？"

世允笑笑："没什么。"

世允送我回家，我留他在家用晚餐。

哥哥问我："婚纱挑得如何？"

"下周一再去试。"我夹了一块红烧肉到碗里。

"我就晓得你挑剔，"哥哥悻悻，"你嫂嫂比你随意，婚礼只有一条简约鱼尾长裙。"

世允看了看一边闷头吃饭的嫂嫂。

我朝哥哥做了鬼脸。

世允又笑起来。

周一，我与世允再次去了婚纱店。

服务员捧出薇薇•王的蓬裙白纱让我试穿。

我花了二十分钟才穿好，店长将帘子拉开请世允欣赏。

世允当时在听电话，朝我竖了竖拇指后匆匆跑了出去。

我拖着裙摆走到窗口，看见世允从一个中年男子手中接过一个茶色大信封，随后男子一瘸一拐地钻进出租离去。世允将信封锁入车子后也上楼来。

我问他："你的朋友吗？他的腿怎么了？"

世允默然半晌，像是想起了一件久远的事情，却很简单地回答我："他在十年前的车祸中失去了一条腿，如今靠义肢帮助生活。"

那个人，也许有着一个坎坷曲折，却不愿被人提起的故事吧。

我与世允选择了旅行结婚。

我问哥哥这个计划怎么样？

哥哥问我："去哪儿？"

"希腊爱琴海。"

"邮轮？"

"是。"

"票定在几时？"

"结束教堂仪式后马上出发。"

"那你现在是来问我意见还是来通知我？"

我不好意思地垂眸。哥哥将手里的金融杂志摔到茶几上，起身走上楼去。

嫂嫂探头过来对我耳语："他本已在香格里拉开了一百桌。施本然的妹妹出嫁，不能委屈。"

我心头又增几分"负罪感"。

婚礼安排在玫瑰堂。化妆师凌晨五点就过来替我梳妆，她调整着我的头纱喃喃道："白纱是新的，项链是旧的，问施太太借来的钻石耳环，啊呀，还少了一些蓝？"

我悄悄问伴娘："她在说什么？"

伴娘答："在西方，传说新娘备齐这些东西，会给她的婚礼带来好运：一点新，一点旧，一点借，一点蓝。"

化妆师依旧在寻找"一些蓝"。

"手腕上缠绕蓝色丝带吧？"有人提议。

"不，不配套。"她又断然拒绝。

"手中捧束蓝色妖姬吧。"

"满天星更含蓄优美。"

"穿双宝蓝色的高跟鞋也华丽。"

"缎鞋是婚礼的不二之选。"

大家七嘴八舌想主意。

这时，有人推门进来。众人回头，阿曼达风尘仆仆地站在门口："所幸赶得及。"

我与伴娘面面相觑。

阿曼达走上前来，从拎袋中捧出了一只精致礼盒。大家翘首等待。

阿曼达缓缓打开，里头有一顶小小皇冠，上头的蓝水晶闪闪亮亮。她向我说明："这是许先生一周前向蒂芙妮预订的皇冠。"

周遭人的眼里全是羡慕。

化妆师大喜疾呼："一些蓝，一些蓝，我们就是在等一些蓝。"

而我，却没有这么欢愉。

你一定要问为什么？

不知为何，这顶皇冠曾出现在我的梦里。就是在那个该死的梦里，世允牵了别人的手作新娘。

化妆师心满意足地将皇冠戴上我的头顶。伴娘拍着手赞美："美轮美奂！"

我提起裙摆起身朝门口走。伴娘追上问："本末，婚礼快要开始了，你要去哪里？"

"我去看看世允。"我答。

"婚礼之前新人双方不能见面。"伴娘提醒我。

"这是多老的习俗？"我扭开门把手走出去，"可现在是新世纪。"

几乎真实的梦境，使我惶惶不安。

直走，拐弯，终于到了新郎化妆间。我预备走过去，却看见嫂嫂红着眼眶从里头跑出来，跑向了走廊另一端。

"嫂嫂怎么了？"我推开门问世允。

他正站在落地窗前眺望远方，听见我的问话，别过脸来。"我的小新娘，你来这里做什么？"

"想你。"我说，"即使你站在我面前。"

世允拉起我的手亲吻。

"嫂嫂怎么了？"我又问一遍。

"她过来威胁我，说要是我敢伤一点施本末的心，会叫我好看。"世允笑笑说，"你嫂嫂可给了我不小的压力啊！"

"哼，看你敢不敢！"我面朝世允嗔道。

世允与我拥抱："何止不敢，更是不舍。"

温暖又在我的心头满溢。

礼堂的钟声响起，我挽着哥哥的手走上红毯。花童在前面洒着玫瑰花瓣，我的头纱蒙着我的面。

哥哥送我到世允跟前。他问："许世允，你会不会为了本末义无反顾？"

世允答："我一定会使她快乐。"

哥哥这才将我的手交给世允。

我们宣誓，互换婚戒。

我们在上帝面前结为夫妻。

仪式结束后，司机阿其开车载我们去机场。

车上，我摸着无名指上的婚戒感慨万千。幸福的同时，也意外自己竟这么早就嫁作人妻。

莫名地，我又想到了世杰。从机上邂逅开始，与他在一起的片段，一帧一帧在我脑海掠过。

"你怎么了？为什么神色这么凝重？"

世允看出我的异样，柔声问我想什么。我坦诚地答："世杰不能参加我们的婚礼，恐怕是我这辈子最大的遗憾。"

世允拥住我："好了，不要乱想了，到机场还有一段路，先休息一下好了。"

我靠在世允的胸膛沉沉睡去。

又是那个梦。梦里世允穿着礼服，将我的捧花毫不客气地扔出教堂："你是谁？为什么来冒充我的新娘。"

我哭着求他。他却依旧对我横眉冷对。

又被惊醒，我的后脊梁一阵冷汗。

环顾四周，才发现独自躺在后座，世允不在身旁。

我起身下车，司机阿其正在车尾鼓捣行李。

"阿其，先生呢？"我走上去问阿其。

阿其回话："先生回公司处理一件着急的事情，他请太太先上飞机，他将随后与您在威尼斯会合。"

威尼斯，是我们搭乘游轮的登船地点。

我心头一沉，问阿其："公司出了什么事了？要紧吗？"

阿其说："我不知道。不过看许先生的样子不像发生了什么大事。许先生请太太放心上机，不必担心。"他说完便拉着行李与机票替我去办登机牌、行李托运。

我惊讶于自己竟能乖乖听话，一人登上飞机。

空姐引导我至头等舱座位。我入座，依旧忍不住掏出手机给世允拨了一通电话，而那头却报暂无法接通。

空姐小心翼翼地俯身提醒我："太太，飞机即将起飞，请关闭手机电源。"

我点头，按关机键。

飞机升空，耳膜鼓胀，十分难受。终于升至高空，平稳飞行，不适感随之消失。

空姐推着餐车出来服务。一名外籍乘务员用蹩脚的中文问我："太太，请问要喝些什么？橙汁还是绿茶？"

我回答："给我一杯绿茶。"

对面一名男子在说："不用喝廉价茶包沏的茶水，也是坐头等舱的好处之一。"

我完全没有兴趣知道，他是不是在同自己说话。

我只知道我的邻座空空荡荡。

我又看看自己崭新的婚戒，而后反问自己，我与世允是不是真的是今天成的婚？这不是在梦中吧？

我叹口气，盖上毛毯，别过脸去朝着窗外皑皑的云层发呆。

先到米兰，然后乘船到威尼斯。

我在威尼斯的码头给世允打电话，还是无法接通。

隔了一会儿，一通座机来电进来。我接听。那头一口标准普通话："许太太，公司有重要会议举行，许先生临时改签飞往美国，许先生说，请太太好好在爱琴海享受长假。"

我不客气地问："你是谁？"

"索菲亚，新来的秘书。"

我还想问些什么，那边已挂断电话。

我糊涂了，我与他分明才结婚，却已沦落到要让女秘书来传话！

工作人员走进贵宾厅，引导我们办理登船手续，还有行李员替我们拉行李。

到房间，我付了5欧元小费给他，碧眼的男孩朝我微微一笑。

这是情侣套房，床单上铺满了红玫瑰。茶几上摆了一瓶拉菲红酒，与杏仁巧克力球。旁边还斜斜躺着一张卡片，上头用英文打印：衷心希望由本轮替你们开启一场真爱之旅，祝旅程愉快。

这些统统令我啼笑皆非。我拉上了窗帘，掩上房门，将床上的玫瑰花瓣全数扫落到地上。

漫长的行程使我觉得乏累，我倒在床上和衣而眠。

一觉醒来，天色已暮，夹板上正在进行烟火表演。人们的欢笑声、舞步声、击掌声隐隐约约传来。

我落寞地起身，淋浴换衣，套了一条黑色长裙，妆也懒得去化，只用口红抹了抹嘴唇，就这么出了门。

我没有他们的任何一种欢乐，当然走不进他们的欢乐里。

我进了二楼酒吧，要了一杯苦艾与一盆子炸薯条果腹。

歌手正在唱一首抒情的慢歌。

欢愉的人，都在夹板看烟花。寂寞的人，才在这里听这曲悲伤的歌。

"一个人？"

我闻声抬头，一个西装革履的男子捧着酒杯坐在我身边。

若不是他这么随意找女孩子搭讪，我也一定会觉他是一个花美男，星眉剑目，玉树临风。

"不，两个人。"我冷冷答。

"哦，那么他现在在哪里？"他嘴角微微上扬。

我不再理睬他，放下酒杯起身离开。

夹板的热闹与我无关。酒吧的寂寥，又被人扰攘。哪里都不愿意待，我只得又钻进卧室里，坐在橘色落地台灯下喝红酒。

酒精麻痹了神经，才使我睡去。

第二天一早，我拖着宿醉的沉沉脑袋到餐厅吃自助餐。没有多少胃口，只舀了几勺煎蛋加两块吐司面包，倒了一杯黑咖，寻了一个靠窗的位置坐下。

一切食不甘味，如同嚼蜡。

外面的天也灰蒙蒙一片，真叫人惆怅无限。

昨日在酒吧与我搭讪的男子，此刻也捧着餐盘走过来。他不客气地坐到我对面后，又佯装礼貌地问我："请问，可以坐下吗？"

我瞪了他一眼。

"还是你在等你的朋友来？"他喝口咖啡问我。

我摆张扑克脸一声不答。

"别生气，我只是觉得你这个朋友不太好，要知道，无论是谁，都不应该叫美丽的女孩等这么久。"他不恼反笑，"从上海等到米兰，从米兰等到威尼斯，恐怕又要从威尼斯等到爱琴海。"

我的胸口怎地被人压上了一块花岗岩石。

我再仔细看他的脸，听他的声音。

"你觉得那杯碧螺春味道好不好？"他提醒似的问我。

哦，原来是他！

从上海开始，他一路与我同行至米兰，从米兰到威尼斯，不用怀疑，他也将随我一同到爱琴海。

"那我现在可以坐下来了吗？"

我不说话，实际，我是无话可说。

他从容地切着煎蛋与香肠："张凯文。"

"什么？"我问。

"我的名字。"他笑，"我以为你会想知道我的名字？"

"不，不想，谢谢。"

他笑出声，继续不徐不疾地问我："你呢？你可不可以告诉我你的名字？我总不能天天'喂喂'喊个不停。"

"无所谓。"

张凯文轻笑，露出洁白又整齐的牙齿。

他的手机响起来，看一眼，不去理会，依旧与我攀谈。

"听说爱琴海最佳的旅游时间是每年四至十月，这个时候可以穿着泳衣徜徉在红色的海洋里，任晶莹剔透的海水拍打着脚踝，海风吹着岸边的橄榄树，海滩上的人们安详地享受着来自天堂的静谧，是一件妙不可言的事，"他切着土司对我说，"这个季节显然不是来爱琴海的最佳时期。"

"念高中时，我的导师憧憬地同我们讲：爱琴海又称'葡萄酒色之海'，在阳光的照射下，爱琴海的海水呈现一种晶莹剔透的颜色，清澈中泛着灿灿的金色，到了夕阳落下的时候，海水就会变成一种绛紫色，好像杯中的葡萄酒，在盛夏的天空下，带给人心旷神怡的感觉，人这辈子，一定要去那里一趟。"我看着远处蔚蓝的海面，那里浩渺无垠，但也一无所有。

"于是你将它作为自己的蜜月之地？"

我猛地回过头来看着他。

"哦，我只是猜测，"他捧起咖啡杯，"你的戒指闪闪发亮，连条划痕都没有。"

我将刀叉顿到餐桌上，讽刺道："你长了多少颗心，还有空来管别人的闲事！"然后拂袖离席，回到房内。

十分钟后，有工作人员来敲我的门。我拉开，一个女服务员怀里抱着一篮子黄玫瑰站在门外："女士，A套房的张先生送来的玫瑰。"

我拿起插在花束里头的卡片看，上头是手工楷体："喂，你：请原谅我的鲁莽无礼。"

"请带回。"我将卡片丢回原位。

女服务员尴尬地看着我。

我返身进屋内，从钱夹里取了十欧元塞到她手里："请带着花离开。"说完，又将大门重重关上。

索菲亚的电话这时又进来。我接听。

她在机械似的汇报："许太太，许先生此刻在美国佛罗里达州参加总公司会议，他问您旅行是否愉快。"

我心头冒起一股无名火："他又没死，干吗自己不打电话过来？"

索菲亚轻声细语，似复读机般回答："许先生公务繁忙，无暇来电，故由我来代劳。"

我听不下去，将手机重重砸到地上。

去他妈的"代劳"！

邮轮靠岸，我与游客一起登上了圣托里尼海湾。

漫步在狭窄的街道上，一侧是蔚蓝的大海，一侧是蓝色圆顶白墙的圣十字教堂，所有人都在憧憬傍晚时分，在小镇的尽头，与最重要的人，一起邂逅世上最美的落日。

原本，这也是我的计划。

在街边，我随意找了家餐厅点了一杯果汁，坐在露天的阳伞下。

张凯文阴魂不散，不知从哪里钻了出来。

他坐到我对面，服务员替他端来了一杯咖啡。

张凯文用希腊语向人家道谢。

"你还在生气？"张凯文问我。

"怎么会呢？"我喝口果汁，"生气也得费感情，我没有必要对你一个陌生人浪费自己的感情。"

张凯文推推鼻梁上的墨镜，笑得古怪。他又换了个话题："听说希腊人很会钻空子，这里的人为了领取政府的津贴，谎报自己是盲人，有人还特意去岛上调查，在680名注册'盲人'中，498人为谎报，其中61人还持有驾照并在岛上驾车行驶，你说可不可笑？"

"他们当局是否执法不严？债务危机何时度过？是否退出欧元区？全民公投结果如何？"我对张凯文说，"对不起，张凯文先生，我没有什么兴趣在这里同你讨论国际局势。"

张凯文正预备开口说些什么，他的手机又响起来。他接起，优哉游哉地对电话里头说："嗯……唔……哦……说我在欧洲开会，或者在进行非洲苦旅，总之忙到崩溃，无暇与她通话，更别说会面。"

他不慌不忙地结束通话。

"叫秘书打发女人？"我调侃。

"只是让彼此不要这么难堪，给对方一个台阶下。"

我鄙夷地说："装模作样，冠冕堂皇！"

张凯文却委屈地朝我摊摊手："我只是与她吃了几次饭，逛了几次街，偶尔寂寞时彼此慰藉一下，她却叫我买钻戒向她求婚。是她得寸进尺，没有自知之明，一个女人不懂得适时退出，实在令人悲哀。"

"张先生，我也是个女人。"我不悦地提醒他。

"我当然知道你是一个女人，当然，我说这番言论，也不想叫你对我产生坏印象，我只是在实话实说，你不介意听实话的对不对？"张凯文摘下墨镜别到领口，"感情本来简单，人们却要将它复杂化，结婚便是多余之举，感情一旦走到尽头，除了挥手再见，还要牵涉财产与子女，或者拿法律武器来互相抗衡，这一切，难道不是自寻烦恼？何不合则聚，厌则散，没有包袱，轻松自在。"

"你不觉得给一个女人最大的尊重，就是与她结婚，给她名分吗？"

"还不如给她满满炙热的爱。"

"我却相信深情不如久伴，厚爱无须多言。"我起身离开，先一步回到邮轮。

张凯文与我，完全身处在两个世界。他不能懂我，我也不能认同他。

当夜邮轮上有场假面舞会，盛大与华丽不言而喻。

有人将此当作 T 台秀，有人来钓金龟婿，有人来看美女，而我只不过是因为寂寞来打发时间。

我坐在一边喝着闷酒，看着舞池中央戴着假面具的善男信女，演绎一出又一出悲欢离合：这个邀到了心仪的舞伴，那个从头至尾只是备胎，那个恐怕想邀对面的男子跳舞，而这个女子总是觉得自己的舞伴比别人的差。

有人过来邀我跳舞。他礼貌地朝我欠欠身："美丽的小姐，可否请你共舞一曲。"

我笑出声："张凯文，你这身衣裳恐怕是影楼里租借来的吧。"

张凯文泄气地坐到我身边："化妆师讲，这件披风才是吸血鬼的精髓。"

"是，万圣节时还可变成怪鸭伯爵。"我嘲笑他。

"为什么不去跳舞？"张凯文问我，"难道花几万块的船票过来喝闷酒？"

"彼此彼此，你也花几万块买张船票，专门来管别人的闲事。"

张凯文半天没说话。我奇怪地看着这个一天都不怀好意黏着我喋喋不休的男人。他似乎苦笑了一下，说："我是来散心的，我养父去世了。我其实只想找人说说话，说什么都行，我心里能好受点。抱歉打扰到你了。"

我感到他油嘴滑舌、矫揉造作的面具下，有一张悲哀的面孔。

我缓和了语气："你说的人贵有自知自明，我跳不来舞，何必上去出洋相。"

"你还在对下午的话耿耿于怀？"张凯文揩揩鼻，"难怪人常说宁得罪小人，勿开罪女人。"

他扬手问服务员又要了两杯香槟，一杯递到我手里。"来，让我们化干戈为玉帛好不好？"

我跟他碰杯。

"嘿，我总不能继续喂，你，喂，你了吧。"张凯文说。

"我……夫家姓许。"我有点艰难地答。

"我不认为女人结了婚就可以丢掉自己的姓氏，况且我也不想喊你'许太太'。"

"施，"我对他说，"我叫施本末。"

返回上海时，阿其来机场接我。世允没有来。

当然，我没有过多失望，因为前一晚，她的传话筒索菲亚已电邮给我。她说：许太太，许先生从美国回来，又马不停蹄飞往了北京签署一份合同，他对在您长途跋涉之后，无法亲自前来接机感到抱歉。

类似外交辞令。我真有些哭笑不得。

阿其带我回了我与世允的新居——隐匿在宁静郊区的佘山别墅。

世允当初选这栋房子时，独看中了面前似月牙状的天然湖泊。他戏言："这栋宅子就叫——生月居吧。"

第二天，我却当真去磨了一块木质门牌悬在门口，上头用魏碑体写上：

生月居。

世允见后，笑得前俯后仰。

我悻悻问："海上生明月，天涯共此时，不是这个意思吗？"

世允不答，只将我拥入怀里，我在他的胸膛依偎。

如今，阿其开车经过这片湖水，我却恍若隔世。

到门口。阿其拉着行李送我进去。两个女用人立刻出来迎接，其中一个说："太太，我是君梅，以后由我和文娟照顾你的衣食起居。"

身边的文娟朝我欠欠身："太太好。"

我点点头。文娟引导阿其将我的行李抬上楼。

我看到楼梯口摆着一个崭新的三角画架，身后的君梅立刻上前一步解释："这是先生替太太从法国预订的画架，今早刚刚快递来，稍后就叫阿其抬进画室。"

我不置可否。

君梅替我放了洗澡水，沐浴，洗去仆仆风尘。

而后，晚饭也懒得去吃，我直接倒到了床上。

君梅特意跑到床头来问我："太太，如果你没有胃口，我替你弄碗鸡汤煨面来好不好？"

我眯着眼睛摇头："睡觉，我要睡觉，请不要打搅我睡觉。"

君梅只得退出去，带上门。

我困得发麻。只因连续几夜睡眠少得可怜的缘故。

这下睡得像头猪猡，直至翌日的日上三竿。

迷迷糊糊醒来，却看到床畔安安静静地坐着一个人，他正看着我。

我吓得连忙坐起，下意识地拉高被子往床角钻。

"你怎么了？"那人却笑，"把我当成吃人的老虎了？"

定睛一看，是许世允。他伸出宽大手掌覆在我的额头上："君梅说你从昨晚躺到现在，是不是哪里不舒服？"

我躲开他的手，说："没有。"不知为何，对于他的问候，我有些无所适从。

"没事就好。"世允不以为意，起身说，"君梅熬了白粥配着油条与酱瓜做早餐，快下楼吃一些。"未等我回答，他已开门走下了楼。

我起来梳洗，套上了羊毛长裙走下楼。世允正拿着平板在餐桌前读新闻。

我一声不吭坐到餐桌前。君梅立刻捧出了白米粥，一人一碗放在我们前头。文娟随后送上酱瓜与油条。

我拿起筷子，也不等世允，自顾埋头先吃起来。

世允放下平板，捧起碗筷，对我说："稍后阿其送我们去你家。"

我不吭声。世允也就不再说话，开始喝粥。

用过了早餐，阿其载我们回娘家。一路沉默。

哥嫂早已候在客厅里头，见我们入内，即刻起身迎接。

"累不累？"哥哥问我们。

我看一眼世允。他脸不红气不喘回了句："行程算是轻松的。"随后奉上了礼物。用人帮忙收起。哥嫂与我们在沙发上面对面相坐。

哥哥命人泡上了金骏眉。嫂嫂看着我说："爱琴海好不好玩？当地人友不友善？"

"不，不好玩，"我板着面孔答，"雨水溅起海底的淤泥，惹得水面污浊不堪；希腊人一门心思在钻政府空子，健康人拿着残疾人的救济补贴，十分贪婪。"

世允瞟我一眼，嫂嫂与哥哥也面面相觑，他们均看出了我的不悦。

当然，这顿午餐也吃得索然无味。

餐后，世允载我回了生月居。车子刚刚停下，我便急不可耐开门下车冲进屋里。正拿着抹布做扫除的君梅与文娟见我，立刻欠身喊："太太好。"

我不响。世允跟上来。他问我："你在和我生气？"

我从茶几上取了自己的车钥匙转身，一张面孔拉得老长。"不，我没有生你的气，天下第一大忙人的许世允先生，今朝特意腾出了半日，愿意同我来演一出恩爱夫妻的戏码，叫哥嫂放心，这般心思缜密，体贴入微，你说我怎么还会生你的气呢？"

面对我的讥讽，世允用沉默回应。

我才懒得去管它，即刻提上拎包，驾着我的保时捷出了门。

我去找了阿曼达。我问她："阿曼达，在你眼里许世允究竟是一个怎样的人？"

坐在我对面的阿曼达正将茶壶提到半空中，顿一顿，继续沏了杯白茶鲜橙后缓缓开口问我："你还在为许先生未能陪你度蜜月耿耿于怀？"

"什么理由叫他可以抛下新婚妻子的？"

"我不能说他的做法完全正确，但作为妻子，你应该试着理解你的丈夫，或许他确有要紧的事。"阿曼达将一杯茶水递给我。

"所有理由不过是掩盖不想来的借口！"

阿曼达朝我叹口气，看得出，她也是做了一番思想斗争后，才与我说了下面的话："鼎盛一笔风投出了问题，许先生临危受命来处理这桩事情，连续半月，他每天的睡眠不过三小时，要紧时，不过只是趴在办公室眯一会儿，天天喝大罐黑咖以应付没日没夜的工作。这个项目我有参与，所以我是见证人，我是不是要举手赌咒我陈述的全部都是事实？"

我愣在这头，半晌开不了口。

"许先生在未央画廊上费尽心思、倾囊相助，这一切也不过只是因为你的一句戏言。"阿曼达叹口气。

我听出端倪，反问阿曼达："未央难道不是风投项目？"

"这种项目怎么可能会审议通过？"

"那当初那些文件……"

"不过是不想叫你心里有所负担。"

"但是……"

"施本末，你的丈夫是鼎盛亚洲的许世允，不是寻常布衣百姓。他运筹帷幄，决胜千里，你总不会叫这样的大丈夫，日日在深闺替你提绣花鞋吧？"阿曼达眼内满是鄙夷。

我满怀心事地开车回生月居，院里已看不到世允的车子。

君梅出来迎接我。我问她："先生呢？"

君梅答："先生说要赶去公司签一份合约。"

"晚饭可有说会不会回来吃？"

"先生说恐怕不能回来。"

我心绪已渐渐缓和，应一声后，走上楼去。君梅在我身后问："太太晚餐想吃些什么？"

"随意下碗汤面就好。"我回答。

"先生嘱咐我们要好好看着太太吃饭。"君梅走到楼梯口。

我想一想："那做一份干贝海鲜粥吧。"

君梅笑着点头离去。

又是我一个人用晚餐。除了海鲜粥，君梅还做了一碗凉拌木耳、两份牛肉锅贴。

我对君梅说："这么吃下去，不出几天，我一定满身肥膘。"

君梅憨笑："太太胖几斤才好看。"

"可惜你不是先生。"

"不，在先生眼里，太太无论胖瘦都好看。"

她很会说话。

我也确实是有些无聊，才在这种时候与用人攀谈，慰藉寂寥。

又是我一人独守空房，世允没有回来。

翌晨，我下楼用餐，君梅走到我身边来对我说："太太，先生出门时交代，稍后会让阿其载你直接去拍卖会场。"

"先生回来过？"我诧异。

"是，"君梅答，"凌晨一点到的家，清晨六点又出了门。"

"他睡在哪里？"

"先生怕打扰了您的睡眠，昨晚在客房将就。"

我怔忡了一会儿，又问君梅："什么拍卖会？"君梅将邀请函双手递给我。

我打开，上头写：在你身边的蓝嘴唇。原来是为肺气肿高血压患者筹集善款。

君梅指了指沙发上的礼盒："太太，这是先生替你准备的礼服。"

我放下牛奶，走过去打开礼盒。是一件香奈儿抹胸黑色乌干纱礼服，简单大方，又不失俏皮。

我换上了它，再配上一双黑色鱼嘴高跟鞋。君梅替我绾起了发髻，戴上了简单的钻石耳钉，除此之外，没有其他装饰。

我上了阿其的车。他向我禀报："太太，先生今天的会议地点就在会场旁边，所以他会直接过去，稍后与您在会场会合。"

第七章：两面

到达会场。礼宾小姐客气地检查我的邀请卡。"许太太，欢迎之至，许先生已在内等候。"她礼貌地指引我入内。

从前我是永远躲在施本然身后的"施小姐"。如今，我是"许太太"。

身边连续几对名流伉俪过来签到，再看看自己孑然一身，我怎能不委屈。

我落寞地朝里走，穿过回廊，走到了宴会场地，在衣香鬓影中寻找世允的身影。

一个端着香槟的服务生，不小心将我绊了一下。我身子不稳，一个踉跄摔倒在地，手臂被地上的石块磨破了皮，一阵痛楚。服务生的酒杯也碎了一地，酒水洒了一滩。

周围的人停止了对话说笑，统统转头来看我，却没有人来扶我一把。

服务生吓得脸色煞白，不住地向我道歉。

我朝他挥挥手，示意无恙，正准备撑着胳膊站起来，一双手拉住了我的臂膀。

我转头，大吃一惊："是你！"

"好久不见，施本末。"面前的张凯文正眯着眼睛，朝我微笑。

张凯文扶着我进屋，有服务生提了医药箱过来。他亲自用棉签蘸着双氧水替我清洗伤口，痛楚如热浪一般席卷而来，我微微皱起了眉头。

"你怎么在这里？"我问他。

"我捐了十万人民币好不好？"

"哦，不是这个，我只是意外与你在这里相遇。"

"哈哈，世界才多大。"

这倒是，想想我们还巧合地坐了同一架飞机去了爱琴海的。

"我也意外，你会热衷于公益。"我看着张凯文说。

"你以为我只会纸醉金迷，日日把妹泡妞？"

我默认。

他用手覆额："天，在你眼里，对我竟然只是这个印象！"

我笑起来。

"很遗憾，我没有这么幸运，一出生就长了一张好人的面孔，但今后，我会极力向你证明我不是一个'坏人'。"张凯文替我涂上了红药水。

"为什么要向我证明？你就是你，没有必要向任何人证明。"

"我可不在乎其他人的想法，但是我重视施本末，你，怎么看我。"

我不是笨蛋，我知道这句话的意思。可是我的婚戒戴在我左手无名指上，所以，我只有沉默。

这时，有人从门口渐渐朝我们走来。我抬头，世允身着一身灰色西服站在我俩面前。

"手还好吗？"他问我。

我不响。

张凯文也闻声抬头。他回答世允："只是皮外伤。"

世允继续问我："他是谁？"

我依旧不语。

张凯文礼貌地伸出右手，并替我回答："你好，我是张凯文。"

世允没有伸手，他"礼貌"地说："张先生可否让我们夫妇单独待一会儿？"

张凯文尴尬地收起右手："好啊，没有问题。"他又回头与我告别："再见，施本末。"

我笑着同他挥手。张凯文消失在大厅。

世允趋近我，我却下意识地后退几步。

世允问："他是你朋友？哪里认识的？"

我横眉冷目。

他嘴中也似含了一块冰块一样开始教育我："下次记得告诉你的朋友，按照基本礼仪，他应该喊你一声许太太。"

我冷笑。许太太？他倒还记得我是"许太太"。

实在没有勇气再与他面对面站立，于是，我打算掉头离开。

许世允一把拉住我。

我回头，怒目低吼："放手！"

"施本末，你千万不要挑战我的耐心。"他警告我。

我无畏，挣脱他的手，拉着裙摆毅然离去。

说出来你一定不会相信：就在刚刚倒地那刻，我看到，在围观的人群中，有一双冷眼是属于许世允的。我这辈子都会记得，他捧着香槟站在梧桐树下，用眼尾淡淡扫着我的样子。

我含泪拦了一辆出租去了哥哥的办公室。

他的秘书即刻沏了一杯玫瑰白茶，要我坐在外间宽大的芝华仕沙发上稍等。

十分钟后，一个身着正装的男员工捧着文件夹，一瘸一拐地走出了哥哥的办公室。觉得他有些面熟，我下意识地看着他的身影走进电梯，却思来想去也不得要领。

秘书这时来唤我进去。我谢过后，起身走进哥哥的办公室。

"怎么这个时候来？"哥哥正敲打着键盘，头也不抬地问我。

我走上前去噘着嘴："是不是亲生妹妹来找哥哥一起吃顿午餐也要提前预约？"

哥哥笑着抬起头来。"咦，你的手臂怎么了？怎么受伤了！"哥哥霍地站起，满怀关切地走到我的身边来拉起我的手臂查看。

"只是不小心擦破点皮，不碍事，不碍事。"我忙拉下他的手。

"怎么办？这么大了，却始终叫人放心不下。明明结了婚，却还像个小孩子。"哥哥叹口气。

我双手拉着他的手，头倒到他的肩膀上："我永远是哥哥甜蜜的负担。"

哥哥无可奈何地笑。"想吃什么？"

"六分熟的神户牛肉配上一杯冰镇梅子酒。"

哥哥向秘书交代好事情，抄起了沙发上的外套，拉着我离开。

我们在附近一家传统日本料理吃午餐。

我吃着牛肉，哥哥亲自替我斟了一杯梅子酒。他忽然对我说："婚姻里，要懂得各退一步，学会用放大镜看对方优点，包容对方的缺点。"

我迅速抬头看一眼哥哥。他喝了口荞麦茶，若无其事地开始吃他的免治牛肉饭。

无疑，哥哥已发现我与世允之间存在着隔阂。

我可以向他倒五车苦水，顺便将他拉拢，与我成为一个阵营，他是我哥哥，他百分百会替我撑腰，为我出头。

可是，我却没有这么做。我实在不忍到这个时候还叫他为我担忧。所以，我只得轻轻点点头。

哥哥说："晚上与世允一起回来吃饭。"

我勉勉强强答应下来。

餐后，哥哥去工作，我去了市图书馆。

没有看完一本书。

拿本爱情小说，嫌它不现实；翻本纪实文学，又觉得生闷无趣。总之心不在焉。眼睛扫着文字，脑海里思虑的却是别的事情，就这么打发了一个下午。

踏出图书馆，太阳正缓缓西下，车流正慢慢移动，累了一天的人，统统都想要回家。

对面街头，一个背着画框，穿行于人潮中的男青年引起我的注意。

世杰？！我震惊。等到绿灯跳起，我立刻追了上去，整整跑了两条街，那个酷似世杰的背影却消失在了人海中。

我站在十字路口，环顾四周，心头反复地问自己：是不是世杰？是不是世杰？

此时，哥哥来电催促我回家，我应一声，挂上电话，走到路边，拦了一辆出租返回。

哥嫂已在家等我。见我一人进来，哥哥疑惑地问："世允呢？怎么世允没有跟你一道儿回来？"

我立刻编了谎话答："他说是有重要会议，分身乏术。"

哥哥也没有再为难我，扬手叫我入席，三人开始吃饭。聊的话题，也不过是一些百度的头条新闻，哥嫂恐怕不想在我面前提起"许世允"这个雷区。

饭后，嫂嫂体贴地问我："是不是叫用人给你收拾下房间？"我还未回答，哥哥捧着报纸说："她有她的家，芝麻绿豆大一点小事，就要躲到娘家来，实在不是什么好习惯。"

我瞪哥哥一眼。

外头有汽车停下的声音。不一会儿，用人来报："二小姐，姑爷来了。"

哥哥闻声放下报纸，嫂嫂默不作声，我倒愣了愣。

世允走到客厅。我依旧背对他。

哥哥问他："会开完了？"

我的脸一阵发烧，转过来看他。

世允看我一眼，很自然地说："是，开了四个小时，到现在才散。"

"用过晚餐没有？需不需要用人替你下碗面吃？"哥哥以礼相待。

"不用客气，"世允答，"我只是来接本末回家而已。"

哥哥与嫂嫂齐齐看着我。

许世允替我铺了台阶，上头布满红毯。我也实在不想叫哥哥为难。

于是，我站起身，与哥嫂告别，跟着他一起离开。

还是一路沉默。

踏进家门，客厅里的灯随即亮了起来。

我正准备上楼，许世允在身后问我："本末，你是不是还在生我的气？"

我转过身，他站在不远处，明亮的灯光，将他的疲惫照得一览无遗。但他依旧英俊儒雅、风度翩翩。他还长了一张好人的面孔。一个男人长得好看，优势得天独厚，以至于我不能真正做到去恨他。

我问："许世允，你是不是爱我？"

世允不答，盯着我看了良久。我以前经常被他这种复杂而又深情款款的目光迷惑，这次也不例外。

我几乎快哭出来，再问一遍："你到底爱不爱我？"

他答："施本末，遇上你，我已方寸大乱。"

我听不懂。

我只知道，世允说完这句话后，困苦地掩面。他搓搓脸，又转身走向大门，丢下一句："今晚我还是回公司去睡。"

啊，又走了。

我顺着墙壁滑倒下来，泣不成声。

君梅被我的哭声惊醒，睡衣外头罩着一件薄衫就直接跑出来。见我在哭，她立刻蹲在我身边问："太太，怎么了，太太？"

我不答，反身抱着她大哭。

第二天，我带着肿成核桃一般的眼睛去找阿曼达。

我对阿曼达说："阿曼达，原来我一点儿也不了解许世允。"

阿曼达揶揄："这似乎是全世界夫妻共同面临的难题。"

我无心同她玩笑，低下头，手里头一刻不停地转动着咖啡杯。"我根本不知道他在想些什么。"

"有时候，我们自己都不了解自己。"阿曼达开解我。

"这些日子，我时常问自己，许世允是不是爱我？"

"你呢，你是不是爱他？"

我沉默。

"你看，你也不能迁就与包容他。"阿曼达朝我摊摊手。她的话与哥哥的忠告何其相似。

一直以来都是我在挑剔许世允，却未曾反思过自身。真是这样吗？

我爱他吗？

答案是肯定的。爱，怎么不爱？他修长的十指，至今都令我心颤；深秋我们在街角拥抱过的手心，至今尚有余温；他与我的耳鬓厮磨，至今还是我夜半醒来时的慰藉。

爱，我当然爱他！

这些日子以来，我终于主动给世允电话。

第一通，拨他的手机号码，无法接通。再打他办公室电话，却是索菲亚代为接听。

我客气地说："是我，许太太，请将电话交给许先生听。"

索菲亚回答："许先生此刻正在'未央'施工现场，不方便来听电话。"

"未央？"

"许先生很关心'未央'进程，如无意外，每天下班，许先生都要到'未央'报到，许太太难道不知道？"

她的口气里有种挑衅与骄傲。

我不吭声，将电话挂断，立刻开车掉头驶向"未央"。

才二十分钟的路，却堵了四十分钟，到达目的地时，天已渐暮。

我将车子靠边停下，远远就看见世允戴着黄色的安全帽捧着图纸与设计师讨论。

我走过去，步伐渐渐沉重，呼吸渐渐急促，心跳自然也加快。

"天顶需要留白，是，本末喜欢手绘天顶画。"

"装饰还是以陶器为主。"

"质朴的砖墙也是一个很好的选择。"

我静静站在一旁注视着世允。

一个工作人员走到我身边来提醒我："女士，进来须佩戴安全帽。"

前方的世允闻声转头。他与我对视，目光炯炯。

我微微笑。

世允将稿纸交还给设计师，脱下安全帽朝我走过来。"你怎么来了这里？"

"想你了。"我答。看得出，他有些意外。

他又问我："吃过晚饭了没有？"

我摇摇头。

"一起用？"

我点点头。

我们选了附近的一家餐厅吃牛排。餐后，我又要了黑森林作甜点。

世允看着我笑了："你胃口很好。"

"你该不是在提醒我要节制吧？"我切了一块蛋糕放进嘴里。

"不，没有，我喜欢看你大快朵颐，这样会让我觉得这顿食物很合你胃口，我会为自己的正确决策感到高兴。"世允举着咖啡杯笑，"多心的女人。"

"我也觉得自己敏感，"我朝他抿抿嘴，"我也喜欢自己没有思想，别人叫我往东我不敢往西，叫我坐下我不敢站立。可事实上不可能。你不得不承认，动了真感情人才会坐立不安、敏感猜疑，毕竟付出了太多，难免患得患失。"

"谁的话？张爱玲还是倪亦舒？古时候说女子无才便是德是有道理的。女人天生太聪明已经不得了了，还念了这么多书，有这么多思想，我是招架不住的。"

"那就早些投降，举白旗，说我输了。"

"是的，我输了，自我在浦东机场第一眼见到你开始，我早就输了。"

世允刷卡付账，我与他离开了餐厅。

远处的广场正在举办露天演唱会，人满为患。

我推推世允臂膀，说："我想看。"

世允把我抱起来。我摸着他的脸庞，短短的胡渣刺着我的手心。

世允抬头看看我，我也低下头回望。

忽然觉得，自己要得其实不多，不过只是时光不老，我们不散。

直至演唱会散场，我与世允才回了家。已是凌晨2点。

世允送我至房门口："早点休息。"他转身朝前走。

我一把将他拉住。

世允与我面对面，我主动吻他。

世允忽然推开我："本末，有朝一日，你一定会恨我。"

我不理他的"忠告"，抱紧他的身体，继续生涩地吻他。

直至世允开始热烈地回应我，直至那件早该发生的事情发生。

翌晨，我先醒来，晨曦透过落地窗帘照进来。

我迷糊地睁开眼，看看床头的闹钟。

世允也醒了过来，双手将我揽住，下巴顶到我的头顶将我拥紧。

他问我："几点了？"

我躲在他的胸膛答："快十点了。"

"不，不可能，时间不会这么快，一定是你拨快了闹钟。"

欢愉总是易过。

我笑着捏他的鼻子，催促他起床。

我同他一起刷牙洗漱，一起用早餐。

我提着公文包送他至门口。

"本末，这个场景，我幻想了成千上万次。"世允又拥抱我。

我踮脚上去与他吻别。

"晚上一起吃饭？"世允提出约会。

我点头："好，晚上我来你公司找你。"

我与他挥手道别，依依不舍地目送他出家门。

君梅捧着瓷盘站在一旁看着我笑。我不好意思地别过脸。

傍晚，阿其送我到鼎盛。

出电梯，便瞧见几个秘书小姐在打私人电话，或者闲聊，时不时笑作一团。

虽未曾谋面，但我认出了她的声音。

索菲亚。

我走到她面前。"我来找许世允。"

她上下打量我几眼，冷冷问："可有预约？"

"不，没有。"我答。

"许先生此刻正在召开周会，"她指了指一边的沙发，"你先去一边等一会儿。"

我坐到一边的沙发。她茶也不端，话也没有，只是用眼尾扫我几眼后，开始打开电脑办公。上次接待我的那位秘书小姐站起来看了看她，犹豫了一下后冲我笑笑，给我泡了一杯茶。

十五分钟后，世允捧着文件出电梯。

我即刻站起身，笑脸相迎。

他过来与我拥抱："你来得有些早。"

"是想早些看到你。"我答。

索菲亚的脸青一阵白一阵地盯着我们看。

我一双冷眼望着她。

索菲亚怯生生地说："想不到许太太这样年轻貌美，是我有眼无珠。"

很遗憾，这句奉承的话语并未讨得我的欢心。我批评她："索菲亚，不管是不是许太太，你都要给客人端茶的。"

"是，是，是。"索菲亚将头贴到了胸前。

车上，世允笑着问我："你不喜欢索菲亚？"

我正翻着杂志："索菲亚不懂得基本礼貌，我只是讲她几句，许先生难道介意我教训你的女秘书？"我合上杂志，抬头看一眼他。

世允笑："不，不介意，是她做得不好。"

我们准备去吃日本料理，车子刚钻进地下停车库，哥哥就打电话来，邀我俩回去吃晚餐。

我本想拒绝，世允却已经掉头把车又开出了停车库。

我们在哥哥家附近的商场买了一个巧克力蛋糕，又选了一捧百合。

嫂嫂将百合抱到厨房插进水晶花瓶里。世允也提着蛋糕，帮忙送进去。

哥哥翻着晚报问我："和好了？"

我吃着蜜瓜，故意与他打马虎眼："什么'和好了'？"

"刚刚我看你们是手挽手走进来的。"哥哥抬头朝我莞尔一笑。

我的脸红了："哥哥！"

"这样多好，"哥哥满意地说，"各退一步，夫妻是要白头到老的。"

我放下水果叉，不好意思地逃开："我去厨房帮忙。"

走进厨房，世允正在切蛋糕，嫂嫂面对着水池站立，百合花斜斜躺在一旁。

"需要我帮忙吗？"我问。

世允笑着回答："来，将这些蛋糕端出去。"

我走过去，端起餐盘，一边的嫂嫂始终没有理睬我。

"嫂嫂？你怎么了？"我转过头问。只见嫂嫂红着眼眶匆匆别过脸："不，没有，窗外的风沙吹进了眼，一会儿就没事。"

我放下心来，端着餐盘与世允一道出去。

晚餐吃了哥哥特意买回来的崇明蟹，甚是美味。

饭桌上，哥哥与世允侃侃而谈，而我插不上嘴，只得找在一边沉默的嫂嫂聊，而嫂嫂却始终有点打不起精神的样子，我问一句她才答一句，完全是在敷衍了事。

回去的路上，我对世允说："嫂嫂好像有心事，看上去十分不开心。"

世允笑了笑说："我记得一个女作家说过：女人一生中，值得欢愉的事情少之又少。"

我白他一眼："还不是因为你们男人！"

世允只是笑，聪明如他，最懂得在适当的时候装聋作哑。

第二天，我送世允出门后，给哥哥去了一通电话，要他多关心关心嫂嫂。

哥哥叹口气："她爸爸瞬间下台，公司改朝换代，她妈妈又不太懂事，家里头没有男丁，什么事情都要她一人扛下来，哪有不烦恼的。"

"嫂嫂一定很头痛。"

"谁说不是，下周我与你嫂嫂送二老回印尼老宅，回来后，你好好陪陪你嫂嫂。"

我答应，与哥哥挂断。马上有一个陌生电话进来。

我接起。一个欢快的男声在另一头响起："施本末！"这一声叫得我有些茫然，我客气地问："不好意思，您是哪一位？"

"我，哈哈，张凯文啊。"

"张凯文？你怎么会有我的电话？"

"问到你的电话有多难？"张凯文爽朗地笑，"这世上没有真心想要却要不到的东西。"

我又恢复了本来的面目："干吗？"

"有空吗？一起喝一杯咖啡怎么样？"

"有事情找我？"

"是。"

"不能在电话里谈？"

"还是觉得面对面聊会比较好。"

我看看腕上的时间，离世允下班还有一段时间。"那好吧。在哪儿谈？"

"你在哪儿？我过来接你。"

我报上地址，十分钟后，张凯文驾着他的法拉利过来载我去了季诺餐厅。

我们找了靠窗的位置，各点了一杯蓝山。"好了，有事就说吧。"我将了将头发，直视着张凯文说。

"施本末，你的耐心是不是都给许世允一人了？"张凯文轻叹了一声说。

"是，因为他是我丈夫，他要陪我至老死，可你们对我而言，无关紧要，我不必奉承你，为你们着想。"我喝口咖啡，如实作答。

"可是他呢？你知不知道他怎么想？"张凯文悻悻然问我。

"当然会与我一样的想法。"

"那未必，听说多数夫妻都是同床不同心。"

我皱了皱眉，说："你究竟想说什么？"

张凯文不答，只从口袋里取了一张剪报放在桌上："或许你可以看看这个。"

"这是什么？"我问。

"很久以前的一则老新闻。"

"跟我有什么关系？"

"我本来也觉得它与你没有什么关系，但是……你还是自己看好了。"张凯文又卖关子。

我疑惑地看了他几眼，终究忍不住，拿起那一方剪报来看。

我不认得印尼文，读不懂文章，却看得懂照片，照片上一袭正装的世允挽着一名穿着礼服的女子笑得春光灿烂。

她不是别人，正是我的嫂嫂顾曼芝。

"十一年前的雅加达日报。"张凯文解释，"上头讲华商巨头许、顾两家联姻轰动印尼，当日是二人的订婚宴。"

我的脑袋里"嗡"一声巨响，后脊梁一阵一阵冒冷汗。

我老公跟我的嫂嫂竟然订过婚？真是滑天下之大稽！

而他们在我面前竟然还装成是陌生人。

哦，不，这不可能是真的！怎么会是真的呢？

我根本不愿意相信，甚至试图找些千奇百怪的理由来替他们开脱。比如年轻时他们是杂志模特，当时不过只是在完成他们的工作；又或者这些东西根本就是张凯文的伪造，现在 PS 造假是很容易的，做旧的工艺也很好办，他不过只是想提前给我过一下明年的愚人节……

但是我想起了初遇许世允时，他指着嫂嫂的照片，脱口喊出她的名字；还有嫂嫂每次见他时，那副奇怪的样子。

是的，我最终相信了。

我突然觉得世界天旋地转，地动山摇。

我连忙扶着椅子扶手，几乎是用憎恨的眼神望着张凯文。

他却宛如一个没事人一般，施施然地对我讲："我曾在印尼工作过一段时间。上次看到许世允，我就觉得有些面熟，不是在这里，应该很早前就见过。"

"所以，你特意去寻了这张东西给我看？"我怒不可遏。

"本末，"张凯文顿一顿说，"我只是觉得，你有权知道事情的真相，你也不想一辈子被蒙在鼓里的是不是？"

我竟无言以对了。

我该说些什么？该回答些什么？他们一个是我的丈夫，一个是我的嫂嫂，统统都是我最爱的人，我能说些什么？

所以我选择仓皇地逃走，驾车去找阿曼达。

我大力播着她家的门。

阿曼达一身休闲地出来开了门。"咦，我正想找你来喝茶呢，"她似笑非笑地对我说，"你恐怕不知道，许先生因为索菲亚打翻了一杯咖啡而将她降到了文印室做打杂，不过有没有这杯咖啡，索菲亚都会一样走，因为听员工说，她惹恼了许太太。我正想问问你有没有这回事？"

谁还有空跟她聊什么索菲亚！我一声不吭，板着面孔走进屋。

阿曼达茫然地关上门，走过来问我："发生了什么事情？"

我转身，从包里取出剪报递给她。阿曼达接过来看，脸上果然出奇地平静。

"你全都知道的是不是？"她的反应令我十分懊恼，我笃定了自己的猜测，这件事恐怕全天下都已经知道，就我一人被蒙在了鼓里。

阿曼达将报纸放到一边，邀我坐下来喝茶："今天我沏了金桔柠檬，里头放了些蜂蜜，你要不要来尝尝？"

她平静地倒了一杯递给我。

我哪里还有心情来喝茶，直接伸手甩开。茶杯顷刻落地，玻璃碎裂，茶水飞溅开来。

阿曼达却依旧从容淡定。

"我似乎不该来这里，反正你们一个一个都喜欢许世允，替他护短是原始本能。"我讽刺道。

阿曼达似乎因为心事被我戳穿，明显一怔，可她依旧选择沉默。

我愤愤地站起来准备离开。

阿曼达忽然开口说："他们十五岁认识，十七岁恋爱，大学一毕业就订婚。顾家开的是橡胶厂，许家经营轮胎生意，均是印尼华商中的佼佼者。他们的联姻，可谓门当户对、天造地设。可惜两年后，许家生意失败，宣布破产，这一年，与顾家解除婚约。"

我倏然回头。

阿曼达摊了摊手："我所知道的就只有这些。"

我哭丧着脸："你一开始就知道，为什么偏偏隐瞒我到现在？"

阿曼达站起身走到我面前，语重心长地对我说："本末，每个人都有他的过去，而这些也只是许世允的过去，可你却是他的现在，我选择隐瞒，是因为我觉得他的现在比他的过去来得重要。"

阿曼达说得头头是道，却未叫我的心情好上一分。

我已无力言语，只得闭上双眸，任眼泪从眼角溢出。

一切来得太突然，我实在有些措手不及，也实在没有勇气再回生月居。

顾不得许世允是不是给我打了成千上万通电话，索性关机了事，我浑浑噩噩地开车回了娘家。

哥哥一人在客厅看杂志，见我一人回来，立刻问我："一个人？世允呢？"

"北京出差。"我木着脸答。说这么些谎言，也不过只是不想哥哥替我担心。

我环顾四周，艰难地问哥哥："嫂……嫂呢？"

"老丈人喊她回去，说是有要事要谈。"

我坐到沙发另一头，元神已散，魂不守舍。

哥哥问我："吃过饭了吗？"

我摇摇头。

哥哥立刻差人去下了碗鸡汤煨面替我端来。我扒了几口，全无滋味，宛如嚼蜡。

我对哥哥说今晚要在这里留宿。

哥哥放下杂志仔细打量着我："你跟世允又闹别扭了？"

我极力否认："没有。他在北京出差，我一人不敢睡。"

哥哥怀疑地看着我。

"哥哥你好像非常想看到我们夫妻吵架似的。"我随意拿起茶几上的书本翻阅，躲避着他犀利的眼神。

"没事就好。"哥哥再度捧起杂志，"否则我一定会去找许世允兴师问罪。"

我恻然。不知哥哥是否知道这件事？他会怎么想？

"这本是什么？"我望着手中的原文书籍，试图找另一个话题来聊。

哥哥望一眼说："《金融炼金术》。"

"不看巴菲特了？"我问。

"巴菲特？谁告诉你我喜欢巴菲特？我的偶像一直是乔治·索罗斯。"哥哥答。

我的脑袋仿佛又被重物击中，一声闷响。

是的，我又记错了。不，是我误会了。

一直以来，喜欢巴菲特的是许世允。嫂嫂也是为着他，读完了巴菲特所有的书。

"哥哥，我累了，我想休息了。"我颓然地起身走上楼。

用人已替我收拾好了房间。我倒在床上，被褥上全是洋甘菊的芬芳，墙角燃着薰衣草精油，它们拼命想给主人一晚宁静的睡眠，只是，事与愿违，我却又一次一夜无眠。

翌晨早早就下楼。哥哥已在客厅读早报。

"难得见你这么早起。"他招道呼。我干干地笑笑。

他合上报纸命用人开饭。

哥哥与我刚刚入座，嫂嫂与世允却令人惊讶地一道儿出现在门口。

哥哥笑："你俩怎么碰一块儿去了？"

"在门口遇上的。"嫂嫂先一步进来。

我有意无意地嘀咕："好巧啊。"世允看我一眼，坐到旁边。

"这么早一定没有吃过早饭吧？来，一起过来吃些，今天熬了小米粥，配着油条与酱菜。"他问世允，"你乘一早的飞机赶回来的？"

世允先是一愣，之后笑着凝望我："是，想早些回来看到本末。"

我始终面无表情地喝着白粥。他是个绝对出色的演员，这种境况，完全难不倒他，我可不会为他担忧。

哥哥夹了半根油条放到嫂嫂面前的骨碟里。

"家里如何？"哥哥没有当世允是外人，直言不讳地问嫂嫂，"你始终不让我参与，我这颗心也是时刻吊着的。"

嫂嫂叹口气："父亲已经认命，只是母亲依旧无法接受，她说已经习惯了这里的一切，再回到印尼不知还能不能适应？"

"还是接二老到我们家住一段时间吧。"哥哥提议。

"不用了，"嫂嫂一口回绝，"本然，你已为我家付出了太多，我受之有愧。"

"夫妻之间，谈什么你家我家，都是一家。"

我凄凉地笑了笑，插话说："我也以为结婚后，两人应该合为一体，不分彼此。"

世允不说话。哥哥会心一笑："本末这句说得很好，不分彼此。"

"另外，爱情也拒绝谎言，婚姻更需要坦诚，我最怕两个人在一起，还像演一出推理剧，半明半暗，看不清晰。"

世允回应我："那信任呢？信任是不是完美婚姻的基石？"

"是，当然是，"我笑得又酸又苦，"所以，你该知道，我是多么相信你的。"

世允沉默。我端着饭碗起身："我再去添些粥。"

"添粥？叫阿文替你去添就好了。"

我没有理会哥哥的话，很快钻进了厨房里。终于还是忍不住，泪水汩汩而下。

身后突然有脚步声响起。我立刻用手背抹去了泪水。

"本末。"

是嫂嫂。

我不答，舀了些小米粥倒进碗里。

嫂嫂走到我身边："你，是不是都知道了？"她怯怯地问我。

我抬头看着她。

她的眼内全是歉意与绝望："你带他回来时，我也很意外。"

我说不出话来。

嫂嫂眼里噙着泪水央求我："本末，向你哥哥保密，我不想叫他伤心。"

我机械地点点头。我也不知道这样对不对，但也没有其他更好的办法。

守口如瓶与选择遗忘，都叫我烦透了心。所以张凯文请我出去喝酒，我立刻拦了出租跑去了沸点酒吧。

就是想讨一个酩酊大醉。

张凯文替我倒了一杯威士忌。"我以为你会恨我，不会过来与我见面。"

"恨，怎么不恨，你带我进地狱走了一遭，我怎么会不恨你。"我愤愤地说。

"施本末，可我喜欢你。"

我差点打翻酒杯，错愕地盯着他看。

"是的，我喜欢你，在爱琴海的邮轮上开始，不，不对，或许是从米兰的码头，或许是从上海的飞机。"

"你喜欢我？"我重复，"你说你喜欢我？"

"是！"张凯文郑重地点头。

我突然笑起来，尖锐地笑。"你喜欢我，就可以肆无忌惮地来伤害我？"我质问。

张凯文垂下眼睛，不好意思地回了一句："抱歉。"

"抱歉？鬼一样的抱歉！说句抱歉就可以弥补你的过错吗？说句抱歉，可以叫时间倒回吗？说句道歉可以当作什么都没有发生吗？说句道歉可以让我看不见那张照片吗？我根本不想看到那张照片……"我喝光了杯中的威士忌，又替自己倒了满满一杯，张凯文并没有阻拦我。

"你，还爱他？"张凯文突然问我，"即使发生了这件事情？"

"人的心又不是装了开关，说爱就爱，说不爱就可以不爱。"

"哦，我以为这件事后，你会对他减分。"

"我却想到他俩十七岁，一个坐在另一个的自行车上，天空是蔷薇色，云朵似棉花糖，风里都是玫瑰的芬芳；还有他们的二十岁，手牵手在屋檐底下听雨，困了，倦了，索性坐在了地上，一个靠到另一个的肩上；他也会为她创造优美的俳句，抄录在情书上；她还幻想穿着鱼尾礼服，成为他的新娘。"

"你……在吃醋？"张凯文不甘心地问。

我喝完了一杯又倒一杯："是，谁说不是呢？"我哭笑，"我是在吃醋，谁他妈说回忆没有力量的，他们拥有了彼此最好的年华，可我却没有，我根本比不过她。"

"本末，你为什么会自卑？"张凯文悲哀地看着我，"在我眼里你根本就完美无缺。"

"那是你没有见到我嫂嫂的缘故。"我又灌了一杯酒，"与她相比，我不过就是一块朽木。"

我不再说话，一味地埋头喝酒。

张凯文一声不响坐在一边陪着我喝。

我俩不知喝了多久，我也不知道张凯文如何将烂醉如泥的我送回了生月居。

总之，醒来时，已经是第二天中午。

君梅忧心忡忡地站在我的床边正看着我。

宿醉，头痛欲裂。

我勉强撑起身子坐起来，君梅立刻替我打了一盆热水来洗脸。她关切地问我："太太，你没有事了对不对？昨夜，真是吓死我们了。"

我用热毛巾搓搓脸："昨夜？昨夜发生了什么？"我迷惑地问。

"太太难道都不记得了吗？"君梅问。

我这才开始努力思考。

好不容易回忆起了一些零星片段。

昨夜，张凯文扶着东倒西歪的我回家，是世允开的门。

世允拉我到自己身边，之后不客气地指责凯文："张先生，这么晚请别人的太太单独出去喝酒，不是什么好习惯。"

张凯文脸带笑意："在我眼里她永远是施本末。"

世允无言，带着一张寒霜一样的面孔，直接关门。

之后，他也毫不客气地埋怨我："请你自重，许太太。"

"许太太？"我顷刻笑得前俯后仰，"你也知道我是许太太，不是许三姑，许六婆，闲杂人等。"

世允不再说话。

"我从未见过先生发这么大的火。"君梅的话将我拉回现实。

我将毛巾还给她，一声不响钻进了浴室梳洗。

简单吃了些东西后，我又钻进了书房。君梅替我端来了水果茶。

张凯文的电话又打进来，他问我："怎么样？他有没有为难你？"

"张先生，我家没有私刑。"

那头爽朗地笑："我只是担心你，所以才打了这通电话，现在见你还能开玩笑，看来又满血复活了。"

"是的，活着，活得很好，不劳您费心。"我不客气地与他挂断。

回头，君梅还端端正正站在书房的一角。

"你怎么还在这里？"

"我在这里伺候太太。"

"你先下去，有事了，我自然会叫你。"

"还是君梅在这里，省得待会儿再劳烦太太喊我。"

我不反驳，任她去。

翻了会儿书，又觉无趣，我跑去了画室准备画幅水彩。君梅又跟了过来，立在一边呆呆地看着我，直到东摇西晃地想打瞌睡。

我看不下去："君梅，要是累了，先回去睡个午觉好了。"

"不，不，君梅在这里就好，先生要君梅时刻不离地照顾太太。"君梅没心没肺地直言。

我听出了端倪，问她："那我要出去呢？"

"太太想出去？君梅去喊阿其跟太太出去。"

"我是嫌疑犯吗？要你们听主子的教唆监视我！"我顿时怒不可遏。

君梅颤巍巍站到墙角："先生只要我们时刻不离地照顾太太。"

还是这句！气得我直接扔了手里的调色盘，夺门而出。

君梅还在身后问我："太太要去哪里？"

我嚷道："地狱啊，要不要跟？"

君梅吓得不敢再问。

我走到了花园里，坐上秋千架，百无聊赖地晃悠着。

天灰蒙蒙，寒风瑟瑟，不一会儿就大雨倾盆。

君梅打着雨伞过来："太太，雨下大了，快些进屋去。"

"你回去！"我命令。

"但是……"

"请记住，我也是你主子。"

君梅悄悄退去。

我依旧坐在雨里，任雨水打在面孔上，浑身淋了个通透。

我曾幻想过，有这么一天，大雨倾盆，世允脱下他的外套替我挡住风雨。

你看，我又想起他了。

最后还是他。真是不争气！我悲哀地笑了笑。

忽然，眼前的雨止了。

我抬头，竟看见世允撑了把雨伞站在我面前。

"君梅说你在花园淋雨，不肯进屋。"世允俯视着我说。

我愣愣地看着他。

"好了，现在是不是可以回房间了？再待下去，你会淋出病来。"世允对我说，语气就像是哄一名五岁的幼儿。

我却很受用。

我不再抗争，顺从地点头。

我这才发现自己是多么地爱他。我彻底对自己死心了；也彻底对自己不再抗争了，这一切都是命，人是斗不过命的。

遇见许世允，就是我的命。

第八章：妥协

当晚，还是发烧了。高烧。

烧得我整夜整夜都在说胡话。不是喊着妈妈，就是叫着爸爸。

世允急坏了，连夜将我送去了医院。他不眠不休照顾了我整晚。

我醒来时，一个女护士正在替我调点滴。

我环顾了四周，不见世允。

"你先生去公司签署一份文件，很快回来。"女护士向我说明。我轻轻点点头。

不一会儿，查房的医生进来。是一个英姿飒爽的女人，头发高高盘起，肤色是最近流行的太阳棕，她叫我想起古代替父从军的花木兰。

很美丽。

她捧着我的病历卡走到我床头："许太太，我是你的主治医师吴以姗，你肺部有些感染，恐怕需要在医院多待几日，希望你积极配合治疗。"

我颔首。不知是不是药物的缘故，我吃了午餐后，又沉沉睡去。再醒来时，已是傍晚。

护士在我床头用耳温枪测量体温。

"你的先生刚刚被公司的电话催回去。"护士笑着说。我看到床头柜上，斜斜放着一束黄玫瑰。

"烧还没有完全褪去。"护士对我说，"要喝些白开水。"她叮咛完，离开病房。

这时，阿曼达提着一篮子水果进来。

"许先生此刻在接待一名法国的客户，所以派我过来。"阿曼达走到我的床头，将水果篮放到一边。"好些了吗？"她坐在我的床头问我。

"只是肺炎，没什么大的问题。"我回答道。我挣扎着要坐起身，阿曼达会意，立刻将病床摇了起来，又替我倒了一杯白开水。

我向她道谢。

"你瘦了，许先生也瘦了。"阿曼达回到座位，对我说。

"阿曼达，最近，我常常在想，我与世允的婚姻是不是真有些仓促？毕竟我们相识才短短几个月，我是不是该更慎重地考虑一下。"我叹口气。

"考虑与否，都不会影响许先生的过去，过去也是他的一部分，是你不能接受它。"

"是，我是无法接受我的丈夫去见前女友，"我直言不讳，"前女友通常会借着几年的回忆为所欲为，拿着鸡毛当令箭使，因为她们知道自己的身份在男方心里不一般，'但凡未得到，但凡已过去的，总是最登对'，很多人都会有这样的想法。"

阿曼达看着我不说话。

门口有敲门声。我抬起头看过去，是吴以姗站在门口。

"打扰了，今晚我是值班医生，我来看看我的病人。"

我笑着请她进来。

吴以姗替我做完例行检查后离开。阿曼达也随后告辞。

之后，病房里又剩了我一个人。多少有些无聊。我打电话给阿其，叫他将画室里的速写本拿来。白天，好拿它来打发一下时间。

一下午，我描画着窗口的枫树叶。

吴以姗进来替我做检查。

"你会画画？"她凑近看一眼我的稿纸，"画得真好。"

"不，其实我画得很糟糕，我认识一个朋友，他才叫画得好。"我又想到世杰，心底一阵苍凉。

"家父也是一名绘画爱好者，改日有机会，一定带他来中国认识你，相信你们兴趣相投，一定有无数话题来聊。"吴以姗笑着说。

"你不是中国人？"我很意外。

"是，我是侨胞。"

"印尼？"我下意识地问。

"印尼？为什么你会问印尼？"吴以姗迷惑不解。

"哦，不，"我说，"只是在我身边，一时涌现了太多的印尼华侨，我一直在想是不是所有印尼华侨都回了中国？"

"哦，我不是，"吴以姗笑出声，"不好意思，叫你失望了，我是加拿大籍，我父母自小移民加国。"

"可你为什么要回来？"我好奇地问。

"因为我父亲说：中国人一定要回中国的土地上走走。"

我莞尔。

她拿着听筒听着我的胸腔。手提电话响起，她取出挂断。之后又响起，她索性关机，还礼貌地同我说："对不起。"

我笑着回答："没事。"

几分钟后，一名实习护士走进来："吴医生，你先生来电，说是有要事要找你，此刻电话打到了护士站。"

"好，麻烦你告诉他，我过十分钟回电过去。"实习女护士点头，退后离开。

吴以姗无奈地面朝我，意外地向我这个陌生人开始吐露心事："他着急要跟我确认，后天是否与他一起出席高中同学聚会，我问：隔了这么久，人也变了，心也变了，还能聊些什么？他说至少回忆是满满的，不知这厮哪里学来了这种肉麻的韩剧对白，我也不想戳穿他想去见前女友的事儿，毕竟想做一对相守到老的夫妻，睁一只眼、闭一只眼是终身学习的课程。"

吴以姗离开。

我不知她是不是当时听到了我与阿曼达的对话，才特意来说这段话，开解我。总之，我很有收获。

出院那天，世允亲自来接我。刚走进家门，香气袅袅，馨馥满厅，黄玫瑰堆满了屋子。世允拎着包从我身后走进来。

"为什么这么多黄玫瑰？"我面对面问他。

"听说黄玫瑰的花语是：致歉。"世允不好意思地作答。

"所以你是在向我说：对不起？"我对他不依不饶。

"是。"世允正经回答道。

我偷偷笑了笑，轻轻咳嗽，笑意收敛，佯装严肃地面对他："不，我不喜欢黄玫瑰，记得下次道歉，带一车子红玫瑰来。"

世允扬起了嘴角。

我接过他手里的包包，满心欢喜地小跑上楼。我这才发现，折磨人的往往不是生活，而是人本身，选择遗忘与原谅后，我的生活自此宛如刷上了一层蜜糖。

清晨，我从世允臂弯里醒来，在他微微的鼾声中，蹑手蹑脚地下床，套上长裙。

"本末，你像天使一样。"

我转头。世允不知何时已经醒来，侧着身子，半眯着眼微微笑着。我俯身过去亲吻他："只属于你的。"我说。

他又坠入了美梦里。

我下楼，君梅已替我弄好了早餐。一杯鲜奶加一份火腿西多士。

我刚坐下，门口就有跑车轰鸣而至。随即，门铃响。

君梅过去开门，张凯文抱着一大束红玫瑰走了进来。"早上好，施本末。"张凯文大大方方地走到客厅里。

我笑着站起身："你怎么特意过来了？"

"前几日，我有过来找你，你家用人说你身体不适住院，本该去医院看你的，只是澳大利亚需要我回去签一单生意，所以拖到现在，希望你不要见怪才好。"

我刚想回答，几声咳嗽声，在背后响起。

我回头。世允穿着一身休闲服站在楼梯口。

"张先生来得好早！"世允走到张凯文面前跟他握手。

"只是来看望一下大病初愈的本末。"

世允招呼君梅过来，收下了张凯文的玫瑰花。

"张先生，我已经对你说过，如果你想表达尊敬，请以后称呼本末为许太太；另外，一个单身男子，捧束红玫瑰来看望别人的太太也不是什么好习惯。"

"看来这里有人很不欢迎我，我看我还是早些离开为妙，"张凯文笑笑，面朝我，"本末，好好保重身体，再见。"

我与世允送张凯文至门口，看着他驾着跑车离开。

之后，我转向世允。

世允颇为无辜地对我说："嘿，我本来还想留下他来吃早餐的，是他自己要走的。"

我笑而不答，转身进了屋，世允跟在我身后。君梅已将红玫瑰插在了玻璃花瓶放到了餐桌上。

世允恼怒道："君梅，换束白百合来，我看着红玫瑰会没有胃口。"

君梅唯唯诺诺地扯下花。我在一旁笑岔了气。

这些日子，世允总变着法儿逗我开心，不是下班提一个黑森林蛋糕，就是抱一株金钱吊芙蓉回来，总之，时间好似被谁故意调快了频率，流逝得飞快。

一日午后，我正悠闲地躺在沙发上翻着报纸，财经版面一个巨大的标题映入我的眼帘：和平银行行长施本然与百达翡丽手表。

再看一下内容，讲的是哥哥如何在业务办理中收受了公司贿赂。我的身子猛然一怔，无限惊恐，立刻摔下报纸，开车回了娘家。

果不其然，那里一切也混乱着。哥哥自然不见踪影，嫂嫂一人在客厅来回踱步，用人也没有一个。

我焦急地问嫂嫂："有人举报哥哥在某贷款项目中受贿千万，对方还赠送了百余只百达翡丽手表做答谢？"

"你也看到那个报道了？"嫂嫂煞白着脸，步履不稳，"不过，这一定是污蔑，一定不是事实。"

我立刻扶着嫂嫂坐下，替她倒了一杯热茶来："是，一定是污蔑，一定不是事实。"我安慰她。

嫂嫂呷口热茶，定定神，三魂才仿佛得以归位。

我这才敢问她："哥哥呢？"

嫂嫂沮丧地说："正在行内谈话。"

"举报人是谁？"

"听说是他的助理。"

我气愤地讲："嫂嫂，现在是法治社会，相信一定会还哥哥一个清白。"

"是。"嫂嫂怔怔落泪。我眼泪聚在眼眶，俯身过去拥抱她。

世允在一个小时后到达。想必他也看了那个报道，所以一走进客厅，他就神色凝重地着急问我们："人呢？"

嫂嫂坐在我身边木着面孔不言语。我代为作答："在行内谈话。"

世允也开始沉默。

我们坐等到夜半，之后一通电话进来，嫂嫂举起颤巍巍的手拿起听筒覆在耳畔："喂……"

我与世允屏息等待。

嫂嫂听了几分钟后挂断。

我立刻问："怎么样？"

"正式立案开始调查。"嫂嫂心力交瘁地回答。

我心里很紧张，但是为着嫂嫂，依旧伴装镇定地握着她的手说："他们只是需要证据来证明哥哥是清白的。"

嫂嫂看着我，犹犹豫豫地点着头。

让嫂嫂一人在这里，我真是一百个放心不下。

嫂嫂也不肯来生月居，我只好暂与世允分开，搬回娘家来住，一刻不离地伴着嫂嫂。

与哥哥没有再见一次面，问有关部门，得到的答复均是：案子在查，无可奉告。我与嫂嫂吃了无数次闭门羹，次次失望而归。

又是忙到三更半夜才回家。

世允坐在客厅等待。见我们回来，他立刻起身招呼。嫂嫂一声不吭地转身上楼回到房里。

我亦疲惫地关上门，走到世允跟前，倒到他怀里："世允，我好累。"我无力地说。

世允吻着我的额头拥抱我："一切都会好起来的，放心。"

我半信半疑地点头。

世允从厨房替我端了碗海鲜粥过来。我坐在沙发上，勉强吃了几口，就将碗勺搁在了一旁的茶几上。

"我吃不下。"我蹙着眉说。

"再吃点，你身子已经瘦了一圈了。"世允重新端起瓷碗放到我面前。

我推开他："一点胃口都没有。"世允无奈地放下。

他再度转身面朝我："首先要保重身体，不要哥哥回来了，你却倒下了。"

我笑着将头枕到他的膝上说："是。"

见我日益消瘦，世允始终放不下悬着的一颗心。他特意去医院替我预约了全身检查，并嘱咐我一定要去。

为使他放心，周三下午，我如期去找吴以姗做了系列检查。

"许太太，完整的报告，十天后才能出来，届时我再通知你过来领取。"吴以姗看着电脑对我说。

我应了一声。

吴以姗放下鼠标，与我面对面："许太太，你气色十分不好，一定要规律饮食，注意休息。"她体贴地对我说。

对她，我也没有打算隐瞒内心的困苦。

哥哥的"丑闻"日日爬满了财经版头条，电视、网络也轮番轰炸，她不可能不知道。

所以，我凄凄然地对她说："没有一顿饭菜是合胃口的，常常只是稍微扒几口；身体特别容易疲惫，但是一躺到床上，一闭上眼，思维却又活跃起来，开始胡思乱想；睡眠也不可能好，每天最多也只是四五个小时而已，全程都是噩梦，好几次梦见过世的祖母，我对着她哭得死去活来，她还反过来斥责我：'不许哭，这么哭下去，日子还过不过！'这就样，摸着眼泪哭醒的。"

"突如其来的变故，致使你过分焦虑，"吴以姗过来握住我的手，"记得及时与朋友沟通倾诉，哪怕握着手机与对方瞎扯十分钟。千万不要闷在心里，如果没有好人选，可以来找我，我愿意二十四小时等候你电话。"

我恻然："吴医生，这个时候，所有的亲戚都巴不得与我们兄妹断绝关系。"

吴以姗微笑道："可你是我的病人，你把自己交给我，我需要对你的健康负责。"

医者仁心。我深深感觉到了。

回家时，我买了几块红宝石的鲜奶小方回去。

嫂嫂坐在阳台望着窗外发呆。我将蛋糕摆到她面前。嫂嫂回神，冲我笑笑，重重的黑眼圈，掩盖不了疲惫的容颜。

我又替她沏了一壶伯爵红茶过来。嫂嫂关切地问我："检查结果如何？"

"报告十天后才出来。"我斟了一杯红茶给嫂嫂。

嫂嫂不肯吃，反而痴痴地对我说："我与本然是一见钟情，在一个舞会上，他过来请我跳舞。他轻松幽默，待我极好，愿意尊重我，从来不会对我大声说话，一颗心全在我身上；而那个人，在乎的东西太多，责任太重，心头的包袱又放不下，我渐渐觉得，自己无法理解他的情绪，也不懂得开解他；他也不会找我倾诉，只是一味地蹙着眉头沉思，就这样慢慢无言以对，而这种感觉，让我甚是乏累。"

那个人，恐怕就是世允。

嫂嫂不再言语，阖上眼眸，靠到椅背上，我看着她的眼泪，慢慢地从眼角滑落。隔了很久，她转过头看看我，眼内依旧噙着泪。

她问我："本末，你哥哥会平安无事对不对？"

我坚定地回答："是，哥哥吉人自有天相，一定会平安无事。"

只是，我们所有的希冀，所有的奢望在审判的那一刻都被终结。

哥哥在 A 公司某花园洋房的 10 亿贷款项目中，利用职务之便，收受 A 公司高额贿赂，其中包括 800 万支票，200 万现金，几块高档手表。

哥哥对于受贿事实供认不讳，法院予以酌情从轻处罚，一审以受贿罪判处哥哥有期徒刑十四年，赃款予以追缴。

嫂嫂哭得倒在我肩上。我远远望着哥哥，思维空白了很久很久。

世允与我一起扶着嫂嫂从法院出来。

哥哥的瘸子助理正在接受各大媒体采访。媒体问："什么样的勇气促使你愿意挺身而出，实名举报？"

他义正词严地回答："因为我始终相信天网恢恢，疏而不漏。"

我与嫂嫂怔怔地看着他，世允过来拍拍我们的肩："好了，走吧。"世允带着我同嫂嫂凄凄地离开。

回到家，嫂嫂便独坐沙发，始终不言不语。我过去抱住她的身体，鼓励她："嫂嫂，我们一起等哥哥回来。"

嫂嫂依旧不说话。

世允悄悄对我说："本末，给她点时间。"我才肯离开嫂嫂身边，走到厨房沏了几杯红茶。

再也没有用人可以来照顾我们，我必须学着做任何事情。

嫂嫂与世允面对面坐着，相顾无言。我将红茶放上茶几，递了一杯给嫂嫂："嫂嫂，至少喝点水。"

嫂嫂没有接过，却意外"霍"地站起，手臂碰到了我的茶杯。茶杯落下，地毯被茶水湿了一滩。

我听见嫂嫂愤恨地对世允说："许世允，现在你满意了？我们顾家害得你们家破人亡，现在终于得到报应了！"

我迷茫地朝世允望去。世允缓缓站起身，脸上的情绪复杂且凝重。

我起身走到嫂嫂身边急急问："嫂嫂，你怎么了？"嫂嫂不答，继续与世允对峙。

嫂嫂继续咆哮："说，你是不是满意了？你是不是在心里偷笑了？你设计将我的父亲推离董事会，如今你又如愿以偿地将我的丈夫推进了监狱，许世允，你倒是回答我啊？"

我的身子仿佛被一道闪电击中，惨白了面孔转向世允。世允还是噤声。

半晌，我才有力气问世允："嫂……嫂嫂说的话，是不是真的？"

世允看了看我。

嫂嫂在一边尖锐地叫起来："说啊，你敢不敢告诉本末，那个瘸子就是你的心腹？"

说罢，嫂嫂哭着跑上了楼。我的耳内嗡嗡作响。

瘸子！我这才想起我见过那个瘸子。

那日在婚纱店，试礼服时，我在窗口看到他将一个牛皮纸信封递交给世允。

是的，是他。

忽然间，我觉得胃里头一阵恶心。为什么世允要与他相识？

世允走到我面前来："本末。"他又柔声喊我，用他一贯的口吻。

我直直盯着他的眼睛，执拗地问："嫂嫂说的话，是不是真的？"

世允沉默，伸手来抚摸我的脸庞。

那一刻，我绝望了，我分明在他的眼里看到了真相。是的，他认识他，他真的不单单只是"认识"他而已！

我绝望透顶，一把将他推到一边，夺门而出。泪水模糊了我的眼睛。

我开车到阿曼达楼下，上楼"砰砰"地砸门，阿曼达打开，我直冲进去。

我撕心裂肺地哭着问她："阿曼达，许世允究竟还有多少秘密，你还在瞒着我？"

阿曼达的脸上波澜不惊。她抽了几张面纸给我，我不接，直接拍落。

阿曼达重重叹口气，终于开口说："当日许家生意衰败，急需资金救援，曾经顾家拍胸脯表示作保，银行才肯借钱给他们，但是后来顾家毁约又悔婚，银行也不肯再贷，许家生意无以为继，许老先生备受打击，郁郁不振，最终不堪重负，跳楼自杀。"

我身子一僵，瘫倒在沙发上。

所以，他来报复？报复顾家？报复顾曼芝？

可我姓施，我叫施本末……

我的眼泪又滑了下来，如溃堤一般，止也止不住。

阿曼达过来劝慰："本末，日子还要继续，你到底是许先生的太太，试着理解他。"

理解？不，我做不到。我甚至没有勇气与他再生活在同一个屋檐下。

于是，我回了生月居整理了行李准备搬出。临走时，不忘在书桌上留下签有我名字的离婚协议。

附言：此生夫妻缘尽，各自珍重，各自安好。

君梅哭着过来对我说："太太，你再等一下，先生此刻正在回来的路上，你等一下好不好？"

我笑一笑，对君梅说："君梅，日后我也不是你的太太了。"就这样拖着行李离开了家。

我们再也没有能力住上大屋，便与嫂嫂一起租了一间普通公寓。

也不知张凯文用了什么方法，找到了我的新住处。

我问他："你怎么找来的？"

他却站在门口，对我说："本末，让我来帮你。"

我回："有空吗？喝一杯好不好？"

张凯文点头。我与他到了附近的咖啡厅坐下。张凯文要了杯拿铁，我点了果汁。

我问他："来，说说你要怎么帮我？替我付学费？给我买衣服？在我的抽屉里放满钞票？还是替我开家蛋糕店，雇好员工，让我做老板娘？"

张凯文看了看我，悲哀地说："本末，这样子的你，让我感觉心痛。"

"心痛？"我笑起来，"你的心这么简单就会痛？那你这辈子还很长，是不是还得疼成千上万次？呵呵，那这颗心肯定会千疮百孔，最后给谁，谁都不会要。"

"你知道，我是喜欢你的。"张凯文沉得住气。

"不，我不知道，为什么你会认为我会知道呢？我又不是孙悟空，能变小了钻到你心里头去看。人心隔着肚皮，我也没有什么透视眼。"

"我会证明给你看。"

"你准备掏心出来给我看吗？呵呵，不过怎么办？你的心里有没有我，我却完全不在乎。"

张凯文面色颓败。

我对他说："张凯文，不要再来找我，请你回到你的世界去，我累了，现在的我疲于应付你们任何一个人。"我起身离开，丢下一个张凯文在那里。

他是不是伤心这种问题，永远走不进我的思考范围里。

我买了些面条，回到公寓下了两碗番茄鸡蛋面。之后招呼嫂嫂过来吃饭。嫂嫂不声不响，依旧自顾坐在房间的床沿上。我只得将面条端到房里，放到床头柜上。我对嫂嫂说："嫂嫂，记得趁热吃。"

嫂嫂轻轻点点头。

我也没什么胃口，随意吃了几口，喝了半碗面汤，就洗洗回到了房间准备睡觉。

床头的手机上有几通吴以姗的未接来电，她还给我短信留言：许太太，有空请来医院一趟。想必是为了那一张体检报告。我没有回复，直接关机，关灯，睡觉。

许太太，可我此时已不是什么许太太了。

世事无常，惹得人心烦意乱，翻来覆去，直至到凌晨方寐。清晨又早早醒来，躺在床上，又开始思来想去。索性起来熬了稀饭。

我呼嫂嫂起来吃早饭。嫂嫂不应。

我推门进去，看到嫂嫂依旧如昨日一样，坐在床沿，一动也不动，床头柜上还放着昨晚的那碗番茄鸡蛋面。

我的心莫名紧了一下。

"嫂嫂。"我蹲在她的跟前，轻轻唤她。嫂嫂不应，嘴里还碎碎念念："是我害了他，是我害了这个家，一切都是我。"我拼命摇晃她的身体，她却始终没有理睬过我。

高中时，我有学过一年的心理学课程。我当然知道这意味着什么。所以，我马不停蹄带着嫂嫂去就医。

挂了本市最好的专家谭明辉教授。谭教授诊断为重度抑郁，需住院治疗。

他提笔写着病历卡对我说："患者过分的内归因，致使她痛苦不堪，她对自己的'错'无法释怀，她已丧失对生活的热情、兴趣，对任何事都兴趣索然，闭门独居，深陷在自己的思维里无法自拔。"

我问他："这样的疗程需要多久？"

"每个患者的治疗方案均不相同，康复水平也大相径庭，但是无论时间长短，我们一定要有一起同心协力将她从这个泥潭里拖出来的决心。"

我重重点点头。

嫂嫂住院后，我去美院办理了休学手续。辅导员同情地对我说："我们已知道你家里发生的变故，我会向校方申请减免相关费用，或者让你加入勤工俭学的项目中去。"

我摇摇头，淡淡笑笑，鞠躬道谢后离开。

现在，于我最要紧的是嫂嫂的医药费，与如何学着让自己在这个世界上生存下去。

回到家，天色已暮，华灯初上。住的公寓楼层感应灯又故障坏掉，只得在黑暗中登着楼梯，摸索着前进。

借着楼道灯依稀的灯光，远远便看见家门口有一个女人的身影。我走过去。她也似乎注意到我，慢慢拉直了原本倚靠在墙壁的身影。

"你是……谁？"我问。

"是我。"她说，用像是与我相识许久的口吻。

这个声音，确有几分熟悉。我带着疑惑慢慢走近。直至与她面对面。在昏暗的亮光下，我终于看清了她这张脸。

竟然是洛英英。英英，洛英英，我曾经的同学，我与乔乔的室友。

意外片刻，我掏出钥匙开门。我先进去，开了客厅的灯。英英也跟了进来。

"抱歉，我这里已经好久没有开过火了，所以没有热水，没有办法替你沏杯热茶。"

我进厨房，拿出来一瓶矿泉水再次回到客厅。

"哦，好。"英英回答我，依旧环顾着四周。

我与她面对面坐到沙发上。这才细细将她打量一番。她打扮得十分时尚，大波浪卷垂到腰际，只是妆容冷艳非常。

她怎么找到这里的，我一点儿也不关心。更不想同她叙什么旧，回忆太过残忍，刻意提起不过是叫彼此难堪。

所以我问她："你找我，有事？"

看得出，英英也没有打算跟我谈及什么旧情，所以她单刀直入地对我说："我也是打听了很久，才晓得你就是张凯文的新欢。"

虽然她误会了我，但这话，也叫我听出，她是张凯文的旧爱。

"所以你过来宣示主权？"我讽刺地问。

"不，当然不。"英英捋着头发冷冷地笑。"我只是来提醒你，刚开始，他也对我好过，两个人也恨不得二十四小时，天天黏到一起，但是保鲜期一过，他就开始用秘书来打发我。"

我不解地看着她。

"是的，张凯文长得英俊，这个得天独厚的优势让他占尽便宜，又善于用能说会道的一张嘴来哄女孩子，但是你真将他当成一个好人，那就错了，这个人有无数张假面，专门欺骗别人的面容。"英英的语气冷若寒霜。

紧接着，她伸手从包里取出一个牛皮纸信封放到茶几上。

"这是什么？"我问她。

英英细长的食指点了点信封："证据，张凯文说谎的证据。"

"抱歉，我对此毫无兴趣。"

"哦，但是牵涉你丈夫呢？"英英挑着眉问我。

我脱口问："许世允？"

"你有兴趣了？"英英挑衅地问我。

我犹豫地拿起信封，拆开。里面是一些材料的复印件。我逐一查看，什么财务报表、账务流水、订单信息、企业评级报告……均在我能力范围外，看得云里雾里，不得要领。

这时，英英突然说："给你说个故事：一个优秀研发公司目前有两款新上线产品，但是，该公司相关负责人拿信誉作保障，声称将自主研发另一独具一格的产品，以此吸引某投资公司。但实际上，就该公司新推出的两款产品来看，疑为购买的成型游戏，稍作修改发布，而非自主研发。而更为可疑的是获得相关投资后，该负责人买房买车、旅行泡妞，变得甚为阔绰，你说他这算不算诈骗？"

我猛地抬头。

"因为我不太懂经济，所以想来问问你？"英英对我说。

"你忘了吗？我同你一样，也是念美术的。"我回答道。

英英笑几声："呀，你瞧我，怎么将这个忘记了？也是，这种事情，应该去问问你的丈夫，他也是做风投的，况且这回，还在同张凯文做生意。"

"什么？"

"哦，你不知道？那个张凯文一面怂恿你与许世允离婚，一面正开始同鼎盛做生意的事情？"

我垂眸看着那叠资料。

"这么晚了，那我就不打搅你了，先告辞了，再见。"英英提起包走到玄关口。

我起立转身问她："为什么你要给我这些东西？"

英英换上高跟鞋，推开门背对我。"因为我恨张凯文。"

"就单单因为恨？"

英英停顿片刻。"本末，这些年，我也十分不好过，同一个噩梦时常困扰着我，在梦里，乔乔倒在血泊中，双手张开，像只振翅欲飞的蝴蝶一样。"英英怅然地叹口气，之后似赌咒地说："我甚至知道，我这辈子均要受这个梦的煎熬。"

英英终于推门落寞地走出去。

我身子跌进沙发，眼前一阵昏眩，回忆纷至沓来，内心惆怅无限。而眼前这些"材料"，又不住地困扰着我。

挣扎了许久，依旧选择 EMS 给了鼎盛风投，上头打印：许世允经理亲收。

一周后，在报纸财经版出现一则新闻：自主研发成"换皮"，沪某游戏公司涉嫌诈骗鼎盛风投。

我粗粗阅览，随后收起报纸，换上外出服，坐车去监狱探望我的哥哥。

我赞他气色不错。

哥哥如释重负地答："现在反而落得轻松自在，每晚坦然入睡，不再战战兢兢，如履薄冰。"

我笑了。哥哥问："你嫂嫂这次怎么又没有来？"

我依旧撒谎骗他："上回就跟你说了，嫂嫂回了娘家照顾生病的老母。"

哥哥自责不已："都是我的错，因我一时糊涂才犯下大错，这种时候，本该由我同曼芝一起去尽孝的。”

我安慰他："哥哥，知错能改，善莫大焉。"

哥哥点点头。又对我说："前几天，世允也来看过我。"

我惊讶地问："他……来这里做什么？"

"向我讨教哄你的法子，"哥哥笑，"听说他去外头同女客人喝酒，你就冷落了他半个月，连来看我也不肯一起。"

我愣住，正预备告诉哥哥我与许世允已经离婚的这件事情时，狱警过来提醒："抱歉，今日时间已到。"

哥哥起身与我告别："本末，下次再见。"

我点点头，看着他的身影与狱警一起消失在了走廊后，才舍得起身离开。在外头，却意外与许世允相遇。

我看着他从车上下来，深色的西服，憔悴的面容，见了我，先是呆愣，之后缓步朝我走来。

我胸口莫名地一紧。

他又沉默地站在我面前，一双眼盯着我看了又看，像是有无数话想说，却又无从说起。

今天他的皮鞋有些灰，领带打得有点歪，下巴满是胡喳，整个人瘦了一整圈，不再如以往一样，意气风发。

总要找些话题来聊吧，总不能两个人相顾无言，站在风里。

所以我说："今日探监的时间已过。"

许世允应一声。

我拉拉风衣领口从他身边走过去。

一会儿，他在身后问我："你，好吗？"

我没有回头，只是停下脚步。我回答："是，我很好，希望你也如此。"

又一次分道扬镳，又一次挥手再见。而这次，会不会将是永远的诀别？

第九章：地覆

回去的路上，吴以姗的电话，却一通又一通地打来。

恐怕又来提醒我去取那份体检报告。

"吴医生，检查是不是有什么问题？"我接起，直截了当地问她。

她问我："许太太，是不是方便到我这里来一下？"

"癌症？"我却笑了笑，"不，不意外，现在什么事情都不会让我觉得意外。"

"许太太，还是请你来一趟。"她不依不饶地恳求我。我只得挂上电话，换了一辆公车过去。

到她办公室，吴以姗已捧着体检报告坐在椅子上，一副恭候多时的模样。

我拉下围巾，坐到她面前。

"许太太，你脸色不太好。"吴以姗关切地问。

"吴医生，谢谢你的关心，你可能还不知道，我与许世允已经离婚了，所以你日后也不用再喊我许太太了。"我苦苦地笑笑。

吴以姗却愣在那里，一副无措的表情。

我用尽可能轻松的口气对她讲："好了，现在你来说这份报告吧，我也做好心理准备来听你的审判了。"

吴以姗垂眸，犹豫几秒，抬头对我说："你怀孕了。"

我惊骇。

"什么？"我似乎不太相信自己的双耳。

"你怀孕了，算到今日已经两个月零十天了。"

我安静下来，千万思绪如潮水般涌到心头。

"本末，你现在打算怎么办？"吴以姗问我。

"替我安排手术。"我呆若木鸡地回答。

"是不是需要与许先生商量一下后再做决定？"

"商量？为什么我要同他商量？我都跟他离婚了。"

"可是孩子……"

"是我的。"我说，"我的孩子，我的身体，现在也是我的决定。"

吴以姗看着我，良久，才勉强点头，同意我手术。她将时间安排在一周后，并不忘提醒我："这七天，如果你改变主意，请随时告诉我。"

我点头。临走时，她又开了几瓶维他命丸给我。

我将那些营养素塞进包里，披上围巾，又走进了瑟瑟寒风里。

前方，一个小女孩正骑在父亲的颈上哼着儿歌；一个小男孩正缠着母亲要冰糖葫芦。

看到这些，我突然无法自持，热泪盈眶。

我速速昂起头，让原本要落下的泪，重新落进心里，自此做一个无泪之人。

第二天一早，我接到监狱的电话说张凯文想见我，并征求一下我的意见。我思索片刻，答应下来。

到监狱，张凯文穿着囚服在铁窗里等我。

我坐到他面前："你好吗？"我问。

张凯文答："进来后，才知自由是多么可贵。"

"时间其实比你想象当中过得快。"

"我是弃儿，若不是养父将我收养，供我吃穿，我一定饿死在街头。"

"出来后，好好孝敬他。"

"不，我已经没有这个机会了，"张凯文泪眼婆娑，"当日鼎盛行使对PG 的赎回权，PG 无法继续经营，公司倒闭后，养父也不久病逝。"

"PG ？"

"是，PG，我养父就是 PG 的张耀天。"

我震惊。竟然是他。尤记得当日那个张耀天拿了把尖刀抵在喉部找许世允理论。

"本末，是许世允害了我父亲。"张凯文突然愤愤地对我说。

我不愿意再听，立刻站起来，我说："张凯文，好好反思自己身上的问题，才能知耻后勇。"语毕，马上转身离开。

张凯文在我身后呼喊："本末，记得再来看我。"我回过头，他说，"与我最亲近的人，不过只剩下一个哥哥，可他不可能会来看我。"

"哥哥？"我倒有些意外。

"他也是我父亲的养子，"张凯文苦笑，"按道理我们更应该守望相助，同甘共苦，可是他始终看不起我，所以根本不愿意理睬我。"张凯文站起，手贴着玻璃，眼内尽是热泪。

他苦苦又哀求一遍："本末，一定要来看我，因为在这里，我可能只有你一个朋友了。"

我也不知道，我与他是不是算得上是"朋友"，但看他这副苦样，我实在于心不忍。于是，轻轻点头。

张凯文在里头笑起来。我神色凝重地转身离开，出了监狱，准备到附近的公车站坐车子回家。

经过大桥，却看到有个年轻女子正爬在桥栏上方，准备跳江自杀，她的家人在下面哭着劝，围观人群、车辆，环成了一圈。

我本可以大大方方走掉的，毕竟事不关己，己不劳心。但心底的古道热肠，还是叫我忍不住去多管了这桩"闲事"。

我走过去，随意拉一名路人问："报警了吗？"

路人答："报了，此刻110与谈判专家正在赶过来。"

人群里发出一声尖叫声。

我闻声抬头，那名女子的两只高跟鞋已坠入滔滔江水，人也摇摇欲坠。围观的人群里，人们正在窃窃私语："……听说是刚失恋。"

一名男生正站在最前方抹着眼泪哭，嘴里头喊着："姐姐，你不要冲动……"

我挤到他的前方，那名女子哭得眼睛红肿，神色恍惚，嘴里头还念念有词："乔其奥，我这么爱你，你为什么要这么对待我，你为什么要跟她走……"

我扯着嗓门抬头对她喊："喂，你是因为乔其奥跟她走了，所以才来这里自杀？"

那名女子终于肯回头看我，眼内愤怒且绝望地说："是，我这么爱他，他却丢了我。"

"所以你没有了他也觉得活不下去？"

"不，我要他一辈子都活在这个阴影里，不得安生。"

"不惜为此赔上性命？"

"反正没了他，我活着也等于死了。"

"那个乔其奥好不好我不知道，但是我可以确定一件事情：你今日即便跳江死了，他明日依旧会和其他女生玩得昏天黑地，他的良心丝毫也不会感受到不安，或许，他还会笑话你，甚至当成炫耀的资本：瞧，一个女子为了我自杀没了性命。说出去多么多么的威风。"

"不，不可能……"她惊慌失措地看着我。

此刻 110 已率先赶到，几名警察已经开始分工作业。而我继续。

"不可能？"我笑起来，"有什么不可能的？用情至深的人是你，又不是他。"

"那……我怎么办？"

"好好活着，活得精神抖擞，活得比任何时候都好，好好爱自己，别人永远是别人，别人永远爱他自己多过爱你。"

女子黯然无语。

警察抓住机会，立刻行动，一把将女子拉到地面，一出闹剧即刻结束。我也转身离开了是非之地。

吴以姗确定了手术时间，发短信来提醒我。当天，我早早就赶到医院。

吴以姗还在进行着另一台手术，护士叫我稍作等待。

此刻从电梯里钻出两名护士，二人正在谈笑："快去三楼产科病房看看，刚刚出生了一名混血婴儿，可爱非常。"

另一个说："婴儿都是天使，每当有患者离开，次次去看他们才得到慰藉，发现生命得以继续，朝阳继续升起。"

"是，上次一名女患者被确诊不孕不育，直接倒在走廊里哭，她质问为什么上帝对她如此不公平，要剥夺她做母亲的权利？"

"唉，确实可怜。"

"你呢？你们打算什么时候要孩子？"

"已经开始准备，随时打算迎接。"

"想要儿子还是要女儿？"

"当然是女儿，每天扎个羊角辫，日日爬到你怀里要糖果，可爱非常。"

"这个倒和我想法一样，况且儿子是你儿子，至他娶妻就不一定了，而女儿终生是你的女儿。"

"这话别让阿梅听见，否则又要遭一阵骂了。"

"哈哈，可不是，人家刚刚抱上了一个大胖小子。"

"说起来，也该去看看她了。"

"哦，对对对，今天下午去买点婴儿用品，一道去看看她。"

二人渐渐消失在走廊一头。

另一边，吴以姗也结束了手术，步履匆匆地朝我走了过来。她再次确认地问我："本末，是否下定了决心？"

我却缓缓地站起身，迟疑地垂下了眼眸。我不知道这个决定对我而言是不是正确？也不想更深入地去思考，人生看得太穿，不过就是从生到死，而生活最要紧的就是抱有希望。

坐公车回到家，我早已疲惫不堪。走上楼梯，却看见世允站在家门口等着我。我走过去。他转身看着我。

"本末，吴以姗说你怀孕了。"他对我说，我看到他眼内充满着笑意。

"本末，为了这个孩子，也请你原谅我好不好？"他深深地将我拥抱，情意绵绵地在我耳旁呢喃，"我也竟能这么好运地成了一名父亲，本末，谢谢你。"

我推开他，面无表情地质问："那吴以姗有没有告诉你已经没有这个孩子了？"

世允瞠目结舌，迟迟才问我："什么？"

"是的，没有孩子了，就刚刚，我在医院做的手术。"

"本末，你怎么能……"世允情绪渐渐激动，"你为什么不跟我商量一下？"

"我为什么要跟你商量？我同你已经正式离婚了，我没有必要刮取自己身体里的一块细胞组织，也要征得你的同意吧。"

"不是什么细胞组织，是我们的孩子。"世允激动，一张面孔涨得通红，双手紧紧地握着拳头。

"十月怀胎，一朝分娩后，她才是孩子，现在，不过只是一块细胞组织。"

"施本末，你冷酷无情，你居然亲手杀了我的孩子。"他像只愤怒的野兽，狰狞着面孔，一只手拉着我的领口，一只手握拳准备朝我挥来。

"只要你愿意，其他女人都会争先恐后来做你的移动子宫，去找她们替你来生。"我讽刺他。

世允面色瞬间灰败，颓然地松下了手。他转身垂头丧气地离开，宛如一具行尸走肉。

我吁口长气，打开门，又重重地关上。

回屋打开了电脑，开始寻找另一份兼职。

实在无力再去替别人着想什么，生活的负重与日俱增，挑不挑得动，全成了我一个人的事，所有的苦熬熬不熬得过，也全得看自己。所以，除了替杂志社画画插图，替幼儿进行绘画补习，其余空余时间，我还在一家咖啡店里找了一份兼职。收银加咖啡调制师。

上岗之前，封闭培训了一周，为的是掌握各式饮料的调制方法。所调制的饮品，必须经过领班亲自品尝确认。

第一天正式上岗，就是休息日，客人络绎不绝。一个男生排队上来要了一杯拿铁，我将订单信息录入系统。他却笑着说："呀，好巧，居然是你。"我抬头，细细看他一眼，看不出所以然来。

"啊，你不记得我啊，那日在大桥，是你救了我姐姐。"他冲我微微一笑。

"那个哭鼻子的小男生？"我问。

他不好意思地搔搔头："是，我就是那个哭鼻子的小男生。"

"哦，你姐姐如何？"

"已经无碍，此刻去了地中海旅游。"

"那很好。"我将号码牌给他，要他到边上等待，开始制作拿铁。

他站在柜台外，继续对我说："我一直在找你，想找机会好好谢谢你，没想到居然在这里与你相遇。"

我礼貌地笑笑。

"关修齐。"

我抬头看他一眼。他提起手来，用食指指指自己的鼻子："我的名字。"

我将饮品打包好，递到他手里，礼貌地说："关先生，您的饮料。"关修齐笑着接过并问我："你呢？你叫什么名字？"

我提醒他："关先生，身后还有多位客户正在排队。"

他却又对我说："那再给我十杯拿铁。"并快速地取出钞票付账。我只得再给他做十杯。期间，他依旧滔滔不觉地再同我找话题聊：

"你什么时候才来这里上的班？我的大学就在附近，所以是这里的常客，可我是第一天才见到你，难道今天是你第一天上班？"

"思齐也想认识你，她这次从地中海回来，我一定带她来与你见面。"

"哦，对了，你什么时候下班？下班了，我请你吃顿晚餐好不好？"

如此，诸多。我统一用沉默去回应。拿铁做好，我将提袋推到他面前："关先生，您的饮品。"

关修齐继续说："你还没有告诉我，你的名字。"

"不好意思关先生，如果您没有其他需求，那请你退到一边，让我继续为其他客户服务。"

他才不理我，竟转向刚从里头走出来的领班："领班经理，你们这位员工叫什么名字，我要写表扬信。"

领班不假思索地答："施本末。"我回头白了领班一眼，他不明所以地站在原地。

关修齐却得意扬扬地笑出声。"那，施本末，不要忘记下班后同我一起晚餐。"

我正预备拒绝。关修齐转身对身后排队的客户说："各位，这里十杯咖啡，请你们喝。"

原本不满的客人，顿时心花怒放拍手吹起口哨来。他拎着手中的拿铁推门离开，临走时，不忘同我挥手告别，一副与我相交甚深的模样。搞得我有些啼笑皆非。

几小时的连续站立，我小腿发肿。同事过来与我换班，我才得以去休息室小歇。

刚喝了半杯温开水，吞了几颗维他命丸与钙片，阿曼达的电话却意外进来，约我今晚在翠华餐厅见面。

我问她什么事？她不说，只督促我准时赴约，并匆忙挂上了电话。我只好跑去领班那里请求换班。

同事小美一口答应，只是领班走后，她神经兮兮地凑到我的耳边对我说："你可想清楚了，晚上那个大帅哥可说好了要来请你吃晚餐的哦！"让我十分汗颜。

赶到翠华餐厅，阿曼达早已在包间里头等待。我走进去，阿曼达即刻打发服务员关上门，并亲自斟了一杯菊花茶给我。

阿曼达上下打量我几眼："本末，这些日子你憔悴了许多。"

我淡淡笑道："每日忙得昏天暗地，现在才知为生计奔忙是多么不易，不过也觉得格外充实，一睁开眼便心有所系，工作生活成了我的精神寄托，已经没空任自己胡思乱想。"

阿曼达却对我说："这些日子许先生也似换了一个人，身体日渐消瘦不算，下班后常常到酒吧饮酒，好几次醉到不省人事，统统都是酒保给我来电话让我去接；工作时，脾气也分外地暴躁，秘书不小心转错一通电话，他立刻推门出去将她痛骂一顿，十分难听，秘书受不得这种委屈，第二天就摔下辞职信离开了。"

"本末，"阿曼达伸手过来握住我的手背，"所有人都知道许先生心头的这个结，只有你能来解。"

"你高估我了。"我遗憾地朝着阿曼达笑，"如今，我是泥菩萨过江自身难保。"

阿曼达收起右手，神色凝重地望着我。

"阿曼达，如果没有其他事情，容我先告辞了。"我起身准备离开。

阿曼达叫住我："等下。"

我回头。阿曼达从包里取出了一个平板电脑放到桌上："或许你应该看看这个，可能会叫你改变主意。"她提醒我。我犹豫片刻，依旧坐回座位，捧来平板电脑滑开解锁。

屏幕上是一段视频信息。我朝阿曼达看一看。她朝我点点头。我点下播放键。

里头是一段监控录像，地点是世允的办公室，世允坐在自己的桌位上，那个曾经举报过哥哥的瘸子坐于他的对面。

二人谈得十分不愉快，个个脸色难堪不已。

那个瘸子又冷不丁地问世允一声："你，是不是想要放弃？"世允低头不语。

"你想要放弃了是不是？"瘸子突然叫嚣着起身，发疯似的将办公桌上的文件全数扫落到地上，他一瘸一拐地来回徘徊，手部动作夸张，面目狰狞。

"可我不会放弃，"他指着世允鼻尖，"我比你有良心，我一直记得当年要不是老爷舍身救我，当日那场交通事故，我失去的不仅仅就是这条腿，而是这条命。"

"浮生。"世允无奈地喊。

浮生不依不饶："我知道你在想什么！但是我告诉你，男人一顾及儿女情长便英雄气短，你觉得现在那个丫头比你老爷子的命重要？"

"浮生，我不是这个意思。"世允双手抱住头。

"那是什么意思？"浮生怒吼，"姓顾的一家害得许家家破人亡，现在当然也要让他们尝尝相同的滋味，一报还一报！"

世允痛苦地挣扎。

"好，随便你吧，你爱怎么样就怎么样！反正我会继续我的计划，我的报复，你休来阻挠我。"浮生拂袖离开。

视频到此也正好中断。

我放下平板电脑，后脊梁一阵又一阵地冒着冷汗。

"总经理室视频故障，技术过来修理，他将所有原始视频资料拷贝给我保存，而我在里头意外发现了这个。"阿曼达朝我解释。

我依旧愣在一边。

阿曼达喝口菊花茶继续对我讲："我想，或许你愿意知道真相，所以才偷偷将内部视频拷出，带来给你看。"

"本末，"阿曼达抬起头看着我，"现在你们之间的误会已经消除，你是不是可以原谅许先生了？"

我想了一想对阿曼达说："阿曼达，现在我过得很好，直至目前，我不想出现大的改变，亦不想平静的生活再被扰攘。一些人可以一辈子相濡以沫，而我与许世允注定要相忘于江湖，一切不过只是时间的问题，我始终相信时间是一味良药。"

我起身离开，阿曼达没有再挽留我。只是当夜我又接到了世允的电话。

他在电话那头一遍又一遍地醉呓："本末、本末……"而我却只能在电话的这一头无声地哭泣。不可否认，时至今日，唯有世允才拥有撼动我心的能力。

当晚，没有睡好。思绪始终在回忆里来回穿行。直至听到自己的内心反复对自己说：

如果当日，能接受哥哥的馈赠登上头等机舱就好了……

如果当日，我听从哥哥的命令在美国念了大学就好了……

如果当日，没失神打翻那一杯咖啡就好了……

那么这样，我肯定还会是一个懵懂无知、大大咧咧的少女，生活得无忧无虑，毫无烦恼，也不必遇上他，尝尽了爱情的甜，也品透了爱情的苦，一想就悲，一碰就痛，爱一遍真正叫人老了几十年。

我恻然。

第二天，我是 A 班。早早到咖啡店报到，整理好一切，开门迎业。同事小美也来店里报到。她一面穿着工作服，一面从员工休息室里跑出来："本末，本末，昨晚他没有见到你，十分伤心无助。"

我擦着收银台不明所以地问："你说谁？"

"那个帅哥啊！"小美戴上了工作帽，对着咖啡机的钢板照了又照。

我这才想起关修齐。"没关系，不出几天，他就会去约会别的女生一起吃饭的。"我笑着对小美说。

"哦，听上去你倒是很了解我？"伴着门口的风铃声，一个爽朗的声音响起。我闻声抬头。那个关修齐已经走到我的收银台前。

"早上好。"我笑着寒暄，礼貌招呼。小美即刻掩住了嘴，轻轻跑到一边打起了奶泡。

"你昨晚为什么爽约？"关修齐问我，语气中尽是不满。

我施施然地回："我似乎并没有答应关先生要一起去吃饭的。"

关修齐无言以对。他揩揩鼻，又问我："施本末，你为什么这么抗拒我？难道你不觉得我们之间很有缘分？"

"缘分？"我强忍笑意。

他却一本正经地点点头："是，缘分。你看当日在大桥，围观人群众多，只有你挺身而出，之后我们却又在这个咖啡店再次遇到，难道这不是缘分？"

"不，不觉得。"我摇了摇头。

他失望地低下了头："哎，没有办法，这里是上海，要是此地是杭州，我也愿意撑把油伞在西湖边上等你一千年的。"

我忍不住"哧"一声笑了出来。

"咦，你笑了，我让你笑了？"他乐了，眼睛笑成一条线看着我，"你看，你笑起来多好看，为什么平时不多笑笑，反而每日就会摆着一张扑克脸？"

我收敛笑容："请问先生，你要些什么饮品？"

"又来了，你又躲进自己坚硬的壳里了，"他又泄气地朝我摊摊手，"好，好，我也慢慢来，反正心急也喝不了热汤。"

他取出钱夹点了一杯拿铁。

"打包？"我问。

"堂吃。"他说，"要不要跟我一起吃饭决定权在你，但留不留在这里喝咖啡，决定权却在我哦。"语毕，关修齐寻了一个靠窗的位置坐好，并不忘远远地朝我挥挥手提示。

我对他完全束手无策。

小美却两手撑着下巴，一副憧憬无限的模样看着他："上帝创造他时，心情一定格外地好，所以才将他的脸庞雕琢得这样精美绝伦，你看，从这边看他的侧脸，完全就像希腊神话里的阿多尼斯一样。"

我将纸杯放到她的面前："好了，不要做梦了，要做咖啡了。"

"哦，哦，哦。"小美幡然醒悟过来。我笑着摇摇头。

咖啡馆的工作虽然繁忙，胜在同事之间关系融洽，人人礼让三分，没有大企业那种明争暗斗，十分自在。

晚上我则会静静伏在案头画出版社的画稿。有封面有插图，一幅画五百至一千不等。我倒不觉得杯水车薪，只当它是在锱铢积累。当夜，我又画到深夜，最后直接倒在书桌上睡到了天明。又风风火火地换了一身衣裳后，在冰箱里拿了面包与牛奶，直接捧着画稿跑去了出版社。

编辑将稿件仔细核查一遍，当下将稿酬银行转账于我。我道谢，又问她："余编，下一期的工作也是小说封面？"

那位余编一副难以启齿的模样："施小姐，恐怕没有下一期工作了。"

我惊异万分。又问她："是我能力有限，稿件不符合贵公司要求？"

"不，不，不，"余编忙摆手，"只是因为当下是传统出版商的寒冬，我们已将月目标减半，实在无以为继。"

我只得落寞地起身。

"施小姐，有新消息，我肯定会第一时间联系你。"余编好心安慰我一句。

我感激地回头再次道谢。虽然心里澄明，这不过只是托词，实际机会渺茫。我呼口长气走进电梯，生活宛如闯关游戏，一环接一环，一关连着一关，实在艰辛不易。

电梯到达底层。

我低头出去，竟与他人撞了一个满怀。"不好意思，不好意思。"我不住地点头致歉。

抬头，竟看到关修齐笑眯眯地站在我面前。

"是你！"我意外。

他双手环在胸前，颇为骄傲地对我说："你看，这就是缘分。"

关修齐又找这个借口来邀我喝茶。这次，我没有拒绝。我也十分想找一个人倾诉下心头的烦闷。

他开着法拉利载着我去了附近的一家西餐馆坐下。他要了一杯拿铁，我点了一杯橙汁。

关修齐还体贴地替我加了一块芝士蛋糕。他在自己的拿铁上洒了些肉桂粉后问我："你怎么在文字？"

文字，那家出版社的名字。

我答："交稿。"

他惊讶地将眼睛抬一抬："你还兼了这份工作？"

"还有一份幼儿绘画家教。"

他一副不敢相信的样子。

"为什么要做这么多工作？"

"因为我要活下去。"我说。

"只是这样被迫谋生，生命还有什么意义？"他天真地问我。

我笑了，没有生气。这是这种富家公子一贯的思考方式，他本身没有恶意。

"你没有念大学？"他又问我。

我喝口橙汁后回答："休学了。"

"为什么？"

"因为没有钱。"

"我来替你出啊。"他拍着胸脯脱口而出。

"用你老子的钱？"我直直地问。

他泄气地垂下了头："是，用我父亲的钱，我自己没有一分钱。"

"可我不会要你的钱，当然更不会要你父亲的钱。"

"是，我知道，"他低着头，像是犯了大错的样子，"我只是不想你太过劳累。"

我不客气地说："关修齐，你有没有觉得自己对一个普通朋友的关心已经过度。"

"普通朋友？"他却叫起来，"我从来没有将你当成我的普通朋友，从前不是，将来也不可能。"

"可我是你的普通朋友。"我又提醒他。

"不，不是，"他矢口否认，"我不会喜欢一个普通朋友。"

"什么？"我不相信自己的耳朵。

"我也觉得很意外，只是那日你救下思齐后，你的脸，你的声音统统钻进了我的心里，惹得我的脑海里、我的梦境里全部都是你的身影。"

"你有没有想过，其实你根本对我一无所知。"我叹口气。

"谁规定非要了解才能喜欢的？要是有这么多规矩，世上就没有一见钟情四个字了。"

"你现在很像一个青春期叛逆的少年。"

"你不过是拐着弯骂我无知。"

"你为什么不肯听实话？"

"你不适合我？我不了解你？什么是实话？不过只是想叫我放弃。"

"可事实上我与你确实是两个世界的人。"

"好了。"他烦躁地扬了扬手，"不要再说下去了，我不想听。"

叛逆期少年还对我发了大脾气！我喝口橙汁，准备再同他晓之以理。

疗养院的电话却意外进来，要我赶紧过去一趟。我站起身，追问医生是不是嫂子出了什么事情？他闪烁其词，只说过来当面聊。挂上电话后，我一时慌了神。

关修齐也着急地问我："怎么了？"

"我现在要马上去一个地方。"

关修齐会意，二话不说拿起了车钥匙："走，我送你过去。"

四十分钟后，我们赶到了疗养院。我已经顾不得关修齐脸上的错愕，直接冲进了嫂嫂病房。只见嫂嫂腕上缠着纱布，安静地躺在病床上，医生护士在床头站了一圈。

我扑到床头一遍又一遍喊着嫂嫂。

护士过来拍了拍我肩膀说："刚刚替她注射了镇定剂，稍后就会醒来，你且放心。"

我转向主治医生："医生，我嫂嫂怎么了？"

"病人今早偷了护士台的小刀在卫生间割腕，所幸被护工及时发现。"

"为什么会这样？"我痛苦地问，"她不是在接受治疗吗？"

"抗抑郁治疗首先消除的是病人的抑郁症状，最后才改善病人的抑郁情绪，在抑郁情绪没有消除、原有的自杀意念仍然存在，而抑郁症状已完全解除时，病人此时更容易实施自杀行为。" 医生解释。

我悲哀地朝着病床上的嫂嫂望去。医生郑重地朝我欠欠身："抱歉，此次事件，全是我们看护不力。"

我握着嫂嫂的手，久久不肯松开来。

直至关修齐与我一起离开，嫂嫂依旧没有醒过来。

医生十分无奈地对我讲："很多时候，我们想拉她一把，她却不肯将手递给我们，越清醒，越将门关得死死的，她不愿意出来，也不让外头的人走进去。"

我沉默地走在路上，关修齐一声不吭地跟在我身后。偶尔几片枯叶从枝头悄然飘落，甚是萧杀。

我转过头与关修齐告别。他似有千言要对我诉说，只是几番斟酌后，只将万语浓缩成了一句："本末，加油。"我微笑，伸手与他挥别，独自走向了公车站。

站头，一个母亲正在逗着怀里的女儿，幼女忍不住咯咯笑出声来。那笑声玲珑清脆，悦耳动听，声音似银铃……是不是只有这些孩童才配拥有这么无邪的笑容？

一旦成长，沾染了红尘，一定尘满面、鬓如霜，但凡笑，也未必是真的从心底里笑出。

想到这，我内心忽又惆怅一片。

第二天，关修齐又来找我。清晨，七八点的样子。他很随意地套着一件卫衣，穿着一条牛仔裤，手里提着麦当劳的汉堡早餐就走进我的家里来。

我问："怎么这么早过来？"

他朝我诡异地笑，随后从他身后的背包里取了几张文字出版社的入职申请表格给我。

"这是？"我惊讶了一下。

关修齐捧出了汉堡啃食，一面不忘提醒我快些填写。

"你哪里弄来的？"我问。

"人事部，"他喝了口可乐答，"听说他们需要一名封面设计师。"

"你怎么会知道？"

关修齐搔搔头："我忘了告诉你，我父亲也是文字的一员。"

"我大学还未毕业，没有办法签劳动合同。"

"这个我已经替你打听过，签实习协议也是一样的。"

原来，他已全部考虑周到，我感激地看着他。

"嘿，好了，别看着我了，快些填写履历表。"关修齐催促。我立刻从玄关的柜子上取了一支黑色墨水笔填写资料。关修齐坐在我身边的沙发上，一面饶有兴致地刷着朋友圈哈哈大笑，一面继续吃着他的汉堡。

番茄酱从里头流出，滴到了衣裳上，他也只是抽了茶几上的纸巾随意抹了几下。这点，与世允截然不同。

记忆中，世允的衣物永远干净整洁，西装熨得挺挺；他极少吃快餐，并且十分懂得餐桌礼仪，与人说话也十分小声，是一位真正的绅士。

唉，怎么又会想到他呢？真是不争气。我自嘲地一笑，又低头动起了手中的墨水笔。

关修齐替我递上履历的第三天，文字通知我过去签实习协议。我意外地问女秘书："不用面试？"

女秘书高傲地用眼尾扫了我一眼："只是施本末小姐不用面试而已。"语气里尽是酸。

我更莫名了，再追问她："为什么？"

她却没有再搭理我，索性拿着我的一套资料跑去了复印机前一张张开始复印。

另一个女职员悄悄走到她身后轻声问："关二爷推荐的人就是她啊？"

女秘书点点头。

我这才注意起墙上粘着文字掌舵人的题词海报，落款为：关程鹏。

关？他姓关？难道……

"嘿，本末。"思索之时，听到有人远远喊我的名字。我回神，抬头望去，只见关修齐正大力挥着手掌朝我小跑过来。

"你可来了，我等你等到现在了。"关修齐站在我面前。

我却质问他："为什么不告诉我？"

"告诉什么？"他被我突然提起来的问题问得发了蒙。

我朝墙上的题词努努嘴。他回头望了一眼，一副恍然大悟的模样，随后又嬉皮笑脸地对我讲："董事长也不过只是文字其中一个职位而已。"

"关修齐，我要如何感谢你才好？"我说。

关修齐还是笑，半身倚在办公桌上："你本来就替文字画过插图与封面，我不过只是锦上添花一下，况且你的能力也老早就获得了各位编辑美工的认可了，不信你问她，"他又调皮地转向正在替我复印资料的女秘书："嘿，眉，你说是不是？"

眉白了他一眼不说话。关修齐不以为意，又笑着别过脸与我面对面。

我只得再说一遍："谢谢。"关修齐却拉起我的手，预备带我参观文字。

这个举动被抱着一叠资料回来的眉拦下。

她正颜厉色地对关修齐讲："二爷，您的面子再大，这位施姐姐也绝少不了稍后开始的新人入职培训，您晚些时候再来找她玩可好？"关修齐嬉笑着将我交还给眉，并目送我俩离开。

一周的入职培训，我提起了十万分的精神去听；正式上岗之后与同事相处，我亦小心谨慎不敢逾规。在他们看来，我现在所有的一切来得太过容易，而他们付出了太多精力，厮杀了太多对手，踩着别人，同时被别人踩着才进了这间办公室。

越想心里越失衡，越想越觉得十分憋屈。所以他们才会悻悻地在我背后讲："早知如此就该与文字签个实习协议，何必拼死拼活去摘一个正式员工的头衔。"

另一个捧着咖啡笑："谁叫我们生的命不好，不认识什么达官贵人，况且确实不能否认：人脉也是一个人的资本之一。"

"哼，那个关二爷真是贾宝玉，文字就是大观园，这里的姐姐妹妹全部都是他的心头之爱。"

"嘘，不要说话，他来了……"

二人即刻捧着咖啡杯掉转方向走进办公室。

我顺着他们刚刚的目光，看到关修齐穿着潮服，神清气爽地正朝我走过来。

"嘿，本末。"他又朝我大力挥手，那副兴奋的模样会叫人误以为我与他是时隔多年才相逢的朋友。

他走到我面前，我问："你来找你父亲？"

关修齐不回答，疑惑地指了指我怀里的一叠《人民日报》："你为什么在分发报纸？你签的可是封面设计师的协议。"

"哪个新人进来，都是要从分发报纸开始锻炼。"

"所以你还要端茶递水？"关修齐猜测似的问我。

我默认。他即刻阴下脸："我要去找人力资源聊一聊。"

我立刻拉住他："总有一天我也会变成旧人，届时，我肯定也会将这些工作统统交给新人，你好好地待在这里，不要没事找事。"

关修齐替我不服气。

"好了，你快去找你的父亲好了。"我劝他。

"谁要来找他，"关修齐看着我，"我可是特意来找你一起午餐的。"我看看时间，也确实到了午休饭点。于是速速将手上的报纸分发完后，与关修齐去了出版社附近的日式料理店吃了一份定食餐。

甜甜腻腻的照烧鸡腿使我没什么胃口。

关修齐问我："不想吃照烧鸡腿？那要不替你换份咖喱蛋包饭？"我摆摆手，舀了几勺白饭放在了味噌汤内吃起来。

"哦，对了，本周六有一场图书博览会，你要不要跟我一起去参加？"关修齐问我。

"去那里干什么？"我蹙着眉，胃里头还在翻江倒海地难受。

"老爷子要我去学习了解一下图书市场，你可以去学习一下现在畅销书籍的封面设计方法。"

我点点头。

"那好，周六一早我开车到你家来接你。"

我同意。

饭后，我进便利店里买了一瓶树莓果汁，喝下去后胃部才得以舒展。关修齐笑："你是在节食减肥吗？"我笑着却没做回答。

回出版社的路上，经过了一家花店。门口的百合与玫瑰正开得娇艳。关修齐捧了束红玫瑰左看右看，甚是喜欢。他笑着转过头面朝我："本末，买一束送给你。"一面从口袋里掏出钱夹预备付账。我连忙阻止。语重心长地对他讲："将来买它来送自己的女友。"

关修齐宛如瞬间泄了气的皮球。他将玫瑰花放回原位，颇为无奈地问我："本末，你为什么始终都在抗拒我？"

我垂眸不语。关修齐重重叹口气，转身走向了前方。我慢慢跟上。

第十章：再生

我们在出版社门口别过。回到办公室，部门经理就召集临时开了一个短会，传达了一下上午他们高层开会的相关内容。

什么传统出版业正面临死循环，做书是死，不做书也是死。什么包袱沉重，精减人员势在必行。总之，统统不是什么好消息。所以经理一说完，每个人脸上均是愁云惨雾。

同事大正首当其冲最先举手发言："我只关心我们的饭碗是不是会不保？"

经理拐弯抹角地回："我绝不想第一个去协商离职的人出现在我们办公室里。"

众人开始窃窃私语。

我听得里头的吴勇小声地对大麦讲："既然这般艰难，为什么还要签个可有可无的实习生来？"

说的当然是我。只是我不声不响，也不与他们去争辩。被说说几句，头发不会少，人也不会死。反而太顾及自尊的人，自己才会被自己气死。根本划不来。

就这么人心惶惶地散了会。有些人信誓旦旦要开始脚踏实地好好工作，不外乎，就是不想失去这只饭碗。有些人已经开始上网寻找新的枝头栖息停靠，不过也只是人往高处走。与他们相比，我反而成了最从容淡定的一个。

因为我老早就一无所有过，根本不惧怕从头再来，况且路是一步一步慢慢走，日子是一天一天慢慢过，先过好今天才是扼要，明天的事情且留到明天去思索，船到桥头自然直，不必杞人忧天。

我照样完成工作，准点下班。

回家下了碗鸡蛋面来吃，又躺在沙发上翻了几页书，睡前喝了杯温奶，倒到床上一觉至天明。只是第二天晨起又对着马桶吐了个半死。

关修齐过来时，我几乎是蜡黄着面孔去开的门。"你怎么了？"他关切地急急问我。

我喝了口温水扬扬手："没事。"

"可是你的脸色极差。"

"还没吃早饭呢，血糖低，人有点晕眩。"我朝他笑笑。

"好吧，那你自己保重。"

"嗯。"

我吃完了牛奶与土司，与关修齐一起出了门。到达会场，工作人员笑着迎了上来："欢迎关二公子大驾光临。"关修齐与他寒暄几句后，便拉着我走到了书架前。

他一头扎到了武侠小说区域，捧起了金庸先生的《笑傲江湖》翻阅。我嘲笑他："听说关二爷今天是来学习图书市场的。"

他饶有兴致地说："我一直在对老爷子讲，经典小说再版也是一个不错的主意，尤其是金庸全集。"

"飞雪连天射白鹿，笑书神侠倚碧鸳？"我问。

"嘘……"关修齐聚精会神地翻看着小说，完完全全已经投进了书本里的刀光剑影中。

我笑了笑，转头捧起几本畅销书，开始研究封面设计。

忽然，涌动的人群里出现了一个熟悉的身影。他由工作人员指引入内。一袭深色西装，儒雅稳重，风度翩翩。他低着头与工作人员轻声交谈，修长的十指时不时摆动模拟。

他们一步一步靠近，我的心也一点一点地收紧。直至呼吸急促，全身的血液似乎都涌到了胸口，心脏剧烈地跳着，也仿佛快要承载不了负荷马上要从胸腔里跳跃出来一般。我下意识地用手捂住了胸口，原本拿在手里的图书也应声落地。

关修齐察觉到我的异样，过来替我捡起图书，问我："怎么了？"

我不回答，一双眼睛依旧怔怔的，不肯从他的身上移开。关修齐也顺着我的目光望去。

他问我："这个人是谁？"

我痴痴地回答："鼎盛亚洲的许世允。"

"鼎盛亚洲？"关修齐好奇地咕哝，"这种书会，这种放'高利贷'的人来干什么？"

我对他的玩笑置若罔闻，依旧贪婪地望着前方。直至工作人员将世允带到我们面前互相引荐。

"许经理，这位是文字出版社的关修齐；关少爷，这位是鼎盛亚洲的许世允先生。"

世允与修齐礼貌地握握手。只是，他却始终没有正眼看过我。

即使我站在他的面前，关修齐的身边；即使我激动得身体也好似成了一座雕塑，站在原地动弹不得。

他始终没有看过我，哪怕是用眼尾轻描淡写地扫一眼。他从我身边走过，工作人员又将他引荐给了其他商人。

关修齐在我耳畔嘀咕："上次老爷子也好像找过这个许世允谈投资的事。"

我毫不关心。

我依旧在凝望他，我的鼻腔内统统都是他身上古龙水的香味，我的手指也好像感觉到了他曾经的体温。

我对他的一切那么那么的熟悉。而在他眼里，我却成了一个不折不扣的陌生人。

我不断地在心底反问自己：施本末，你不是一直希望与他大路朝天，各走一边吗？现在，你如愿了，他果真已将你彻彻底底地忘记了，可你却失望什么？心痛什么？

我苦苦地笑，眼前一阵迷茫，世界忽然天旋地转。

世允与工作人员终于从另一扇大门走出了会场。我也坚持不住，瞬间瘫倒在了地上，耳边只听得关修齐在尖叫："本末，你怎么了？本末，你怎么了……"

接着，昏死过去。

也不知过了多久才醒来的。总之，再度苏醒时，我已躺在医院的病床上，关修齐静坐在我的床头看护。

我发现手背上打着点滴，反射性地坐起来，惊慌失措地用另一只手去拔掉针头。

关修齐过来拉住我的手阻止："放心，只是一些普通的维他命，医生说对孩子无碍。"

我看着他。他确认地点点头。我才双手捂住了小腹慢慢安静下来。

关修齐无力地坐回到了椅子上，心头万般承重，一副劫后余生的模样。

他问我："本末，如果这时，我还对你说，我对你的心意未曾改变，你会对我改观吗？"

我依旧遗憾地低语："修齐，我根本配不上你。"

"这是真的原因？"关修齐问我，"还是，因为你心里根本没有忘记孩子的父亲？"

我眼观鼻，鼻观心。

"好了。"关修齐起身背对着我搓搓脸，"我们不要再谈论这个问题了。"

"你是不是饿了？我给你去买点吃的东西来？"他转过身，通红着眼睛问我。

我摇摇头。他又扶我重新躺下："那你好好休息，现在只是午夜。"

我点头，再次枕到枕头上，别过脸，闭上眼。修齐还是坐在床头。

我唏嘘一阵。世间安得两全法，不负如来不负卿？

当夜，又做了噩梦。

在一条蜿蜒绵长的公路上，世允走在前方，我跑在身后追赶他。他健步如飞，我怎么也追赶不上。好不容易追上，我气喘吁吁地拉起他的手，喜极而泣，激动地喊着："世允。"

他却冷漠地回过头，淡淡地问道："你是谁？我根本不认得你。"

就这样，在那个梦里头惊醒过来。出了一身冷汗。

晨曦从窗外倾洒进来，床头已不见关修齐，而在我的病床上，却看到了一个古驰的女士手提袋。

正疑惑间，病房的门应声而开，一个女子捧着玻璃花瓶走了进来，里头插了一大束红玫瑰花。

"醒了？"她笑着问我。

艳丽的妆容，齐腰的长卷发，黑色的羊毛长裙上挂着一个水晶项链。尤其右眼尾的一颗小黑痣，使她愈加妩媚动人。

我脱口喊了一句："思齐？"

"嘿，是我，"她没有惊讶，用见老友的口吻与我招呼，"我刚从地中海回来，昨晚才下的飞机，听修齐说你住院了，特意来看看你。"

她与修齐一看就是姐弟，俩人无比相像，也不难怪我会将她一眼就认出来。

"本末，今天感觉怎么样？"她将花瓶摆在床头柜上，坐到一边，笑着问我。

"很好。"我答道。

"你呢？你好吗？"我问。

她捋了捋长发："像死过一次，再世为人，现在觉得能见到阳光就是上帝的恩赐。"

我当然知道她在说什么。

"你一定会遇上更好的人。"我祝福她。

她却笑了笑，露出一排洁白的贝齿："有没有别人爱统统都是次要，自己足够爱自己就好了。"

我赞同地点点头。

这时，关修齐提着保温杯走进病房来。

"你为什么这么早来这里打搅本末休息？"他不客气地埋怨思齐。

思齐白他一眼："不知是谁，凌晨冲到家里，喊了女用人起来熬粥，惹得全家都睡不安宁。"

关修齐红着脸不说话。他打开保温杯放到我床头，并递了一支汤勺给我。

"是菠菜猪肝粥，医生说对孕妇好。"关修齐对我说。

"谢谢。"我感激地看着他。

思齐上下打量他一番："你将自己折腾成这副模样想干什么？"

修齐看了她一眼却没有回答。我这才注意到今天的修齐剪短了头发，套上了西装、皮鞋，打着领带，一副大人的模样。

"成人礼时也不见你穿过白衬衫，打过长领带。"思齐嘲笑。

"我也终会有长大的时候。"修齐不服气。

思齐笑弯了腰："这句话要是叫父亲听到，他一定满意得三天三夜合不拢嘴。"她揶揄道。

修齐赌气地坐到一边默默玩起了手机。

思齐转向我："看，孩子就是孩子，说几句就发起脾气来。"

我抿着嘴轻轻笑。修齐对我好，我是知道的。只是，这个好，我却不晓得如何去回应。连思齐也看得一清二楚。

出院后，思齐到家里来陪我。她捧本杂志，坐在阳台翻阅，嘴里有意无意地说："看来，又是我那个傻弟弟自作多情了。"

我歉意地垂眸，回一句："是我对不起他。"

"其实修齐也不错，"思齐抬起头，试图劝慰我，"除了神经大条、偶尔会耍小孩子脾气、聊得来的姐姐妹妹多一点之外，还算是一个好男人。"

"我知道他是好人，但是……"我欲言又止。

"但是你不爱他？"思齐果断猜测。

我点点头。

"那你爱谁？孩子的父亲？"思齐问我。

我不言语。思齐不再强人所难继续追问。她只是摇了摇头，一面继续翻阅着手里的杂志。我还听到她轻轻说了一句："可怜的修齐。"

爱情的发生，是两个人邂逅时占尽了天时地利人和。只是我与修齐，人也不对，时间也不对。

我恻然。

在家里头休养了几天后，又回到了文字工作。

午休时，修齐又带了菠菜猪肝粥与香蕉过来。我不好意思地说："食堂的饭菜也很美味，你不用特意替我送来。"修齐则取出手机打开了一个孕期知识的 APP 给我看："网上说菠菜与香蕉富含大量的叶酸，孕妇必须多吃些。"

对于他的关心，我已倍感压力。

我遗憾地看着他，他像是看穿了我的心思一般，抢着说："好了，别说了，我知道，我都知道，只是你可以不喜欢我，但却不能阻止我来喜欢你。"

我拿他全没有办法。

电梯这时停靠在了楼层，"叮"一声，电梯门缓缓打开。董事长秘书领着一行人走了出来。我看到了心头的世允与阿曼达。

我又心悸了。

阿曼达频频回望我几眼，世允依旧如故，视我为透明。他们一行人向文字总裁室走去。修齐抓住走在最末尾的文叔。

"文叔，发生了什么？"修齐问。

管理部的文叔笑眯眯地说："关总正为资金的事儿，愁白了头发，这会儿，鼎盛却主动来与文宇洽谈投资事宜，你说运气好不好？"

文叔乐呵呵地跟上了队伍。修齐施施然地讲："啊，这些放高利贷的，真是无孔不入。"

我只听得咚咚咚的心跳声，半晌都说不出话来。整个下午，也是魂不守舍地坐在电脑前。

临近下班，经理走进办公室，他喊："施本末，去董事长办公室一趟。"

同事齐齐朝我看来。我站起身，食指指了指自己的鼻子："董事长找我？"一副不敢相信的样子。经理确认地点点头。

我满腹心事地走出了办公室。女秘书和颜悦色地领我进去。她转动着把手，门应声而开，"董事长，施本末来了。"她向董事长报告。

"来，来，来，进屋坐。"董事长连忙从办公椅上站起身，伸手指引我到沙发。

我与他面对面坐下。女士替我上了一杯菊花茶后退出。

董事长问："工作还习不习惯？同事是不是也好相处？"

"董事长，都很好。"我回答。

"当初是修齐极力推荐的你，但这些日子，不管在部门还是人力资源，你的口碑均是上佳，可见那小子眼光不错。"

"谢谢文宇愿意给我这个机会。"

"我也是刚刚才知道，原来施小姐与鼎盛的许世允先生也是相识一场。"

我宛如堕入五里雾中。

"哦，"关董事长笑着解释，"文宇正在与鼎盛洽谈投资事宜，对方许经理对我说：'以后文宇与鼎盛的联络事宜可交由贵公司的施本末来做，她与我也算得是半个故友。'"

我坐在沙发上怔怔。

"施小姐，实不相瞒，现在文宇已到了生死存亡的时刻，鼎盛或是我们唯一的救命稻草，虽然施小姐与我们签署的是实习协议，但也算得是文宇的半个员工，再加上你与犬子修齐也是要好的朋友，于公于私，老朽也希望施小姐可以相助一把，让文宇渡过当下最大的难关。"关董事长诚恳地央求。

我义不容辞地回答："这是我的本分。"关董事长感激地看着我。

第二天，我致电鼎盛准备与世允商量上门拜访的时间。我对秘书说："我是文宇的施本末，想与许经理通个电话。"

秘书替我转接。半分钟后,她的声音又在电话里头重新响起:"抱歉,施小姐,经理此刻正在签署文件,他问您有什么事情找他?"

许世允不想来听我的电话。

我与他之间,又要用女秘书来传话。

我颓然地吁口长气,用尽量平静的口吻对她说:"我想明日来拜访一下许先生,不知他是否有空?"

"好,您稍等。"

秘书过去替我问完话,又在电话里回复我:"许先生说可以。"

"那我明日上午九点来拜会。"

秘书回我说:"好,我将时间记录进工作日志。"

"感谢。"我挂上电话。

翌日,我如约而至,却不见许世允。

秘书不好意思地对我讲:"抱歉,施小姐,今早许先生有事还未到公司报到,不过他刚刚特意来电嘱咐,说要是施小姐来了,可让她在会客室稍作等待,他处理好事情后会立刻返回。"

我应一声好。到会客室静等。时间一个小时又一个小时地流逝,秘书给我的茶水也一杯又换了一杯。

她不住地对我欠身:"不好意思,施小姐,许经理说还需要一点时间,麻烦您再等等。"紧张到额头也在冒汗。

我未觉得气馁,继续候着。转眼到午餐时分,秘书体贴地带了一份盒饭给我:"施小姐,您吃口饭再等吧。"

我道谢。我捧着饭盒子在会客室里扒了几口饭,下午继续坐着。墙上的时钟,又转了一圈又一圈。秘书已经不好意思再进来,只是坐在自己的位置上,颇为无奈地时不时朝我这里张望。

我却没有生气。这一切均在我意料之内。我晓得许世允才不会这么轻易地饶过我。

不过就是等。我愿意等的。

只是静谧的午后,舒适的暖气使人觉得慵懒,尤其加上身子的原因,愈发觉得困倦。我竟然直接趴在桌子上沉沉睡去。

意外地,我还做了一个美梦。

梦里头，世允轻抚我的脸颊，替我盖上毛毯。他在我的耳畔轻声呢喃："本末，我想了你这么久，念了你这么久。"

几乎是笑着醒来的。却看到世允真真切切地坐在我的对面。只是他的神情，是冷酷的，是决绝的，是叫人望而生畏的。

我惊一下，立刻坐直了身体。"许经理。"我客客气气地喊他。

他嘴角又勾起了一抹冷笑，目光似把冰剑，直直朝我刺过来。"替文宇来做说客？"他问我。

"文宇十分需要鼎盛的帮助。"我匆忙地从背包里将资料双手呈上。他接过资料，随随便便地看几眼，便丢到一边。

"只是我不太习惯，下班时间处理公事。"他说。我看一眼时钟，已是傍晚六点。

老天，我竟睡了这么久。

"那我明早上班时间再来好了。"我识趣地将资料收回。

"先将资料交给缇娜。"他又命令我。之后，命秘书缇娜进来，从我手里接了资料。

世允站起身，整了整西服："一起去吃个晚饭吧。"

"一起吃饭？"我茫然地看着他。

"有问题吗？既然你们文宇要同我做生意,至少要让我看到你们的诚意吧。"

我恭敬领命，立刻站起身，身上却有条毛毯滑落至地上。下意识地又想到了刚刚那个梦。又忍不住再抬一眼看看世允。他早已转身离开会客室，朝电梯走去。我匆忙地拿起皮包小跑跟上。

我们在鼎盛附近的一家西餐厅坐下。世允也不问我的意见，自顾自点了两客西冷牛排与小食，还有一杯拉菲红酒。

"你还要开车。"我忍不住提醒。

世允看我一眼。"替你点的。"他说。

"我不能喝酒。"

"什么？"

"我不想喝酒。"我更正。世允即刻换了一杯果汁来。他将菜单交还给服务员。

修齐却在这个时间给我来电话。我心虚地望一望世允。他喝口柠檬水，说一句："快接。"

我接起电话。修齐在那头问我："本末，你在哪里？为什么还没有回家？"

"哦，我还在加班。"我胡乱找了理由。

"加班？那要不要我来单位接你？"

"不，不，不，修齐，稍后经理会送我回家。"

"哦，那好，好好吃饭，好好照顾自己。"

"好。"

我与他挂断，才发现早已大汗淋漓。

世允还冷不丁地问一句："是男友？"

我坚定地回答："不是。"

世允牵牵嘴角："是不是都与我无关。"听到这句，我的胸口好似被挂上了铅一样。

服务员端上了牛排。世允在对面大快朵颐，我却毫无胃口，拿着刀叉将牛肉切了又切，就是没有勇气放入口中。

世允用餐巾擦擦嘴唇，悻悻地问："怎么？与我吃饭竟使你胃口全无？"

我百口莫辩。他又取了一块蒜蓉面包放到我的餐盘里："吃不下也得吃。"我只得硬着头皮将面包吞下肚。

饭后，他送我回家。车子在小区门口停下，我解下安全带，向他致谢。他未转过头看我，只是淡淡吩咐："趁着双休日好好准备资料，周一一早将项目申请带到鼎盛来。"

我颔首，下车，目送他的车子绝尘而去。之后又无限惆怅。

我与他之间，如今除了公事，竟无任何话题可聊。

周六，我也早早地到了公司，财务部与管理部的同事早已伏在案头，紧锣密鼓地开始准备。而我，能力与资质都有限，从头到尾都在一旁打着下手，看着几位前辈忙进忙出。

休息日，公司食堂不开放。我正准备上网给大家预订午餐，关修齐提着两袋外卖便当进来。

"关修齐。"我几乎是惊喜的。

"怎么了？难道你们已经吃过午饭了？"关修齐将便当放到办公桌上不解地问。

"没有，没有，"管理部的同事拍着肚皮回，"你是及时雨，我们此刻腹中雷鸣，早已饿得前胸贴到后背了。"

关修齐跟着大伙儿笑作一团。

大家拿着便当开始午餐。我也捧着饭盒坐到一边，准备开吃。关修齐拿了只保温杯过来，将我的饭盒换下："你吃这个，外头的便当有太多的味精。"之后，他便拿起我刚刚的便当坐到对面的椅子上大口大口吃起来。我的心头一阵温热。

我忍不住对关修齐说："修齐，你是我一辈子的朋友。"

修齐的神情却显得无比沮丧。他甚至用哀怨的口吻问我："本末，是不是我只能是你的朋友？"

不知情的出纳小胖，捧着饭盒子，笑着对我们二人讲："是朋友，我们都是朋友，四海皆兄弟，相逢是故人，如今我们同坐一条船，定要同舟共济。"

众人连连叫好。关修齐敷衍地笑笑。而小胖的不知所云与神经大条，也有意无意地解救了我。

午后，关修齐也来助我们一臂之力。大伙儿忙到晚上才各自返家。

关修齐驾车送我回去。路上他接到思齐的电话。挂断之后修齐对我讲："思齐说，家里头来了客人，老爷子喊我回家吃饭。"

我连忙答："那你就在前方路口将我放下，我坐公车回家好了。"

"思齐说老爷子喊你也一道儿过去。"我感觉莫名其妙，但只得遵命。修齐掉头，带着我一同返家。

到达关宅后，我才后悔至极。原来自己根本不应该过来。因为关家今日招待的客人不是别人，正是许世允。

我的脸，瞬间成了一张白纸。关氏夫妇笑着招呼修齐过去："修齐来，来见见鼎盛的许世允先生。"

修齐不情愿地跨步过去。"许先生好。"他礼貌地同世允握手寒暄。

关董事长又转向我："来，本末，你也来见见你的故友。"

我移步过去，才几步，却走得我大汗淋漓。到世允面前，我也毕恭毕敬地喊了一声："许经理。"世允淡淡笑着，眼内满是复杂，外人根本瞧不出他此刻的内心正在思索些什么。

关董事长却笑开了怀："本末，今日是私人性质的聚餐，不必在乎这么多繁文缛节。"

我怯怯地点点头。思齐捧着桂花鸭从厨房里出来："开饭了。"

关氏夫妇指引许世允坐了上座。修齐也领着我过去入了席。

修齐环顾一下桌面。立刻喊了用人过来："佩姐，佩姐，再去弄一盘油泼菠菜来。"佩姐应一声，又钻进了厨房。

关董笑着望向修齐："你几时开始中意吃菠菜了？"

"不，不是我，是本末要多吃些菠菜。"修齐说，"因为……"他像是顾及许世允这个外人在场，所以连忙改口，"因为她最爱吃油泼菠菜。"

世允远远打量我一眼，口内像是含了一块冰块似的开口讲："关二少爷，真是温柔体贴的好男儿。"

我的头不自觉地微微低下。看不清楚状况的关董，还哈哈大笑，不吝赞美："懂得关心他人也是成长。"

另一面的思齐却抿抿嘴："爸爸，你还不知道他？在他眼里全天下的女子都要体恤照顾，所有的男子统统乏善可陈。"

修齐白了她一眼："吃饭都堵不住你这张嘴。"

思齐朝他扬扬眉。

关董又转向许世允："叫许先生见笑了，这两个孩子永似长不大的模样。"

世允捧着酒杯羡慕地说："你已足够幸运，成了两个孩儿的父亲。"

他又直直朝我这边看，眼内统统都是恨。关董却还在笑说："是，是，是，有儿有女，凑了一个好字，也是上天眷顾关某。"

偏偏关太太也在这个时候探出头来问我："听说施小姐与许先生也是故友？二人是怎么样的朋友呢？"

我一时语塞，不知如何回答。许世允却十分坦然地交代："这个施本末，是我的前妻。"

顷刻间，气氛变成了灰白色。在场所有的人的目光都汇聚到了我的身上。

我看到修齐与思齐眼中的错愕；关董原本想利用我来巴结许世允的如意算盘落空时的失望与愤怒；关太太始终扬着嘴角，骄傲的面孔上像是在说：瞧，我老早就讲过，这种来历不明的女孩，根本配不上我的儿子。

谁也没有胃口继续这顿晚餐。我先起身告辞，准备逃离。修齐还是冒天下之大不韪，执意来送我。

我来不及拒绝。他早已拉着我的手腕离开。我听见身后关太太在喊修齐的名字。

关董咒骂着："混账！"

修齐依然我行我素。一路上，我与修齐都沉默不语。

到小区门口，车子停住。我终于忍不住开口对修齐说："修齐，别再对我好了。"

修齐转过头问我："因为你的过去？"我无声默认。

"不，我不介意，"修齐却过来拥抱我，"你的过去也是你的一部分，我根本不会介意。"

"修齐，总有一天，你会因为今天而感到后悔。"我轻轻推开他，蹙着眉头，语气像是在埋怨一个不听话的孩子。

修齐反而笑："会吗？那待那时再说好了。"

我重重叹口气。

修齐央求我："本末，不要再去见那个许世允了好不好？"

我看着他。

他没有听我的话，我当然也没有听他的。

周一，我还是捧着资料如约到鼎盛与许世允会面。倒是许世允有些意外："没想到你还会再来！"

"当然，"我昂起头，"至今我还是文宇的一员，总要替我的东家尽一点绵力。"

世允又将资料推到一边："可惜那些风险评估师不会因为你的忠诚而给文宇打一百分。"

"什么意思？"我蹙眉。

"文宇思想守旧、故步自封，不肯承认时代已进步，自己早已被时代洪流不知推向了何方，却还舍不掉曾经的光环，拿着一点点的过往成绩津津乐道，经营管理也是一身毛病，也不肯诚实面对，别人开出良方要求其进行数字化转型，它却还傲慢地说寡人无疾，你说，这样的企业怎么会得到风险评估师的垂青？"

"那你为什么还愿意借钱给文宇？还是你分明想要玩弄它？"我怒气冲冲。

"只是给予机会，不是承诺，"世允回得施施然，"机会面前，人人平等。"

我压制着心头怒气。关修齐却在这个时候风风火火地闯了进来。

"施本末，我分明警告过你不要再来找他的，"他一把将我从座位上拉起，严厉地斥责，"你跟这种放高利贷的讲什么道理，他们都是狼狗，吃人不吐骨头。"

"关先生，请自重。"世允也从他的座位上站起来。

修齐转过身，将我今早带去的资料，全数抱回怀里。"许先生，从今往后，就不劳您再为文宇的事费心了。"修齐板着面孔，神情严肃。

世允不说话，只在嘴角勾出一抹诡异的笑。修齐与他对峙片刻，随即立刻拉着我离开了鼎盛。

回去的路上，我焦虑地问修齐："修齐，没有了鼎盛，那文宇怎么办？"

"世上的投资公司又不是只有鼎盛一家。" 修齐倔强地说，"况且，文宇什么大风大浪没有见过，你放心，此次风波也定会安然度过。"

我却满腹狐疑。

第二天，同一部门的利文也递上了辞职信件。同事志国问他为什么？

利文答："要不是失望透顶，谁愿意离开十几年的东家另起炉灶？ 我也晓得到外头要从头爬起，但是怎么办？奋力争取总比坐以待毙来得强。文宇的情况大家都有目共睹，近几年有多少本书排在各大网站畅销书榜前十的？亏损已成了常态，与台湾长鸿出版的合作项目，也因资金链问题无限期押后，银行也收紧了授信额度，找投资公司更是没有什么眉目，听说大小股东已联名要求召开临时股东大会，希冀文宇做出自救与转型方案……而我对现在的决策层已失望透顶，我并不认为他们会有所改变，或者有能力提出建设性意见与改善措施来。"

此时，"小喇叭"余旻也推门进来："听说了吗？听说了吗？张斌与吴军已将手头所有文宇的股权全部转让。"

众人面面相觑。我拉着志国小声问："谁是张斌？谁是吴军？"

志国回："文宇集团创始人之一，他们手头各自握有文宇集团25%的股权。"

利文冷笑几声："作鸟兽散。"

大伙儿脸上愁云惨雾，默默坐在办公椅上各怀鬼胎。

当晚思齐也突然来造访。她喝得微醺，一进屋身子就跌进沙发里，却依旧在问我讨酒吃。

我说我这里没有酒，于是替她泡了杯绿茶来。思齐很是失望。

我问："思齐，你怎么了？"

思齐说："本末，我要结婚了，哦，不，是父亲要我结婚。"

"什么？"我不敢相信自己的耳朵。

"是的，是政策联姻，啊，虽然我老早就有了心理准备，但没有想到，却来得这么快；对方是松杉集团的大公子，我只见过他两次，长得肥头猪耳，十分不英俊；说话也不怎么风趣幽默，喜欢炫耀他的专业知识，与他聊天实在无味，我很不喜欢他。"

"你有没有将你的想法告诉你的父亲？"

"告诉他？啊，他才不会管我喜不喜欢，中不中意，他只关心文字是否有机会与松杉强强联手。"

我安慰她："思齐，我相信事情一定会有回转的余地。"

"啊，修齐也信心十足地来安慰我：'姐姐，其实事情没有你想象中那么严重。'"思齐苦笑连连，"他根本就不晓得，现在的文字随时将面临破产清算，而我的父亲也必须在不日后的股东大会上给全体股东一个满意的答案。"

我替她难过，却不知如何去安慰。只得上去拥抱她，轻轻喊一声："思齐。"

给不了任何力量。

半晌，思齐轻轻推开我。"好了，本末，我该走了，我很开心还有你这样一位朋友愿意听我的醉呓，容忍我的牢骚，再见。"思齐颓然地站起身，眼内充斥着绝望。

她转身开门出去，任凭我如何呼喊，思齐再也没有回头。

一周后，股东大会在文字大会议室如期举行。关董独身一人站在上头，思齐与修齐坐在台下第一排。大大小小的股东，接二连三地起身发问：

"出版业如此快速发展，而文字近几年却毫无起色，无论从盘子还是利润，其他出版商均逐一在做转型，为何文字还是原地踏步，丝毫不见成长？"

"你们现在到底有多少发展营销策略？对于文字日后的发展如何规划？"

"对公司的市值管理董事长是如何思考的？主营业务停滞不前，对外投资失败，只能拿着股东的钱购买理财产品维持生计？"

"听说两大股东已进行股权转让，是不是真有其事？"

"文字将花在内斗上的心思放到业务发展上，公司是不是会起色明显？"

一系列问题，问得关董有些措手不及。他在台上频频拭汗。

一些生产经营问题，他已无暇顾及。他只挑了些问题来答："企业无法决定市值，市值是由投资者说了算，公司也无能为力。"

"两大股东是否退出，一切均以公告为准。"

"正常人事异动，是为了公司更加井然有序地发展。"

显然，这样的回答，股东不买账。

其中一个直接拍案而起："你们的公告永远就像外交辞令，简直此地无银三百两；文字的做事风格比国企还要国企，已让我们完全看不到希望；我们不要听你在这里讲一些有的没的大道理，我们希望看到真真切切的自救措施，请给我们实质方案。"

"是，给我们方案！给我们方案！"其他股东群起攻之。

关董进退两难。此时，又有人打蛇随棍上："关程鹏，还是你已无力领导文字？那请自动退位让贤，让有能者居之。"

"是是是，千万不要占着茅坑不拉屎。"有人开始附和。

"直接改选。"

"请别再糟蹋文字。"

你一句，我一言，争执不休。关董脸色已难堪至极。

这时，会议室的大门被重重推开。职员小张慌慌张张地上来报到："董事长，鼎盛投资的许世允在门外头。"

董事长蹙眉："他这个时候来做什么？"

"他手上握有文字 50% 的持股证明书。"

关董脸上宛如被人刷上了一层白漆。坐于最后一排的我，下意识地朝大门口望去。

现场已乱成一锅粥，股东们开始窃窃私语：

"许世允从哪里获得这么多股份？"

"听说文字的两大股东各自转让了手头的 25% 股份，如今看来，消息属实。"

"文字不见得是什么香饽饽，许世允为何来蹚这浑水？"

"管他呢，反正这样一来，文字成了鼎盛投资的关联企业，无端端寻了一个大靠山，于我们完全有利。"

"可不是，这个许世允肯定比关程鹏靠谱。"

"许世允持有文字 50% 的股份，关程鹏持有 28%，王朝是否更迭暂且不论，这个江山势必易主了。"

"我也会投许世允一票。"

众说纷纭中，许世允已推门而入，阿曼达跟于他身后。现场顷刻安静下来，顿时鸦雀无声。

许世允环顾现场一周，目光逼人，桀骜不驯。却不偏不倚地落在我的身上。我怔怔地与他对望。

此刻，关董在台上忽然捂着胸口瘫倒下来。思齐与修齐一跃而上，紧张地喊着"爸爸"。

我与几名员工也齐齐冲上台。他们一遍又一遍叫着关董。我立刻取出电话拨打 120。

十分钟后，120 赶到，关董被抬上急救架。我也跟随思齐与修齐一起去了医院。

出门时，与许世允擦身而过。我回头看他一眼，他的眼神依旧冷峻深邃，令人难以读懂。

到医院，各科医生会诊开始急救。思齐在急救室外头来回踱步。修齐坐在走廊的长椅上，声泪俱下："前几日他责骂我时，明明还气势逼人，精神抖擞，为什么会突然倒下来？"

我坐到一边，安慰他："修齐，关先生一定会平安无事。"修齐不理我，依旧喃喃自言："我一直认为他是钢铁侠，永远屹立不倒，我也宁愿他永远指着鼻子来骂我。"

我拉着他的臂膀摇晃："修齐，请你振作一点好不好？"修齐一味地流泪。

一边的思齐重重叹口气，她对我讲："本末，你随他去好了，让他想哭便哭出来，这种时候要他压抑心情，百害而无一利。"

我渐渐松开双手。

医生从急救室里出来。我们三人立马将他团团围住。

"医生，我父亲怎么样？"思齐心焦地问。

"医生，我爸爸没有什么大碍吧？"修齐抹着眼泪说。

医生揭下口罩："此次是冠心病发作引起的昏厥，目前虽然病情暂时得到控制，但依旧需要留院观察，同时我们还是建议关先生早日住院进行心脏搭桥手术。"

思齐哀伤："在他眼里，文字的事才是一等一的大事，时常为它熬夜至凌晨，甚至不眠不休地持续工作，过度透支自己的健康。"

"好好替关先生做思想工作，必须让他明白：身体才是革命的本钱。"

思齐点点头。

护士将关先生转移至家庭病房。

修齐眼内噙着泪水，双手握着父亲手掌，坐于病床头忏悔："我最大的本事就是惹他生气，他指东，我却故意要往西，从来只会忤逆他，没有一次使他开心舒坦过。"

思齐走过去，沉重地拍拍胞弟肩膀："不许哭，父亲不愿意看到，回去后，也不能让母亲看到。"

修齐用手背抹抹眼泪，应声："嗯。"

我陪着思齐一同去办理了住院登记，又帮她联系好了医院的护工。

思齐说："本末，谢谢你。"

我握着她的手："朋友本该守望相助。"思齐感激地看了我一眼。随后，落寞地朝前缓步而走。

她向我吐露心事："本末，我其实与修齐同样自责，文字是我父亲的心血，而我俩却未能保护好它，使得文字落入外人手里。"

"事情难道真的没有回旋的余地？"我依旧抱有奢望。

思齐朝我戚戚然地笑："除非有办法证明许世允手上的持股证明是伪造的。"

我噤声，思齐的黑色幽默未叫我发笑。

然而，我也没有这么轻易想要放弃。

第二天一早，我还是冲到了鼎盛找许世允。秘书虽然认得我，但依旧例行公事，将我拦下。

她客气地对我说："施小姐，请问您是否有预约？"

"不，没有，"我不客气地回答，"除非他今日不在里头，否则这并不能妨碍我来见他。"

"施小姐，没有预约，我不能放你进去。"她整个身子挡在我的面前。

我立定了身体："好，我现在就来预约，烦请你去通报一声，我立马要与他见面。"

"施小姐，请你不要为难我们。"她丁是丁，卯是卯，十分不懂得察言观色。

我食指点到她鼻头愤愤不平地说："我现在没空跟你扯什么社交礼仪，你最好趁我还对你客气，火速让开。"

"施小姐是要我招呼保安来吗？"

我已没有任何耐心与她浪费时间。索性，奋力将她推到一边，冲过去扭开许世允办公室的门，闯了进去。

许世允停下手中的钢笔，抬头看了看我："脾气什么时候变得这般焦躁了？"

我不说话。

这时秘书也冲了进来，她怯怯地道歉："许经理，对不起，我实在劝不住她。"

许世允扬手让她先出去。秘书点头，退出去，并带上了办公室的门。

我踱步上前。许世允手中把玩着钢笔盯牢我问："是'施本末'来找我，还是作为文字的员工来找我？"

"'施本末'已与你无话可说。"我悲恸地答。

"我同文字的员工更没什么可以聊。"世允扯扯嘴角，再度低头奋笔疾书。

"既然对文字没有兴趣，那你还来蹚这浑水干什么？"我双手撑到办公桌上，死死地盯着他看，"文字是关家的，不是你的，你为什么要来抢别人的东西？"

"抢？"许世允抬起头来，宛如听到本世纪最大的笑话一般，"哪里抢？问谁抢？怎么抢？啊，买那些股权时，我花的是人民币，不是冥纸。"

"可你确实不喜欢它，"我质问他，"你为什么要花这么多钱来买你不喜欢的东西？"

"我怎么花钱是不是还要向你报备？"

"不，你不需要，我也没有资格来听。"我心底一阵凄苦。

世允冷峻起来。

我缓和了语气，几乎央求道："文字于你而言或许可有可无，可对于关家而言却是全部，你是不是可以放过它？"

"你倒十分为他们着想嘛。"世允将钢笔扔到了桌上。

"是，因为他们曾经无偿帮助过我，得人恩果千年记。"

"那你有没有替我着想过？"世允却反问我。

"什么？"我满腹狐疑，辨不真切。

"我问：你亲手杀死我的孩子时，有没有想过我的感受？"世允铁面，冷傲深黯的眼底充满了愤怒。

我的面色霎时灰败，宛如五雷轰顶。原来他还对这件事情耿耿于怀！

世允起身向我一步步趋近。而我的身体仿佛被钉在原地，动弹不得。他走到我身边，在我耳畔挑衅道："回去告诉关家的人，这就是无故与施本末亲近的下场。"

我的身体又如遭电击。

从他口中吐出的寒气，冷得我锥心刺骨。而他说出的真相，却又让我愧对关家。

原来我才是这一切的源头。

我无力地向他哭诉："许世允，你恨的是我，求你不要牵连其他人。"

他问我："你，算是在求我吗？"

我木着脸回头，世允近在咫尺。他与我四目相对，鼻尖顶着鼻尖。

"是，我在求你。"我眼泪汩汩而下，"我求求你放过他们。"

世允抬起右手，冰冷的指尖滑过了我的脸颊，不依不饶地问："施本末啊，施本末，你为着外人哭，我们的孩子可有受过你一滴眼泪？"

我彻底绝望了。而他却在此刻转身背对着我说："好，我会放过他们。"我难以置信地盯着他看了又看。

"但是，"他坐到座位上，咄咄逼人，"你也要答应我一个条件。"

"什么？"我问。

"回到生月居，回到我身边，将你亏欠我的，连本带利统统还给我。"世允决绝地说道。

我却愣住。

第十一章：释怀

两周后，文字重开股东大会。

许世允毫无悬念地成为董事长，关程鹏却"意外"成为总经理，并接受董事长授权委托，全权管理文字集团。

台下一片哗然，又开始纷纷议论：

"兜了一个大圈，一切未曾改变。"

"怎么没有？自此后文字多了鼎盛这个大靠山。"

"这个关程鹏时来运转，如虎添翼。"

"嘘，听老关的转型方案。"

股东逐一抬头朝台上望去，关先生已捧着文案报告。

"以下是文字集团的转型计划：一、开发 APP 应用，与互联网企业深度合作，将数字化进行到底，其包括数字版权、数字标准、营销模式……"

股东们频频点头赞许。

就这么结束了股东大会。

老关春风满面地与许世允握手，并诚恳地喊一声："许董事长。"台下所有人起立鼓掌。

看到这幅画面，我也欣慰地站在一处。

修齐咧着嘴，寻到了我的身边："本末，你怎么躲在这里？从刚刚开始我一直在找你。"

我笑着对他说："修齐，恭喜一切回归到原位。"

修齐搔搔头："果真天无绝人之路。"

我颔首。

许世允何时已从会议室里走出来。他一手插在裤袋里，扬着眉，时刻不忘提醒我："施本末，请记得你对我的约定。"

我点头。他随关先生齐齐走向了前方。身后大小股东陆陆续续出来。

修齐问我："本末，他在说什么？你答应他了什么？"

"没什么大事，"我笑着转向修齐，"倒是我有一桩事情，要对修齐你讲。"

"哦，是什么？"

"抱歉，修齐，我不能再在文字任职了。"

"为什么？"修齐睁大了眼睛问我。

"因为我要回家了。"

"回家？回到许世允身边？"修齐猜测。

"嗯。"

"为什么？"修齐大惊失色。

"孩子与母亲齐齐回到孩子的父亲身边，一切理所当然。"我朝他摊摊手。

"不，本末，不会的，你一定在骗我，你们分明已经离婚了，"修齐拉住我的手，一张面孔难看到不行，"本末，你是不是有什么苦衷？你一定是有苦衷的对不对？"

"不，没有苦衷，"我对他说，"怎么会有苦衷呢？只是因为我爱他，所以，我想要回到他的身边而已。"

修齐脸色一沉，万念俱灰。

我又回到了生月居。

曾经是我背着包袱离开，而今，我又提着行李自己走进来。只是在门口驻足停留，凝望片刻。这座大宅，依旧宛如隔世。

君梅笑着跑出来替我拎行李："太太回来了，太太回来了。"

我对她说："君梅，我老早就不是你的太太了，日后你也不必再喊我'太太'。"

君梅才不管，执拗地同我讲："不，太太永远是太太，先生永远是先生。"她推我进屋里，将我的行李交给在里头等候的文娟。文娟见了我，也是毕恭毕敬先喊一句"太太"，随后提着行李上了楼。

君梅进厨房替我沏茶。她高声问我："太太，还是要桂圆八宝茶？"

我应一声："随意。"

她又说："前几日阿其去乌镇带回了些祥云酥，给你做甜点好不好？"

"好。"

君梅开始端出餐盘忙碌。我踱步在客厅，慢慢环顾着四周。

沙发边上蒂芙尼的落地台灯不曾更换过位置；茶几上依旧斜斜地躺着我钟爱的小说，书签插在我曾经阅读到的地方；头顶的吊灯垂下的水晶枫叶错落有致；地毯上，隐隐约约还可以看到我从前打翻的，难以洗涤干净的咖啡渍。

这里同我离开时一模一样。

我的心头一阵温热。又期盼地朝我的画室走去。

我的手轻轻放到门把手上转动，画室的门应声而开。里头熟悉的光景再度映入我的眼帘。墙上的墨色画框里镶嵌着我的临摹作品——莫迪里阿尼的《裸妇》；画架上有我画到一半的油画；我的老荷兰颜料，还是东倒西歪地躺在地上。

没有改变一分一毫。

君梅不知何时走到了我的身边。她在我耳边讲："先生说不得随意弄乱太太用过的东西，怕太太回来时会找不到。"

我悄悄掩上门转身走回到客厅，坐到沙发上，怔怔喝起了君梅替我沏的八宝茶。心底突然有种满腹相思无从诉的寂寞。

当夜，世允加班，直至夜晚八点才到家。

他疲惫地走进来。我招呼声："回来了。"

他抬头看我一眼不说话。走到客厅，坐到餐桌前。我进厨房将热好的饭菜端上桌。

世允却不满地问我："为什么你来做这些？君梅与文娟呢？"

"我让她们去休息了，"我回答道，"反正我们谁来伺候都是一样的。"

听到这句，世允又冒起了无名火，他好似受了千万委屈，难以置信地问我："你回来就是准备来做用人的？"

"那做什么？"我直言不讳，"我同你之间已没有任何关系，总不能叫你无缘无故供养着我吧。"

世允翻了脸，伸手将餐桌上的饭餐全数扫落，餐盘碎了一地，饭菜洒了满地。

噪音惊扰到了已进房休息的君梅与文娟。她俩火速从房里跑出来，看到眼前的光景后，颤巍巍地躲在墙角边不吭声。我却始终站在一边，面无表情。

世允狠狠瞪我一眼。他不言语，拿上车钥匙，愤愤地拂袖而走。

几分钟后，我听得院里传来车子的轰鸣声。世允驾车离开。

他去了哪里？我不知道。我哪里还有资格去过问呢？只是，莫名的，自己又惹恼了他。

怎么办？我重重长呼一口气。其实，自己也不想这么做的。

只是遇上他后，我却不由自主地成为一头刺猬，刺得对方鲜血淋漓的同时，自己也千疮百孔，苦不堪言。

文娟与君梅取来了抹布，替我收拾起了残局。

君梅一面抹着地面，一面也埋怨起我："太太，先生的脾气我们不晓得，太太又怎会不知道呢？你何苦又要去惹他？最终，他不开心，你自己也不开心。"

我无言，返身上楼，跑到了自己房里。和衣倒到床上，预备任自己睡过去，眼不见为净。

可是，怎么睡得着呢？心里惦记着世允，又懊悔着自己说过的那些话。

不得不听着文娟与君梅收拾好客厅后，回到房里的脚步声；墙上嘀嘀嗒嗒的钟声；外头风吹草木之声。

偶尔一辆车子从楼下经过，总觉得是世允回来了，无限希望地等着开门声响起。然而，一次又一次失望。最后索性站到了窗口，伸长着脖子一刻不停地盯着外头看。

九点，十点，十一点。直至过了午夜。

我也越来越焦虑。担心他是不是平安无事？是不是也会夜不归宿？始终惶惶不安着。终于，我看到一辆黑色轿车开进了自家院子里，心头窃喜。立刻小跑下楼去开门。

门外，却站着一个拥有时下流行的锥子脸的美人儿，扶着醉醺醺的许世允。她身上浓烈的香水味，扰攘着我的神经。

我立刻板起了面孔。那女人说："来，快来帮我将你们家先生扶进去。"

我一言不发地走上前，帮她扶着世允上楼回房，安置到睡床上。

那女人呼口气，转身问我讨水喝。我默不作声地走下楼，她跟在我身后。

到客厅，她又自顾自地坐到了沙发上，从包里取出一根细长的香烟，点上抽了起来。

我倒了一杯纯水放到她的面前后，又拉开了落地窗，捧了一只烟灰缸砸到她的面前。她抬眼深深打量我一下。

我很没礼貌。我知道自己很没有礼貌。我的礼貌早在看到她扶着烂醉的世允回来时，生生吞进肚子里去了。所以，我没有这个本事，再硬挤出一张笑脸，和颜悦色地同她没话找话聊。

而她，也十分识趣。见我一系列举动后，她便将香烟迅速按熄在烟灰缸里。可我依旧没有对她产生半点好感。

那女人喝口水问我："这间屋子的女主人在哪里？"声音十分软糯、妖娆，一个字形容就是：嗲。

我冷言冷语地回复她："你怎么不去问问男主人？"

她一双凤眼盯着我，笑着问："这间屋子里头的用人，是不是都这么没规没矩的？"

我硬生生地回答："主人都还没有计较，你这个外人又何必来操这份多余的心思？"

她冷冷一笑："好生牙尖嘴利！"

"谢谢。"我回嘴道。

"我会叮嘱你家主人，好好请个礼仪老师来教教你学问。"

"叙利亚难民正流离失所，你要是这么有空，也请多多考虑一下他们。"

"怎么会有人请你来当差的？换作是我，老早将你扫地出门。"

"啊，十分可惜，花钱请我的人姓：许。"

那女人被我气得瑟瑟发抖。她立刻起身，面孔青一阵、白一阵地拂袖而去。

而我，还在沙发上悻悻然地说一句："走好，不远送。"

她将大门关得砰砰作响。吓得君梅睡衣上罩了件开衫就慌慌张张地跑了出来："怎么了？怎么了？"

"我刚赶走了一只野猫，"我从沙发上站起身，"好了，现在没事了，你去睡吧。"

君梅半信半疑地点着头，关上落地窗后，再次回到了房里。而我也走进了世允的房间。

他在橘色的灯光下酣睡着。我坐到床沿，凝望他的睡脸。思绪仿佛又飘回了飞机从纽约降落在上海的那一晚。

一定是月老作的梗，才让我发生了那个意外。为的，只是让我遇上他。

而他的绅士、体贴、儒雅，也叫我相信了世上真有一见钟情这一回事。

故事的开始总是这么适逢其会，猝不及防。

想着想着，眼泪又淌了下来。世允也在这个时候迷糊地醒来。

他坐起身子，错愕地问我："本末，你为什么哭了？"语气却是温和的，柔软的，让我融入骨子里的。

他还醉着。

世允双手捧着我的脸，用拇指轻轻拭去了我流下来的泪。"本末，不要哭了，"他自责地对我说："我娶你是想看到你笑的。"

我不说话。

"本末。"借着酒劲，他又深深吻了吻我。我尝到了咸苦泪水的味道。只是，我不知，究竟是我落的泪，还是他流的泪。

酒精又麻痹了世允的神经，他继续倒到床上昏睡。而我，坐在床头，直至东方露出第一丝曙光，才熄了世允的床头灯。

我从衣柜里取了一条白色羊毛连衣裙换上，坐到化妆镜前，将头发轻轻拢起，从首饰盒里取了一对大溪地珍珠耳环戴上，扑了粉，扫上胭脂，才勉勉强强遮住了一夜未睡的倦容。

君梅此刻刚进厨房准备早饭，见我已经下楼来，便匆匆弄来一个花式炒蛋，烤了一块黄油土司过来。

"太太，今天起得好早。"君梅又替我端来了温牛奶。

我吩咐她："替我去将阿其喊来，我稍后要出门。"

君梅点点头。二十分钟后，阿其已等在院子里。

我套上风衣，取了皮包，出了门。"带我去希尔顿饭店。"我对阿其说。

阿其应诺，替我拉开了车门。我俯身钻到后座。阿其又替我关上车门，回到驾驶座，发动引擎，驱车前行。

今天，是思齐订婚的日子。而她，邀请了我。我必须神采奕奕地去出席。

透过车窗，我望着天空思索。

四十分钟后，到达希尔顿。仪式还未开始，我拉着服务员问了化妆间的位置。服务员领我走进去。

思齐穿着一身粉色修身礼服，化着精致的妆容，像个洋娃娃一样，坐在镜前发呆，面无表情。

我入内。脚步声引起她的注意。她回神，在镜中朝我莞尔一笑。

"怎么你一个人？化妆师呢？"我走到她的身边问。

"她将头饰遗忘在汽车后备箱里，刚下去拿。"思齐回答道。

我面朝她，微笑着赞美："思齐，今天你美得像个仙子一样。"思齐只是牵牵嘴角，眼内却空洞无比。

有人在这时敲了敲门。

"思齐，我是不是可以进来？"接着一个浑厚的男性声音在外头响起。

思齐应了一声。

我抬头注视着门口。不一会儿，一个身形魁梧的年轻人手中捧着一只炖盅走了进来。因为面孔上肥肉横生，以至于他笑起来，眼睛眯成了一条缝。

但他是和蔼可亲的。他大腹便便的形象，像极了一个叫大白的卡通人物。

思齐伸手互相介绍我们："我未来的夫婿——松杉的大公子陆子鸣；这位是施本末，我的好友。"

陆子鸣礼貌地与我寒暄。十分平易近人。

随后，他将炖盅放到思齐面前："思齐，今天还要走许多仪式，哪怕开席了，你也不能好好吃上几口，妈妈还说你今早都没有吃早饭，所以，我问服务员要了一份燕窝来，你多多少少喝一点，垫垫肚子好不好？"他望着思齐，眼神里是卑微的，恳求的，小心呵护的。

直至思齐点头。他才如释重负地咧嘴笑着，安心离开。

陆子鸣掩上门后，我对思齐说："应该是一位好好先生。"

思齐莞尔，若有所思地打开炖盅，拿着汤勺轻轻搅动："陆子鸣与乔其奥完全不相同：乔其奥皮囊好，这个优势得天独厚，一张嘴还能说会道，十分讨得女孩子的欢心，最要紧的是懂得浪漫，你也根本无法预计他什么时候拉你上他的脚踏车后座，什么时候从背后过来拥吻你；快乐与惊喜是有的，但，与他在一起，心情也好似在坐山车，忽高忽低，忽上忽下，忐忑非常，总是叫人惶惶难安。而这个陆子鸣，却十分听我的话，样样都会征求我的意见，以我为先；会体贴人，懂得嘘寒问暖，为人也慷慨，只要我说要的，他都会想尽办法替我弄来；只是与他在一起，一颗心十分宁静，波澜不惊的，虽然我也懂得：无论开头是不是因为炙热的爱，有幸能走到最后的，维系两人的纽带统共也会变成亲情，但只要一想到结婚明明才一周却要宛如结婚十年的老夫老妻一般坐着喝茶聊天，内心就惆怅无限。"思齐说得怅然若失。

我知道她什么意思，但是这种时候，我也不能说些风凉话来落井下石。所以，只得劝慰她："只要他待你好就足够了。"

思齐说："我妈妈也这么说，她还说现在这个世道能找个死心塌地对你好的男人不容易，感情可以慢慢培养，但是老实人却没有这个运气经常遇到，她要我抓住机会。"

我说："看得出，陆子鸣确实视你为珍宝。"

"不过只是开头，"思齐将那盅燕窝推到一边，"开头时，乔其奥也对我珍如拱璧；但是随着日子一天一天过去，渐渐他也会对你丧失耐心，不肯再迁就你，你也不会想到这种文质彬彬，书生模样的人，也会骂出一些十分恶毒的话来，什么'我与你之间又没有血缘关系，我对你没有责任的'，啊，说到底，谁会爱谁一辈子呢？假使遇上更好的人，肯定都会掉转方向。没办法，人的本性就是这么薄凉。"

乔其奥事件对思齐打击颇深，乃至于影响到她的感情观。

"好了，不说了。"思齐坐正，"反正说这么多已无济于事，况且，除了这条路，我也已经无路可走了。"

我爱怜地望着思齐，心内一阵唏嘘。

化妆师这时抱着首饰盒，冒冒失失地从外头冲进来。"抱歉，抱歉，让关小姐久等了。"她将首饰盒放到一边，朝着思齐不住地打躬作揖。

思齐淡淡说了句："好了，开始吧。"

化妆师取出了水钻别到思齐的发髻上。

我不再打搅她，轻轻退了出去。在宴会厅的电梯口，却又和修齐狭路相逢。穿着深色西装的他，看上去，更加显得清瘦，面孔也十分沧桑。

他看了看我，眼内满是悲伤。半晌，才佯装笑意，朝我招呼："好久不见，本末。"

我揶揄："哪里好久？不过才几天而已。"

他却闷闷地回："是吗？真的才几天吗？为什么我总觉得这几天，时间好像被谁故意拨慢了频率，以至于我感觉过了半辈子这么久。"

我无言以对。

关老先生在不远处朝他挥手招呼："修齐，这边来；过来见见你魏伯伯。"

修齐会意。他又转向我，颇为无奈地对我讲："本末，那我过去了。"

我点点头。修齐转身离开，我看着他父亲领着他同另一对父女开始谈笑风生，而那个女孩正憧憬地望着修齐。

这会不会成为另一个故事？恐怕会是，我猜测。

之后，我默然地转身，悄悄入席。

一会儿，订婚仪式正式开始。思齐挽着陆子鸣，走完了所有流程。

陆子鸣乐开了花，思齐嘴上在笑，眼内却是悲哀的。

我心疼她。

订婚仪式结束，思齐忙着与陆子鸣送客。修齐又被他的魏伯伯招呼了过去。我没有打搅他们，只是随着其他宾客一起离开了希尔顿。

阿其已在门口等着我。

我坐上车，阿其对我说："太太，君梅刚刚来电话，说先生一睁开眼找不到你，此刻正在家里大发脾气。"

"为什么不直接给我通电话？"我问他。

"君梅说太太您的电话打不通。"阿其怯生生地说。

我掏出手机确认，这才发现，何时已没电关机。我只得对阿其说："阿其，快点开回去。"

阿其应诺，加速前行。

一踏进生月居，君梅就来向我告状："太太，先生将自己关进了书房里，早饭也不肯吃，水也不愿意喝。"

"将他的早饭给我。"我对君梅说。

君梅立刻从厨房里端出餐盘递给我。我亲自捧着它进书房。

门拧开，世允正背对着我喝着闷酒，身边东倒西歪躺了几个空瓶，窗帘也没有拉开。

"君梅还是文娟？无论是谁，我分明警告过你们不要来打搅我的。"世允语气内尽是不满。

我来气。跑过去将餐盘顿在他面前的书桌上，一把将窗帘拉开。

"许世允，你干脆去做一个酒鬼好了。"我埋怨。

世允却盯着我看了又看，好似在确认我是不是真真切切地存在。

他也起身，疾声厉色地质问我："你一早去了哪里？为什么到现在才回来？"

"我为什么要告诉你？"我也赫然而怒，不满地反驳他，"你昨晚跑去跟女人喝酒，也没有跟我解释过。"

世允看着我，不知为何，我却在他紧闭的双唇上，看到了一丝笑意。我这才觉得自己失了言。立刻转身，准备逃离。

世允却从身后，一把拉住我。他叹口气："她叫俞品晶，是我的生意伙伴，那晚我去酒吧喝闷酒，恰好遇上她。"

我未回过头，也向他解释："刚刚我在参加文宇关思齐与松杉陆子鸣的订婚仪式。"

世允松了松手，我推开门走出去。出门时，不忘提醒他将早饭吃下去。

我与世允的关系渐渐开始缓和，但也没有到冰释前嫌的地步。所以我们很少面对面聊天说话，必要时还要君梅或者文娟来传话。

比如我在画室，君梅捧着果盘过来："太太，先生说这是吐鲁番的蜜瓜，要你吃一点。"

或者，我沏了壶八宝茶，替他倒了一杯，要文娟送去书房。

世允还在饭桌上吩咐君梅："将这份蛤蜊炖蛋，放到太太面前，她爱吃。"

我也夹块红烧肉放在骨碟里递给君梅："送去给先生。"

虽然我们就坐在彼此面前。

君梅端着盘子站在一边，十分无措："先生、太太，你们究竟有没有和好？"我与世允对望一眼，忍不住暗自发笑。

第二天午后，我正在画室作画。君梅捧了一个白色礼盒，上头扎了一个金黄色丝带。

我问君梅："这是什么？"

君梅回答："先生叫阿其送来的礼服，说要太太换上，晚上先生会来接你一起去参加一场慈善晚宴。"

我接过礼盒打开，里头是一条香奈儿的精致乌干纱小礼服。

很漂亮。但是我现在的身子，根本就塞不进去。家里的裙装也没有一件合身的。

我遗憾地放下礼盒，问君梅："阿其还在不在？"

君梅指指院子："正在院里头擦车子呢。"

"跟他说一声，我马上要去商场一次。"君梅跑去院子，替我传话。

我换上了外出服，阿其载我去了恒隆广场。到达香奈儿柜台，服务员热情地跑上来迎接。

她笑着问我："有什么可以帮到您？"

我说："我要一件礼服，但是不能显腰身。"

服务员会意，进去替我挑选成衣。我在一边的芝华仕沙发上坐下，另一名工作人员体贴地端上了一杯热茶。我歉意地对她讲："抱歉，我不能喝浓茶，可以替我来杯温开水吗？"工作人员会意，立刻替我换了一杯温白开来。我向她道谢。

沙发另一头，一个妇女正捧着绿茶休息。她看我一眼，笑着问我："几个月了？"想必是过来人，所以目光如炬。

我笑着回答："三个月零两周。"

那妇女打量一下我的腰间："身材保持得不错，完全看不出来。"

"听说有些人不显怀，到四五个月肚子还是看不出来。"我说。

"最要紧的还是控制体重，"那妇女说，"过多摄入营养，对宝宝与妈妈都不好，我当初就是不肯听妇产科医生的话，放开肚皮狂吃，结果满身肥膘，宝宝也成巨婴，最后不能顺产，直接拉到产房划了一刀，至今小腹上还留有一条长长的刀疤，丑陋无比，惹得我不敢再穿比基尼，十分苦恼。"

我被她逗得发乐，笑着回："一定谨记大姐的教诲。"

服务员此刻捧着一条长裙出来："女士，您看看这一条如何？"

她向我展示。极简约的抹胸拖尾长裙，胸口有精致的中国风刺绣。

我满意非常，即刻签单买下来。君梅还替我做卷了长发，施了淡妆。

傍晚，我换好了礼服，提着晚宴包在客厅等着世允。

阿其与世允回来接我。君梅扶我上车。世允看看我身上的裙装："不喜欢那条短裙？"他问我。

我胡乱应了一声。

"哦，"世允说，"这身衣服也很漂亮。"

我微微一笑。阿其再次发动引擎，送我俩到了会场。我俩下车走到红毯上。世允伸出手肘，轻轻咳嗽一声。我会意，一只手立刻弯进他的臂膀里。世允带着我神清气爽地去前台签到。

会场人员指引我们入内。

刚踏进宴会厅，远远就有个老者朝世允挥手致意。世允对我说："本末，你在这里稍等一下，我去同马先生说几句话。"

我点头。

世允向马老走去，我从端着餐盘的服务员那里取了一杯橙汁，站到一边。

不一会儿，俞品晶意外走到我面前来。她手捧着香槟，一袭修身火红的鱼尾长裙，衬得她明艳非常。

"施本末，"她抬高了眼睛斜斜看着我，"那天晚上你怎么不承认自己就是施本末？"

我说："俞小姐，我不是保险推销员，没有逢人就做自我介绍的好习惯，请你千万不要介怀。"

俞品晶喝着香槟不说话。

世允这个时候回来。

"你好，品晶，没想到今天你也会来。"他揽住我的腰身，笑着面朝俞品晶，"哦，对了，我来向你郑重介绍，这位是我的……"

"我们已经见过面了。"俞品晶打断世允，"我送你回去那晚，我已同许太太见过面了。"

"是，"我也附和地对世允说，"那晚你喝得烂醉，多亏俞小姐将你送回来。"

"只是举手之劳，"俞品晶笑，"我与世允时常一同出去喝酒的。"

"是的，俞小姐引荐了一个项目给鼎盛，我们十分感谢俞小姐，阿曼达与我已经请过俞小姐喝了好几次酒了。"世允着急拿出阿曼达来证明自己的清白。

我正颜厉色地看一眼世允，之后对俞品晶讲："这件事情我也已经埋怨过世允了，我告诉他，谈谈生意，喝些水酒也正常不过，只是不要喝得三更半夜才好，毕竟人家俞小姐还没有结婚，传出去恐声誉受损，人都是要爱惜羽毛的。"

俞品晶挤出一抹干笑，捧着酒杯转身离开。世允却转过头，意味深长地看我一眼。

"怎么？心疼她？"我仰了仰头。世允却一味地笑。

工作人员来招呼我们入席。

世允与我走过去。

又与俞品晶同桌，而她的席位就在我的身边。

世允替我拉开了椅子。我入座。俞品晶向我招呼："许太太，可巧了。"

我大大方方地说："是啊，真是巧了。"

全员入席。大荧幕播放了一段留守儿童的纪录片。看得我泪水汩汩而下。

纪录片播放完毕，主持人宣布进入捐款环节，今日所筹善款，统统用于建立希望小学、阳光午餐以及留守儿童的心理辅导建设上。

话音刚落，世允一马当先，以私人名义捐了三百万。俞品晶也不甘示弱，立刻举手捐了一百万出来。

同桌的男士纷纷夸赞她是女中豪杰。

俞品晶却感怀神伤地讲："哎，我也没有办法，生来没有许太太这样的好命，只管嫁一个一等一的好夫婿，饭来张口，衣来伸手，什么事情都不用理。"

另一个男士献媚地说："如今的半边天都是女子撑起的，只是像俞小姐这样美丽与智慧并存的女士却不多见，谁要是有幸能娶到俞小姐，必定如虎添翼，锦上添花。"

"能成为夫婿的贤内助，自然再好不过，"俞品晶笑，"但多数女人宁愿成为许太太这样的小媳妇，撒撒娇，哭哭闹，也不用懂什么大道理，反正天塌下来自然有自己的丈夫顶着，不必替人分忧解难，责任也不用共担，这才逍遥快活。"

我听见有人悻悻笑出声。

俞品晶成功取笑到我。

世允却在这时拉住我的手，温柔地看我一眼，之后转向俞品晶说："的确，我根本不想本末替我分担些什么，也舍不得她像俞小姐你一样抛头露面去同人家做生意，是不是能荣华富贵大抵都没有关系，只要她能待在我身边，时刻不离地伴着我，我早已心满意足，此生无憾。"

俞品晶一脸灰败。

同桌的人替世允鼓起掌来，其他几位太太打量着我，羡慕得无以复加。

我深深凝望着世允。毋庸置疑，那番话语，已彻彻底底地打动到我。我甚至想直接扑到他怀里大哭一场。

结束慈善晚宴，世允又被那位马先生缠住聊了半会儿。我只得到楼梯口等他。

绝大多数宾客早已离开，仅剩的嘉宾寥寥无几，间或从宴会厅门口出来。我也时不时朝里头张望，寻找世允的身影。

两个西装革履的男士缓步走到电梯口谈笑风生。

"今天那个俞品晶真是偷鸡不成蚀把米。"

这句话，引起了我对他们的注意。我抬头看他们一眼。一个男子面孔陌生，但另一个却十分熟悉。就是刚刚与我们同桌吃饭，时刻不停向俞品晶献媚的男青年。

而此刻，他却换了一张嘴脸。甚至语气中带着几分轻蔑与嘲笑，刻薄道："听说她连高中都没有毕业，还结过三次婚，最后一任夫婿比她足足大了几轮，前几年心脏病突发离世，她才拿了他的遗产做起了生意。也不知走了什么狗屎运，一家小小的副食品公司，竟在这几年风生水起，她也一跃成为年轻企业家，日日上财经杂志封面，自此，再也没有人提及她的出身。"

另一个不忘笑着附和："一个皮囊不差的女人，只要豁得出去，总会有机会成功的。"

"从这张床到另一张床？"

"嘘……她来了。"

我闻声回头，可不就是俞品晶提着礼服无精打采地走出宴会厅。

电梯到达楼层，原本在背后议论她的两名男子，钻进了电梯，继续他们的话题。

须臾，俞品晶走到我的身边。精致的妆容难掩眼角的细纹与疲惫的面容。

她十分好强，见到我，硬是打起了十二分精神来。

她笑着问我："许先生在里头同马老谈期货，许太太怎么不去陪陪他？"

我大可再说几句风凉话来讽刺她。但是想到刚刚她被人在背后这么议论，竟突然对她起了怜悯之心。

大抵是因为我同她都是女人的关系。

所以，我能体会到一个女人要爬到这样的高位，需要拥有多大的勇气，付出多大的努力，而里头所有遭遇的苦，恐怕只能打落牙齿往肚里吞，所有的辛酸恐怕只有她自己才能体会到。

我对她的敌意渐渐消退，取而代之的是同情。

我缓和着语气对她说："我实在听不懂他们的话，更不知道如何插进嘴，反正横竖都是像木头人一样傻站着，倒不如一个人出来透透气。"

也不知俞品晶是不是又会错了我的意思。总之，她用眼尾扫了我几眼，又冷冷笑了笑，悻悻然说道："你懂不懂这些没有一点关系，反正天塌下来，也有许世允替你顶着。"

我不再说话。她也噤了声，静等着电梯到达。

世允与马老在宴会厅门口话别后，朝我小跑而来。"抱歉，让你久等了，那个马老十分啰唆。"

我笑笑。

世允也看见了一旁的俞品晶。他笑着寒暄："嘿，品晶。"

俞品晶不吭声，朝他挥挥手掌致意。

夜间颇寒，我轻轻打了一个喷嚏。世允连忙脱下西服，套到我的身上。而这一切，俞品晶有意无意看在眼内。

世允对我说："本末，车子就停在外头，我们走楼梯下去好不好？"

我点头。

世允与俞品晶告别，转身下楼。我跟在他的身后。只是……古怪。刚下一层台阶，便感觉自己的礼服被什么物体拽住一般，使我迟迟迈不开脚步。我想回头看个究竟，身后却突然放松。我顿时失去重心，身子一个踉跄，滑下了楼梯。

所幸，世允眼疾手快将我一把抱住。世允结结实实倒在了地上，我躺在他的怀里惊魂未定。

世允坐起身子着急地问我："本末，你有没有事？"

俞品晶也第一时间冲下了楼，蹲在我身边关切地问道："你没有事吧，许太太？"

我不说话。下意识地捂住隐隐作痛的小腹。额头也开始拼命冒汗。

我宛如抓住救命稻草一般握住了世允的手腕。

我央求他："世允，带我去医院。"

"本末，你哪里不舒服？是脚崴了吗？"不明所以的世允开始检查我的脚腕。

小腹又一阵抽痛，使我焦急地提高了分贝。我对着世允嚷："快，快带我去医院，快点。"

"好，好。"世允立刻横抱起我，冲下了楼。

阿其正等在楼下，见这幅光景，立刻下了车，慌慌张张地开了门。世允抱着我坐进后座。

"阿其，去中心医院，快。"世允心急如焚。

阿其踩上油门，火速前往。世允掏出手机联系了吴以姗。

挂断后，世允紧紧拥住我，不住地在我耳畔喃喃："本末，有我在，一定不会叫你有事的。"

到医院，吴以姗已在急诊入口等待。世允将我抱上移动式病床。

世允对吴以姗说："刚刚不小心从楼梯上滑倒，没有什么外伤，却捂着肚子，痛得满头大汗，脸色发白。"

吴以姗看了看我，我恳求地看着她的眼。

护士将我推进抢救室。世允要跟入，被吴以姗拦在门外。

"好了，接下来，交给我们，请许先生安静地在门口等候。"

世允只得退了出去，徘徊在抢救室门口。

吴以姗对我进行了一系列检查，又注射了抑制宫缩的保胎药物。渐渐我的小腹不再觉得坠胀。

吴以姗走到我的床头解下口罩："极度紧张引起的子宫收缩，没有什么大问题，不用太过于担忧。"

我点点头："谢谢你，吴医生。"

吴以姗看着我："是不是还没有告诉他实情？"

我默认。

那日我毅然决然地拒绝了手术，离开医院时，已经决定一个人抚养他了。但是计划永远赶不上变化，后来兜兜转转，我竟又回到了世允身边，而他却认定已经没有了这个孩子。

我无奈地对吴以姗说："一开始是不想讲，到后来，是不知如何去讲。"

吴以姗轻轻叹口气："还是得告诉他啊，肚子一日一日渐显，瞒不过去的。"

"吴医生，我也十分犹豫，我不知道怎样的选择是对他好？"

"对孩子来说，没有什么比父母的守护更为珍贵。"

"是。"

"记得找个恰当的时间向他坦白，我相信他一定会大喜过望。"

我笑着点点头。

这时，门口有世允与护士的争吵声：

"抱歉，许先生，您现在还不能进去。"

"已经半个小时了，为什么连一点消息都没有？不，我要进去！快放我进去！"

吴以姗无可奈何，提了提声，命令门口的护士："让许先生进来好了。"

护士开了门。

世允两步并作一步走到我的床头，握住我的手，神色紧张地问我："本末，你还好吗？有没有事？"

一旁的吴以姗看不下去，拍拍世允的肩。世允回望她。

"你要问医生，"吴以姗指了指自己的鼻尖，"我才是医生。"

世允恍然大悟，立刻起身神色凝重地问她："吴医生，本末有没有事？是不是伤筋动骨了？"

吴以姗将文件夹抱在怀里，清了清嗓咙："身上的外伤都比不了心里头的内伤。"

世允听得云里雾里。

吴以姗忍住笑意："这次本末着实受了惊，大问题没有，但是还需在医院静养几日。"

"好好好。"

"还有，这些日子，她肯定比平常容易动气，情绪起伏大，许先生一定要好生照顾，千万别惹恼了她。"

"嗯？"世允不解。

吴以姗胡乱找了理由："预防住院患者出现情绪障碍。"

世允又重重点头。我忍不住将头别到一边暗暗发笑。

当晚，世允执意要留在医院陪我。"你明早还要去工作，在医院里怎么可能会睡得好？况且我在这里还有值班护士照顾着，不会出什么问题的，你安心地回去休息好了。" 我劝他。

世允依旧放心不下。我只得用激将法："你在这里站不是，坐不是，要我怎么休息吗？"

世允勉勉强强答应下来："那明早我让阿其送君梅过来照顾你？"

我点点头。世允依依不舍地离开。我同他挥挥手。世允替我关上病房门。

窗外月光透过薄纱倾洒进来。我捂着自己的小腹，猜测着世允知道了真相后的无数种反应。终还是忍不住微笑。

小宝，爸爸妈妈都爱你。

就这么闭上了眼，渐渐熟睡去。一夜尽是美梦，以至于第二天都不愿醒来，贪婪地黏着枕头许久许久才不情不愿地坐起了身。

我伸了伸懒腰，见君梅从外头捧着花瓶走进来。

"太太醒了啊。"君梅笑着向我招呼，将花瓶放置到我的病床头，摆弄着里头的红玫瑰。

"什么时候来的？"我问君梅。

"来一阵子了，"君梅回，"是先生送我来的。"

"先生呢？"

"去上班了，刚见太太睡得香，先生逗留了一会儿，放下了这束玫瑰花才走的。"

我应了一声，起身走到窗边，拉开玻璃窗，深深呼吸。

君梅问我："太太早餐想吃些什么？"

"随意弄些清淡的来就好。"

君梅下楼替我去购买。而我，舍不得离开这种晨曦，索性拉了一把椅子坐到窗口半眯着眼做起了白日梦。

十分舒适悠闲。

也不知过了多久，君梅急促的叫喊声在我背后响起："你是谁？为什么鬼鬼祟祟地躲在我家太太身后？"

我回神，怔地起身转过头。

只见俞品晶戴了副墨镜，捧着一束鲜花正立在我面前，君梅提着牛奶与面包站在门口。

君梅蹙着眉头，急急走到我面前来。她继续质问俞品晶："你究竟是谁？"

俞品晶看了看我不说话。我将君梅拉过来："君梅，不得无礼。"我埋怨她。

君梅向我告状："太太，我瞅了她好一会儿了，她就这么不声不响地站在你身后，也不知在盘算些什么东西？"

我对她讲："君梅，这位俞小姐是我的朋友。"

君梅这才肯放下我的早餐退出病房。君梅走后，我拉了把椅子过来，邀俞品晶坐。

俞品晶将鲜花放置到床头柜后，坐到了椅子上，伸手摘下墨镜架到头顶。

我取了一次性水杯，倒了一杯温水递给她。

"身子好一些了吗？"俞品晶接过茶杯问我。

"托福，已经没什么事了，"我客气地对她说，"叫俞小姐费心了。"

俞品晶不再说话，盯着我看了又看，之后话中有话地对我说："施本末，事实上，我十分嫉妒你。"

我看着她不说话。

她神情寂寥地对我讲："世上有成千上万的女子，但是独你占尽了风光，有一个十万分爱你的丈夫，一些百分之百忠心的仆人，肯定还有不离不弃的朋友；更不必卸下红妆，披上戎装，学穆桂英一般驰骋沙场，去抢男人的饭碗。"

我也有苦难言，只得淡淡说道："任何事情都不能只单单看表面。"

"我什么没有见过？我是赤手空拳打下江山的，你说还有什么事情是我没有见到过的？还是什么人是我没有遇上的？"她半开玩笑地对我讲，"你可不要身在福中不知福。"

我不言语，到底针扎不到肉，不知痛。切不要奢望，别人真会设身处地来替你着想，要知道，这世上根本没有真正意义上的感同身受这回事。

"好了，不说了，我得走了。公司还有一大堆事情等着我去处理呢。"俞品晶起身伸出手朝我微笑，"施本末，让我们成为朋友好不好？"

我倒不是要同她化干戈为玉帛，只是想多一个"朋友"总比多一个敌人要来得好，所以站起了身，大大方方地同她握了握手。

俞品晶告辞离开。

君梅从外头走进来。她问我："太太什么时候交到这样的朋友了？"

"为什么这么问？"我坐到床沿。

"你看她，两腮削，下巴尖，嘴唇薄，一看就不是什么好人，太太你要小心她。"

我笑出声："哦，那什么样的人是好人呢？"

"像先生与太太一样的就是好人，你们心胸宽广，待人以诚，又不苛责用人，是不多见的好主子。"君梅说得头头是道。

"世允与我都是倔脾气。"我"故意"说。

"只是比较耿直而已。"君梅毫不介怀。

可见，所有人对自己喜欢的人，均有护短的本能。我忍不住摇头轻笑。

在医院住了几日后，阿其来接我回家。吴以姗亲自送我至院门口。她嘱咐我："按时来做检查，感觉身子有异样及时来医院。"

我点点头，挥手同她告别。

第十二章：横祸

回家的路上，经过一家花店。我喊了阿其靠边停车，亲自下车去买了一束鲜花。回到家，即刻交给君梅插到了餐桌上的花瓶里。自己又急急跑上了楼，换了一身长裙，松松绾了一个发髻，配了一套简约的珍珠首饰。接着，又跑去了厨房，对文娟说："今晚，只需替我和世允煎两客牛排就好。"

文娟应诺。

我又与君梅一起在餐桌上架起了烛台，摆上了刀叉。

君梅笑着对我说："太太今天好兴致，还要同先生烛光晚餐。"

"因为我有大事要宣布。"我笑起来。

"大事？什么大事？"君梅好奇地问。

我卖了个关子，惹得君梅心头痒痒。

可是当晚，世允却又加班，不能回来晚餐。我泄气地对着手机说："好吧。"世允像是有要紧事一样，迅速地将电话挂断。

正觉疑惑着。一侧的君梅失声尖叫起来："太太，快看，先生在电视里。"

我惝地回头。确实看到客厅的液晶电视里，正在播放世允的消息。

财经台，画面是一些世允出席鼎盛各大会议的视频剪辑。

屏幕上方出现一行大字：鼎盛亚洲大规模抛售双因国际股份，是投资判断抑或内幕交易？

另一边，主持人正在铿锵有力地进行详细解说：

2015年9月25日，一个署名为"断木风"的笔者在《南方早报》发表一则短文，影射鼎盛亚洲涉嫌内部交易。文内指出：鼎盛亚洲于2013年4月通过投资"新意"餐饮连锁，获得母公司"双因国际"的股份；2014年5月，双因国际股价受旗下餐饮连锁影响，进而升值；2015 年 8 月 17 日，鼎盛亚洲卖出双因国际全部股份；而在鼎盛出售股票一个月后双因国际因涉嫌违规在食品内添加工业用料被有关部门查处，罚款 140 多万人民币，其相关 21 款产品下架，32 家门店停业整顿。

我迅速拿起手机拨通世允电话，接二连三，均无人接听，到最后索性关机。

我试着掉转枪头，拨了阿曼达的电话。

阿曼达接起，还未听我一句问话，即刻心急火燎地对我说："本末，我们正在处理紧急事件，稍后再给你电话。"接着电话那头一阵忙音。

我与君梅面面相觑。当夜，阿曼达果然没有再来电话。我也坐在窗口等到了深夜。

君梅替我端了杯牛奶进来："太太，喝杯牛奶好好休息一下。"

我推开："我喝不下。"

君梅劝慰："事情也不是你不喝不睡就能变好几分，但人是要精力去应付的，千万不要事情还没有解决，人却倒下来了。"

我觉得君梅说得十分在理。于是接过玻璃杯，将热牛奶一饮而尽，又去冲了个热水澡，逼着自己上床休息。

第二天，微微发亮，天就开始下起瓢泼大雨。豆大的雨滴落下来，打得窗户啪啪作响。

我也就这么被惊醒。当然再也睡不着了，所以索性起了床。

君梅却已做好了早餐在客厅等我。见我下来，她颇为无奈地对我讲："就晓得太太你会睡不好。"

她走到厨房替我端了一碗麦片粥与杂粮馒头放到餐桌上。我走过去，感激地看着她。

"趁热喝。"君梅提醒我。我点点头，舀了一勺送进嘴里。

用完早餐，君梅撤下餐具，又替我端来牛奶。

我刚开口喊一句："君梅。"

她便回过头来对我说："我已经将阿其喊起来了，此刻正在车上等着太太呢。"

我百感交集地说："知我者君梅也。"

君梅叹口气："太太，我是真拿你没有办法了。"

我对她一笑。

君梅替我去拿雨伞，我走到落地窗边朝窗外看。

雨下得愈发得急了，一时半会儿也没有要停的意思。惹得这天地间灰蒙，嘈杂，宛如我此刻的内心，凌乱无比。

忽然，树下钻出一个黑影。定眼一看，才知是一个人。他头发遮到耳后，一件墨绿色休闲夹克，配着牛仔裤与马丁鞋，完全已淋成了一个落汤鸡模样。

幸亏是白天，要是晚上看到他这副样子，我一定吓得三魂去七魄。

我定定神，扬声喊了君梅过来："君梅，多备一把伞，替外头的人送过去。"

"外头的人？"君梅探出身子问我。

我指指前方。君梅顺着我的指尖看一眼，立刻替他送去了雨伞，又在雨中同他攀谈了几句后，回了屋。那人朝我欠欠身以示感谢。感谢完，他即刻撑起了雨伞朝右走去。

"听说来找个友人，跑错了小区。"君梅向我解释。

"我们这里说大不大，说小不小，确实隐蔽了些，走错路，不稀奇。"

君梅递了把雨伞给我。我披上风衣，撑起它走到了院子，上了阿其的车。

阿其送我到了鼎盛。

可大门口却看见无数采访车辆，穿着雨披的记者正围着某个撑着黑伞的鼎盛管理人员问个不休，矛头当然指向《南方早报》的那一篇文章。

我们的车缓缓从他们身边经过。我故意按下车窗。只听得"唰唰"的雨水声中，掺杂着他们咄咄逼人的质问声：

"请问断木风那篇文章属不属实？"

"这个世上没有那么多的巧合。"

"请鼎盛给予我们明确回应。"

我看到那个管理人员已在频频拭汗，推着自己的助理上去挡驾。

阿其对我说："太太，前方道路不通。"

我回头过，透过挡风玻璃我看到多名保安还在里头筑起了人墙。"阿其，去地下车库。"我命令。

阿其点头，即刻掉头前往。

停车库的保安认得我，放我们通行。阿其刚将车子开进去，一辆银色别克商务车被拦在了外头。保安问司机要内部证件，或者预约证明。

有人耐不住性子直接开窗掏出自己的记者证来。

保安愈加不肯理。

司机探出头来"恐吓"：“你信不信他会写一篇：鼎盛保安无理阻拦采访的报道，登上《阳光周刊》封面？”

保安索性直接拉住小窗，自顾哼起了小曲儿，气得那位司机眼睛发绿。

我下了车，独自走进电梯，上了楼层。却看到世允办公室空空如也，秘书也不知所踪。

我正准备取出手机拨打。阿曼达从会议室里走了出来。想必一夜未眠，才会如此的疲惫不堪。

我立刻跑过去。“阿曼达。”我喊一声。

阿曼达抬头看我一眼：“你也看到那个报道了？”她问我。

我点点头。我问她：“阿曼达，世允呢？”

“许先生此刻正在与总裁进行视频会议，商量如何危机公关。”

“一定是那篇报道在胡说八道。”

“我们说有什么用？有关部门与社会大众相信才有用。”

“身正不怕影子斜，这个危机一定会很快过去的。”

“谁知道呢？接下去肯定是有这个部门、那个部门接二连三来进行明查、暗查，”阿曼达吁口长气，“况且，此刻鼎盛正在与美国本土最大的能源企业——威士林公司谈论一项投资项目，好巧不巧地，却在这时候爆出这桩丑闻。”她又摇了摇头。

阿曼达的电话在这时响了起来。

她接起来，没讲几句就朝电话里头的人发起了火：“……所以才让你去查这个‘断木风’啊！我们要知道他是谁，跟鼎盛有什么深仇大恨，为什么要写这篇文章，为什么要来算计我们……废话，当然难查，我怎么会不知道这个很难查？但是难查还得去查啊……我怎么知道怎么去查？这是你的本事，你的能力，你的责任……这个公关部的经理是你不是我！”

阿曼达愤愤地收起了手机，右手按着额头，一副心事重重的模样。

她对我说：“本末，你还是先回家等消息吧，现在许先生分身乏术，根本无暇来顾及你的。”

我点点头，乖乖回了家。

午餐，只是与君梅随意下了碗三鲜面。

当晚，世允却如常回家。

我立刻站起来跑过去接过他的公事包，并命君梅准备开饭。世允与我面对面坐下晚餐。我看着他布满血丝的双眼，无比心痛。

我问："事情怎么样了？"

世允捧着饭碗答："只是一桩小事，你不要过于担心。"他依旧从容淡定地朝我微笑。

我怎么可能不知道，这不是一桩小事呢？他这么说，也不过只是不想我做不必要的担忧。他就是这样一个男人，天塌下来，自有他来顶着。

我顺从地"嗯"了一声。世允看着我微微一笑。

"哦，对了，"他对我说，"明天是固定探视日，可我还得去公司处理事情，就不陪你去了。"

"好。"我盛了一碗鸡汤递给他。

饭后，我替世允准备了一些水果端上楼。他精疲力竭，早已和衣倒在了大床上，微微扯着鼻鼾。我不忍打扰，放下水果，小心翼翼地替他盖上毛毯后关门离开。

翌日我起床下楼，世允早已离开。君梅站在厨房对我说："先生喝了一杯咖啡，拿着一客三明治就走了，因为公司的电话一刻不停地打进来。"

我应一声。独自吃了早饭，随后叫阿其送我去了监狱。

哥哥精神抖擞，人也胖了几圈，他对我讲："刚刚读完了《孙子兵法》与《三十六计》。"

"三十六计，走为上计？"我笑着问。

"是，"哥哥解释，"既然败局已定，无可挽回，唯有退却，方是上策；你看老祖宗留下的全是金科玉律，金玉良言，统统都是瑰宝。"

"那哥哥接下去打算看哪一本呢？"我也饶有兴致地问。

"《三国演义》或者《水浒传》吧。"

"咦，为什么不看《红楼梦》？"

"这里头写的都是烦琐小事，儿女情长，看多了，心眼会变小，男人还是大碗喝酒，大块吃肉来得豪气。"

我忍不住笑出声来。

"说起来，今天，世允怎么没有来？"哥哥问我。

"哦，他公司有点事。"我黯然地回答他。

"经营一家企业，遇上些波折在所难免，你在此刻更要伴在他的左右，"哥哥告诫我，"两个陌生人有幸结为夫妻，自当成为一体，必须懂得共同进退，同甘共苦。"

我郑重地点头。

与哥哥告别后，我又去看了张凯文。他没精打采，愁眉不展，人也消瘦下来。

见了我，倒还愿意勉强挤出了笑容来。"本末，你终于来了。"一副期盼许久的模样问着我。

我问："最近好吗？"

"每天六点准时起床，被子叠得端端正正，接着洗漱、吃饭、开工。每一口饭都是囫囵吞下去的，为着不让自己饿死；22点准时熄灯就寝，睡不着，夜夜看着天花板至凌晨才勉强眠一眠；从进来就在开始算时间，一分一秒，一日一月，才发觉自由是多么可贵，失去自由，自己还不及一只笼中的鸟。"他垂头丧气地说。

我只得安慰他："日子其实过得很快的。"

"我却觉得这里的时间，每天都有三十六个小时这么久。"

我叹口气，只得换一个话题来讲："你哥哥来过了吗？"

没想到又戳到了他的伤心处。

张凯文颓然地讲："他怎么会来看我？在他眼里，我们的养父是他的父亲，我却根本不是他的弟弟。"

我唏嘘一阵，即刻向他道歉："抱歉，张凯文，我不该提他的。"

凯文一笑，说："没事。"

狱警此刻来提醒："今日探视的时间已到。"

张凯文站起来，小心地问我："本末，下次你是不是还会再来？"

我颔首："下次我还会来看你的。"

凯文心满意足地跟着狱警离开。

回去的路上，我一直怔怔地望着车窗外，心情沉重。我无比希望凯文可以改过自新，出来后，又是一个意气风发的男子，宛如我们在爱琴海的邮轮上遇到时他的模样。

调频里一首婉约的歌曲已经完毕，取而代之的是一段要闻：

"《南方早报》今日又抛下巨型炸弹，矛头指向鼎盛亚洲……"

我蹙起眉头。立刻命阿其靠边停车，在路旁的书报亭里买了一份《南方早报》过来。

阿其上车，将报纸递给我："太太，你要的报纸。"

我接过报纸，立刻翻到财经版面。头条便是：鼎盛与双因国际当家深夜密会。

文章详细写出，在2013年4月之后，鼎盛高层与双因董事长在外聚餐会面的时间、地点、次数，还不忘附有酒店包厢内的偷拍照片为证。

而这个笔者，依旧是：断木风。

回到家后，我赶紧让君梅收拾了一些世允干净的贴身衣物和衬衫，又备了一些一次性牙膏牙刷之类的生活用品。

阿其又载我去了鼎盛。

到达楼层，一出电梯，便听见阿曼达正站在窗口，对着手机开连珠炮："公关部！你们订了这么多有用没用的《财经要闻》、《周刊杂志》，却与纸媒还是没有搞好关系，如今连一个小小的《南方早报》都搞不定，鼎盛花这么多钱，不是来养一群饭桶的！"

我默默地走进世允办公室，世允手里头也正捧着《南方早报》。办公桌上的咖啡杯边，放着几条速溶黑咖。

我走上去。世允看看是我，立刻收起了报纸。

"本末，你怎么来了？"他依旧笑着过来迎接我。

我将准备的东西递给他："安心工作，家里头有我，记得再忙也要替自己挤出休息的时间，即使在沙发上小睡几个小时，也好过整晚不睡。"

世允走上来重重拥抱我："谢谢你，本末。"我体恤地轻轻拍着他的背。

秘书愁云惨雾地走进来："许先生，总裁戴维先生发邮件过来，要你回电给他解释与威士林公司项目搁浅的原因。"

世允面色凝重地点了点头，立刻回到座位，拿起听筒拨了一通越洋电话。

我不再打搅他工作，悄悄离开。翌日，又一个人去医院做了产检。

在等候报告时，正好碰见从门诊大厅出来的吴以姗。

"本末，你还是一个人来做产检？"吴以姗不解地问我。

我听得懂她的意思，但是也不好多说什么，只得笑笑。吴以姗会意，拿下我手中的社保卡交给一旁的护士："待会儿替施小姐拿好报告后，送到我办公室来。"

　　护士应诺。

　　我随着吴以姗一同去了她办公室。她替我倒了一杯温水："最近身体怎么样？有没有什么不舒服？"

　　"没有不舒服，也没有什么大反应，更不像其他孕妇一样早中晚三吐，只是前阵子有些乏，胃口不佳，但这几天又觉精神与胃口都回来了，"我对吴以姗笑着说，"我恐怕怀的是女儿，因为女儿最懂得体贴母亲，所以我才没有受很大的罪。"

　　吴以姗笑着回到座位。

　　我端起玻璃杯喝口热水。

　　吴以姗问我："本末，为什么还不对许先生说清楚？"

　　我放下水杯，心事满怀。我说："最近正值鼎盛多事之秋，他这么忙，也不知如何去开口。"

　　"那件事，我也听说了。"

　　"是，完全是飞来横祸。"我垂眸，"所以，在这个时候，我更加不希望他还要分心来照顾、关怀我，还是等这件事情过后再说好了。"

　　"本末，你还爱他吧？"吴以姗问我。

　　我不再掩饰，重重点点头。

　　"我认识一个男性朋友，他投资失利，生意惨败，整日被银行追着讨债，而这个时候，与他结婚十年的妻子竟提出离婚。他宛如遭受晴空霹雳，他问他的妻子：'你怎么忍心在这种时候还离我而去？'他妻子直言不讳地说：'夫妻共荣华十分容易，但是共患难却未必这么简单，我实在没有这个勇气。'"吴以姗佩服地看着我，"而你今日却这般不舍不离，难能可贵。"

　　我说："每个人的欲望多少不尽相同，每个人想要的东西也统统不一样，有些人至死不渝地追名，有些人想方设法地逐利，可对我来说，一家子能平平安安、开开心心地在一起生活，已足够幸运，其余的得失，均不太重要。"

　　吴以姗赞许地点头。

　　护士敲门进来，递上报告后离开。吴以姗仔细查看各项指标。

"大可放心，一切正常。"她笑着取出钢笔开了一些营养补充剂给我。又不忘提醒我，"平时多吃一些鱼、贝壳类等含牛磺酸多的食物；牛磺酸是生物界分布很广的一种氨基酸，它能明显促进宝宝的神经传导和视觉功能；动物肝脏与蛋黄这些食品也需吃一点，里头的胆碱是卵磷脂的组成成分，又被称为'记忆因子'，对胎宝宝大脑与记忆的发育起着非常重要的作用。"

我均一一记下。之后与她告别，去药房取药。一些孕期维他命与DHA，我边走边研究它的食用方法。

刚踏出医院的大门，只听见有人大喊一声："小心！"

我还来不及回过神。一个人影已冲上来将我抱到一边，而头顶的一块玻璃，就在这个时候应声落下，顷刻摔得稀烂。

周围的人直呼："好险。"

我吓得足足愣了几分钟，三魂七魄才得以归位。

"你没事吧？"那名男子放开我，走到我面前问。

"哦，没事，没事，谢谢你救了我。"我抬起头来面朝他。

"好巧啊，居然是你，"他笑了，对我露出一口整齐的白牙，"我没想到竟会在这里遇到你。"

我却宛如堕入云里雾里，望着他的脸喃喃问："你是？"

"当日，谢谢你借我雨伞。"语毕，又一阵爽朗的笑。

我细细再将他看一遍。过耳的蓬松长发，一身夹克风衣，配着牛仔裤与马丁鞋，斜斜背着一个休闲包。不就是，当日从树底下钻出来的"落汤鸡"吗？

只是那天下着大雨，天地间一片灰暗，再加上他淋湿的头发遮了半张面孔，完全看不出他竟还有这么一张潇洒俊朗的容颜。

我也笑起来，像对好久未见的故人一般，感叹道："原来就是你啊。"

"可不就是我。"他不好意思地搔搔头顶。

他向我伸出右手："你好，我叫丁存志，很高兴认识你。"

"学道遭难逢危，终无悔心，可以牢神存志？"我笑着问，"是不是这个寓意？"

他抿抿嘴，想了半会儿方才回答："我回去问问我父母后再答复你。"

我笑出了声，伸出了右手，同他紧紧一握："你好，我是施本末，也很高兴可以认识你。"

我这才发现，他的手背上破了一层皮，想必是刚刚为了救我，结结实实地撞到了墙上，摩擦所致。

"你的手受伤了？"我疾呼。

"没事，"他扬扬手，"一点点小伤不碍事。"

"多数破伤风患者，都是不注意处理伤口才感染的。"

我执意将他拉进了医院，到外科挂了号，让大夫好好包扎了一下，又配了好些纱布、药膏与吃的消炎药物。

丁存志十分苦恼，举着袋子对我讲："我十年都没有吃过这么多的药物。"

我笑了笑，立刻打电话叫阿其将车子开过来。挂断后，我问丁存志："你家住在哪里？我等下送你回去。"

丁存志忙客气地摆手："不用，不用，等下我自己坐公车就好。"

"举手之劳嘛。"

他拗不过我，终于跟我上了车。

阿其先朝着丁存志的家驶去。

"到了，"丁存志指了指前方的老式公寓，"我家就在那里，二层。"

阿其靠边停下。丁存志下车，又转过身子对我说："你稍等一下，我去将伞拿来了。"

语毕转身跑上楼，随后又匆匆奔下来。

"给。"他将雨伞递给我。

"谢谢。"丁存志再次道谢。

"好了，不用客气了，朋友一场。"我颇有江湖意气地说。

丁存志对我笑笑，我俩挥手道别。

阿其驱车向前，我从后视镜里看到，丁存志一直站在原地目送着我们。

回到家，刚坐定，君梅就替我捧来了一碗冰糖无花果炖梨，外加一小碟椰汁西米糕。我满意地开始享用。

阿其捧着本笔记本从院里头走进来。"太太，在车上发现了这个，恐怕是刚刚那位丁先生留下的。"他将笔记本递给我。

我接了过来。是一本老式的硬皮笔记本，上头还别着一支老式钢笔。封面正中央，用正楷写着：腹中天地阔，常有渡船人。右下方签的是丁存志的大名。

"是，是他的，给我好了。"我将笔记本放到一边的茶几上。

阿其继续回到院子，擦洗车辆。

君梅又从厨房捧着一叠点心过来："太太，这是我刚学着做的椰浆奶冻，你来尝尝看，好不好吃？"

我拿起一块品尝，又香又滑美味非常，连忙朝君梅竖了竖大拇指："美味绝伦。"

君梅乐开了花。

"快端给文娟与阿其也去尝尝看。"我说。君梅笑着点头，捧着甜品转身走向院子，却不小心兜到了茶几上的笔记本。

笔记本落地，自动打开，钢笔也飞到了一边。

"啊，对不起，对不起。"君梅忙着回头道歉。

我俯身拾起了笔记本与钢笔，并朝君梅扬扬手："不碍事，你只管去送你的甜点好了。"

君梅继续朝前走。我将钢笔归位，预备合上本子。却在无意间看到了丁存志里头的笔记。

我怔了怔。

我让阿其送我去了丁存志的住处，就在第二天下午。我捧着笔记本走上了幽暗狭窄的楼梯。

楼上有两个男人在吵架。随着我越来越走近，声音便越来越高，越来越大。

终于踏上二层。一抬眼，却看到一个衣着邋遢的中年人，重重扇了一个年轻男子一掌，嘴里头还不住地念念有词："只当我白养了你这个儿子！"

那个年轻人便是丁存志。

丁存志身子立在门口，低着头，看他紧紧握住的拳头，便晓得，他强忍着心头的怒火。

他的父亲气愤地拂袖而走。

正面面对我时，我看清他狰狞的面孔，与丁存志大相径庭。他径直从我身边走过，酒气熏天，使我不自觉眉头微蹙。

我别过脸。

不知何时，丁存志也已抬头看到了不远处的我。

我定定神，再度迈开脚步朝他走过去。

丁存志邀我屋里坐。一室一厅的小户，没有过多的家具，却被各式各样的书籍东倒西歪地填得满满当当。丁存志抱起了沙发上的一叠书放到茶几上，替我腾出了座位后，自己走进了厨房。

我坐下，随意抓了身边一本来看，是：《呼啸山庄》。

我知道这个故事。一个爱到疯狂的男人，用"爱"杀人，也用"爱"自杀，甚至变态与残酷，但不知为何，却总叫人无法去恨他，相反的，而是忍不住去同情他。

我将书籍归位。又在不远处的茶几上看到了一张照片，它被珍贵地镶嵌在一个实木相框里。

上头是丁存志与一个美妇。他们相拥，耳贴耳对着镜头，笑得灿烂。

不用说，这个妇人一定是他的母亲。母子俩拥有着一双一模一样的眼睛，丁存志的慈眉善目原是他母亲的基因。我真替他感到庆幸。

丁存志捧着一杯茶从厨房里走出来。又移开了我面前茶几上的书籍，替茶杯腾出了位置。

他轻轻放下茶杯，随后拉了一把椅子过来，坐到我的面前。"不好意思，我家太乱了。"丁存志难为情地跟我道歉。

我不以为意，笑着揶揄："没想到你还是一个书生。"

"是，百无一用是书生。"丁存志笑得凄凉。

"所以你的工作也是跟文字打交道？"我试探地问。

"偶尔写写杂志专栏。"

"专栏作家？"

"不过只是一个小小稿匠。"

"慢慢来，文章是一字一句才能写到结尾，人也要一步一个脚印才能踏上青云。"

丁存志笑笑。

"你今天怎么会突然过来找我？"丁存志问。

"哦，"我转身从皮包里取出钢笔与笔记本递给他，"昨天你落在车里了。"

丁存志心虚地接过，不住地抬头打量我。我连忙笑着说："真没想到，这年头竟然真的还有人用这种老式笔记本写日记的。"

"日记？"

"难道不是日记本？"

"哦，不，是日记，是日记。"丁存志如释重负地笑出声。

"你的字很漂亮。"我赞美道。

"这不是我的字，"丁存志抚摸笔记本上的楷体，"这是我母亲的字，这本笔记本也是我母亲送我的礼物。"

那句话，也是一个母亲对儿子的期许。

我心有所感。

"伯母人与字一样美，果真字如其人。"我称赞。

丁存志放下了笔记本，捧起了一侧的照片，轻轻摩挲。

"要不是当年她不幸地遇上我那个骗子老爹，她完全可以美上一辈子的。"丁存志感怀神伤。

"很少人会这样说自己的父亲。"我看着他。

"哦，是吗？但我觉得自己已对他够客气了，"丁存志放下照片，"这个人年轻时有点才气，写得一手好书法，听说还进拍卖行拍卖过，母亲也是书法爱好者，十分崇拜他。当初二人结婚，才子佳人也算是一段佳话，后来书画界人才辈出，长江后浪推前浪，他不再受到重视，却不肯承认事实，依旧故我，心高气傲。没有人再愿意出几万块钱来买他的字，而几千块他又不肯写，渐渐连肯花几百的人都没有了，他却还在叫嚷生不逢时，怀才不遇，完全不理家里头是不是已无米断炊，我是不是还有钱交学费？就这样每天赖在家里，日日喝着老酒来买醉，酒钱还是伸手管母亲去要的。母亲花光了从娘家里带的所有钱，他却还大言不惭地说：'你还有一个祖母绿项链'，"丁存志情绪愈发激动，"他根本不知道，母亲早已将这个项链典当了，一半的钱补贴了家用，一半的钱偷偷塞给了我，我至今还清楚地记得，母亲哭着对我说：'阿志，这些钱是给你念书的，千万不要被你爹爹看到。'那根项链是我外婆留给我娘的，是她们香家的传家之宝啊。"

眼泪在丁存志的眼眶内打转。他昂起头，努力使原本要落下的眼泪，又重新流回心里。

稍稍缓和情绪后，丁存志继续对我讲："后来，我的父亲又染上了赌博的恶习，母亲忍无可忍终于与他离婚，带我搬了出来。我们二人在这里生活，而我的父亲却不依不饶时常上门扰攘，我成年后，他便开始一次次向我索要，他是有理由的，做儿子的总要赡养老父。"

而这次丁存志说了不。所以他才大发雷霆，甚至不惜动用武力。以至于丁存志的左脸此刻还有明显的红掌印。

"我父亲是配不上我母亲的，"丁存志理智平静地讲，"你也看到了，我的那个父亲像个莽夫，他怎么配得上我母亲呢？全是我母亲笨，傻傻被骗，才误了她终生，到底是我们姓丁的害了她啊。"

我只得安慰他："过去的已经过去了，不要过于纠结，一切朝前看，你将来好好待阿姨就好了。"

丁存志黯然地看着我"只怕我将来也没有什么机会了。"我不解地盯着他。

"不久前，我母亲因发热咳嗽入院，却被诊断出得了急性间质性肺炎，医生说此病起病突然，进展迅速，患者随时会因呼吸功能衰竭而死亡。"

我胸口宛如压上了一块花岗岩石。脑海里不由自主地想起一句话：树欲静而风不止，子欲养而亲不待。无限惆怅。

我调整了情绪，对丁存志讲："现在的医疗技术十分发达，或许明日就有新药问世了也说不定，不要轻言放弃，要时刻抱有希望。"

丁存志心知肚明，出于礼貌他依旧朝我点了点头。

我起身告辞。他送我到车上。我俩挥别。

车子开到半路，阿曼达的电话就进来，她告诉我世允此刻正昏迷在医院里。

听到这个消息，我整个身子宛如掉进了冰窖里，只觉得心惊肉跳，惶惶不安。挂了电话，我催着阿其："阿其，医院，快去医院。"

阿其点头，立刻掉头前往。十分钟后，我冲到了病房。

世允正挂着点滴，阿曼达站在他的床头。

我小跑进去，焦急地问："阿曼达，世允怎么了？"

阿曼达说："医生说是疲劳过度，需要好好休息静养几日。"

我缓步走上前，俯下身子，双手拉起世允修长的五指，深深凝望世允睡熟的脸，眼泪也似完全不受控制，潸然落下。

我的牙齿与嘴唇都在打架，浑身上下颤抖个不停，我从来没有这般害怕过，哪怕当日哥哥锒铛入狱，独留下我与嫂嫂之时。

而今日，我却诚惶诚恐，心脏也好似被人拨快了频率，咚咚咚跳个不停。

我赫然发现，不知何时开始，世允在我心头已占了极其重要的位置，我害怕失去他，我是不能失去他的。

阿曼达镇定地走了上来，她拍拍我的肩膀，将我拉到一边。"许先生没有事，你放一百二十个心好了。"她安慰我。

我抹了抹眼泪，调整了一下情绪。"这些日子他一定累坏了。"我喃喃道。

阿曼达叹口气："应付一轮接一轮的检查，接受一个接一个的盘问，每天将自己埋在文件堆里，每日只睡一两个小时，最高纪录四十八小时未合上眼，每顿饭都是扒几口算数，有时候只喝杯咖啡敷衍一下；一边要考虑应付媒体，另一边，总裁还不肯放过他，深更半夜还要来一通电话，他也不管你中国这里是不是半夜，人要不要休息，许先生十分受累。"

"鼎盛全体都在受累。"

"是，现在我们是一根绳上的蚂蚱，一荣俱荣，一损俱损，谁也离不开谁。"

"不知道这场风波何时才能停息？"我吁口气。

"那个俞品晶自《南方早报》登出第一篇文章开始，就好似人间蒸发了一般，寻也寻不到她。"

"俞品晶？"我听得云里雾里，"这件事怎么跟她扯上关系了？"

阿曼达回答道："是她建议鼎盛购买'新意'股票，也是她指导鼎盛何时抛售，鼎盛与双因之间的合作，她是中间人。"

"什么？"

"而今《南方早报》披露所谓机密信息，统统都与她有关联，或许她就是幕后黑手。"

"为什么？"我尖叫起来，"她为什么要这么做？"

阿曼达朝我摊摊手："我们也想知道为什么。"

"现在完全找不到她的人？"

阿曼达点头："手机、私人电话统统不通，去她的贸易行，秘书说她已离职，之后又将新的经理引荐给我们认识，"阿曼达无奈地说，"要不是曾经与她吃过几顿饭，我真怀疑这世上究竟有没有俞品晶这个人。"

"而她却是整个事件的关键人物。"

"是，所以，必须找到她。"

我一时无法理清思绪，但可以肯定，确有人要置鼎盛于死地，所以才在暗处，时刻不停地推波助澜，扩大影响。

我想起当日俞品晶神情寂寥地同我讲："世上有成千上万的女子，但是独你占尽了风光，有一个十万分爱你的丈夫，一些百分之百忠心的仆人，肯定还有不离不弃的朋友；更不必卸下红妆，披上戎装，学穆桂英一般驰骋沙场，去抢男人的饭碗。"

而这个幕后大佬真的是俞品晶吗？我十分怀疑。

当夜，我一刻不离地在医院守着世允。阿其也在，他是主动来帮我忙的。

他对我说："太太你是女人，伺候男人诸多不便，我留在这里打打下手也是好的。"

阿其粗枝大叶，神经大条，也没有那么多讲究，随意蜷在沙发上，便沉沉睡去，鼾声如雷不算，还在梦里头笑出声。

我也忍不住笑出声，半夜替他将滑落在地上的毛毯再重新盖到他的身上。

"本末。"

我转过身。世允不知何时已经醒来，正躺在床头轻声唤我。

我走过去，笑着问："你醒了？要不要喝些水？肚子饿不饿？"

世允摇摇头。我坐回椅子上，依旧握着他的手。

"不好意思，让你担心了。"

"是的，我很担心，"我严厉地斥责他，"你知不知道你的身子不是你一个人的？"

"是，还是本末的。"

"还是我们的。"我脱口说。

"嗯？"

"我、君梅、文娟、阿其……一大家子人。"我忙改口。

"是，是，是。"世允连连应几声。

我冲着他微笑。

"快去将阿其喊起来，送你回家去好好睡一觉。"世允体贴地对我说。

我说："你好好休息，不要再操这份心思了，我扛不住自然会回去休息的，我这个人从来不会跟自己的身体过不去，饿了便要吃，困了也必定去睡，因为我一直都知道身体才是革命的本钱，没有了健康，其他统统都是空谈。"

"听得出，你在埋怨我。"

"你如果还不闭上眼睛，乖乖休息，那我真是要埋怨你了。"

"好，我这就休息，我现在的确很困，我想这一觉我可以再睡几个小时。"

世允累乏，一闭上眼，又沉沉睡去。我就这么坐在床头，静静看着他至天明。

君梅一早赶过来，带了白粥、馒头与一些可口小菜。

我与阿其胡乱吃了一些。君梅对我说："太太，稍后就让阿其送你回去，这里由我来顶。"

我点点头。世允还没有醒。我留了些白粥放到保温杯内，嘱咐君梅："稍后先生醒来，记得弄给他吃。"

君梅应诺。阿其载着我回家，我争分夺秒地休息。到傍晚，又匆匆赶到了医院准备与君梅换班。却在走廊，意外与丁存志撞了一个满怀。

"本末。"他也意外，"你怎么在这里？"

"我先生住院了，我来照顾他，"我问他，"你呢，你怎么在这里？"

"我母亲就住在七楼，呼吸科。"

"伯母还好吗？"我关切地问。

"情况还算稳定。"

"哦，那就好。"

"你先生怎么样？"

"因为疲劳过度。"

"鼎盛最近内忧外患。"

我看着他。

丁存志连忙解释道："我也是从报纸上看来的消息。"

我立刻抓住机会，说了句："自那个叫断木风的人在《南方早报》发表第一篇文章开始，鼎盛就没有消停过。"

丁存志渐渐色变。

"断木风？"丁存志下意识地抬起头，眼皮下方的肌肉正在微微跳动，这是只有一个人在极度紧张时，才会有这样的生理反应。

"存志，有没有听过这个名字？"我问。

"什……么？"

"哦，我在想，存志你也是写专栏的，既然是同道中人，那会不会有所耳闻呢？"

"不，没有，"他立刻否认，随即又说，"况且一个作者有十几二十个笔名也是常有的，有些人一贯喜欢打一枪换一个地方，根本无从找起。"

"哦。"

"鼎盛开始调查那个断木风了？"丁存志试探式地问。

"听说还有怀疑人选了。"

"谁？"丁存志不假思虑，脱口问我。

"俞品晶。"我故意这么回答。

"俞品晶？"丁存志显然松了一口气，"他们怀疑俞品晶？"

"难道存志认识这个俞品晶？"

"哦，不，我不认识她，我也是第一次听到这个名字。"存志额头开始微微冒汗。

"她是一个有故事的女人，如果存志有幸见到她，一定能写一长篇小说出来，"我故意收了口，"好了，存志，不与你多说了，我得去看世允了。"

我与丁存志说了再见。大步一迈朝前走去，几步之后，再回头看看，发现丁存志依旧站在原地，背影落寞无助，一副彷徨无措的模样。

我吁口气，再次转身前进。

不远处，世允拉着可移动输液架站在门口。我三步并两步走上去："你不好好待在床上休息，跑到门口做什么？"

世允看着我，一副赌气不说话的表情。

君梅从里头捧着花瓶走过来："我对先生说，太太就要过来了，他就躺不住了，非要走到门口，眼巴巴望着。"

我笑，又转向世允："你站不站门口我都会到的。"

世允却赌气问我："刚刚那个是谁？"

"什么？"

"刚刚与你在走廊说话的人。"

想必他刚刚已看到了我与丁存志在对话。

"一个朋友，"我回答他，"恰好他母亲也住在这个医院里。"

"你什么时候交到这个男性朋友的？"

我笑出声。

"你笑什么？"世允问我。

"哦，不，我想说，我喜欢你吃醋的样子。"我走到里头。

一旁的君梅也忍不住掩着嘴偷笑。

世允很不好意思。

他这个人除了爱吃醋，脾气也执拗得很。在医院住了三天，精神才回来一点，又缠着医生放他出院。医生没有办法，只得督促回去好生休养后，签了出院同意书。

我对世允说："你可神气了，这回连医生都要听你的话了。"

世允套上西装说："在这里也不过是吊几瓶维他命。"

我不再理他，笑着转向一边收拾的君梅。"君梅，去楼下的花店买一束红玫瑰来。"我说。

君梅应一声好，转身出去。

"红玫瑰？买红玫瑰做什么？"世允在一侧好奇地问我。

我说："稍后你就知道了。"

一会儿，我抱着君梅买回来的红玫瑰，与世允一道儿上了呼吸科病房。

我走到护士台问："请问一下这里有没有一位姓香的女士住院？"

"香旖旎？"护士问我。

寒梅点缀琼枝腻，香脸半开娇旖旎。恐怕只有她才能配得上这么别致的名字。

我笃定地点头："是，是这位香女士。"

护士领我过去。

香旖旎正戴着呼吸机躺在床上熟睡。病魔已折磨得她骨瘦如柴，岁月也逼得她在双鬓添了白发，但她依旧是美丽出尘的，即使就这么安静地睡着。

我将红玫瑰放在床头柜上，拉着世允悄悄走了出去。电梯上，世允问我："那位香女士得了什么病？"

"急性间质性肺炎。"我说。

"她已靠呼吸机来维持生命？"

"如果不那样，随时会呼吸衰竭。"

世允忽然紧紧握住我的手。"本末，我们已足够幸运。"他对我说。

我微微一笑，将头靠到他的臂膀上："是，我们已足够幸运。"

世允又马不停蹄地回到了工作岗位。

在世允回去工作的第三天，鼎盛就召开了新闻发布会，严厉谴责造谣者。世允为首的几位鼎盛高层在台上坐着，个个沉着冷静，目光如炬。

一侧的发言人慷慨激昂地说："这种一味追求轰动效应，而不负责任地编造传播不实报道的行为，对鼎盛造成巨大伤害的同时，也让广大投资者产生了巨大损失，对于这种无中生有、惹事生非的好事之徒，鼎盛也绝不会姑息，我们已经报了案，相信司法部门一定会还我们一个清白。"

记者陆陆续续开始发问，发言人一一耐心解答。

鼎盛的老员工看不下去，在台下轻声呵斥："多少记者过来浑水摸鱼来了，根本连内幕信息的概念都没有搞清楚，就直接来发问了。"

另边的小同志悄悄问他："师傅，那究竟什么才算内幕信息？"

老师傅答："在证券活动中，凡涉及对上市公司在证券市场价格有重要影响、尚未公开的信息，均属于内幕信息。"

"那内幕交易是什么？"

"以所知谋所利。"

我的手机在此刻振动一下，一个陌生号码发来一条短信：如要找俞品晶，请到如下地址。

我警醒，立刻起身从后门退出会场，回拨电话。但语音播报却为空号。

我拨通移动客服询问来电来源。客户有礼貌地讲："应该是对方使用了某种软件，生成了任何空号码。"接着，又给了我一串举报号码。我厌烦地挂断，索性直接下楼，拉了一辆出租过去。地点，是一家本市的美容院。

这个俞品晶，多少人千方百计都找不到她，原来她老早就晓得"大隐隐于市，小隐隐于野"的道理。

我付了出租钱，直接冲了进去。说来也巧，我就在美容院的门口与她狭路相逢。

当时她恐怕是刚刚做完美容，由几位工作人员笑容满面地欢送而出。

我直接喊她："俞品晶。"

她回头看看我，并不十分意外，只是淡淡说了句："终于找来了。"

我俩在商场下面的露天咖啡厅里，点了两杯饮料。俞品晶捧出了粉饼一面补着妆，一面同我说："我最喜欢上头那家美容院，产品极好，工作人员手法也一流，你要是想去，只要说我的名字，即刻给你打八折。"

"俞小姐，我可没有这份闲情来同你谈美容。"我朝她板着面孔。

俞品晶收起粉盒，塞进包里，有一搭没一搭地回："也是，施小姐这么年轻，目前根本不需要这些化学用品，想我年轻的时候，化妆台上也只有一瓶玫瑰水，而今，瓶瓶罐罐折腾了一大堆，每次在脸上一花就是个把儿小时，却也留不住红颜，难怪人家都讲：如花美眷敌不过似水流年，人始终都是会变老的。"

"我也没有这个逸致来跟你聊什么流年。"

"那我们还有什么可以聊的？"俞品晶喝口面前的蓝山。

"你为什么要来陷害鼎盛？"我直接问她。

"施小姐，我一向夸你聪明，这回怎么这么愚笨起来了，"俞品晶轻笑，"我们不过都是女人，何必非要掺和进商场上的腥风血雨里去呢？我也学着你，急流勇退，如今才有这偷得浮生半日闲的日子。"

"鼎盛是我丈夫的心血，我无法坐视不理。"

"没有什么做不到的，心狠一狠就好了，狠不下心，苦的永远只是你自己，没有人会来同情你。"

"俞小姐，算我恳求你。"

"施本末，你太高估了我的能力，我说过了，我不过是一个女人，你认为一个女人会有多少的力量？不过我这个人，有一个习惯，没有把握的事不会做，做了事不后悔，你又何必再浪费口水来劝我呢？"俞品晶双手环在胸前，面朝我笑。

我听懂了她的弦外之音：整件事情的背后还有更大的主谋，她不过也是受命于人而已；她的确知道这个人是谁，可她不会出卖他，即使有人拿刀架到她的脖子，她也不会吐露出半句。

须臾，她的电话响起。俞品晶立刻拿起来接听："你在哪里……我此刻正在恒隆广场……你来不来接我？不接？好，那我继续与施本末喝咖啡好了……是，就是鼎盛亚洲许世允的太太施本末……好，十分钟后见。"

"好了，我快要走了，我男友要来接我了。"俞品晶收起电话。

"施本末，"她突然笑笑，语气颇为凄凉地对我说，"真羡慕你遇上了一个真心待你好的人。"

我不知道为什么她会用这种语气同我说话，只是说这句话时，她不再那么犀利，不再那么强硬，让我觉得她原来是那么柔、那么弱的小女子。

她的神情又一阵落寞，不说话，静静地坐着，眼睛里装满了不能向外人道的故事，直至不久后，一辆迈巴赫开了过来，接她上车，之后又绝尘而去。

而我，则下意识地将它的车牌号，抄在了咖啡厅的纸巾上头。

第十三章：水火

我又打车回去，鼎盛的新闻发布会已经散去。

我坐电梯到世允办公室，他正对着笔记本处理着文件。

"世允。"我喊了一声。

世允抬头，笑着问我："你去哪里了？"

我说："去外头透了透气。"

世允将我拉到他的身边，轻轻握住我的双手："听这种东西，肯定烦闷非常，当初劝你不要来的，可你偏不听，我看你还是随阿其先回家去好了。"

我点点头。

阿曼达又抱着一堆文件进来，与世允商议。我退出去，替二人掩上门。

阿其送我回家。我心事沉重地走下车。刚走上台阶，阿其便在身后唤我："太太。"

我回头。阿其递上了一张面纸："刚刚从太太身上掉下来的东西。"

我接过，细细查看，可不就是刚刚我抄上车牌号码的面纸。

所幸，安然无恙。我庆幸地再一次好好收起。一旁的阿其却蹙着眉喃喃道："咦，这不是库珀投资公司张董的座驾吗？"

我急忙问："你说谁？"

"太太你手里的车牌号码，"阿其指指纸巾对我说，"是库珀投资公司的张博文董事长的车子，一辆黑色的迈巴赫。"

"你为什么会知道这个？"我惊一下。

阿其神气活现地讲："何止他的，我还记得其他人的车牌，比如永昌贸易郭董的车子，是沪A19C88；金林建筑王董的车子，是沪A16860；卓勤的丁大律师座驾是沪A164D6。"

"你为什么会记得这么多车牌号码？"我诧异。

"有时老板们去参加会议，或者聚会，我们这些司机通常都会在停车场等待，有时一起唠唠嗑，有时抽几口烟，渐渐熟稔后也会一起吃顿饭，"阿其搔搔头，"偶尔相约再搓上几圈上海麻将。"

"阿其，好样的，"我甚为惊喜，猛推推阿其肩膀，"有空记得多与他们搓搓麻将，联络联络感情。"

"啊。"阿其站在原地不得要领。

我笑着小跑上楼，打开笔记本，上网搜寻：库珀投资与张博文。而结果又着实叫我意外与震惊。

第二天，我一人偷偷跑去了库珀投资。我对前台说："我要找张博文董事长。"

当时，她正饶有兴致地试着新款指甲油。无疑，我打扰了她。

所以她极其厌恶地白了我一眼，随即从一旁飞了一本《访客预约登记本》给我："张董外出中，有事可留下你的联系方式，等待我们安排会面时间。"

当然，根本不会有这个会面时间。这是前台这些"拦路虎"的一贯伎俩。

我不想硬闯，于是佯装填了表格，待前台松懈，预备偷偷潜入。只可惜，又被电梯口的保安发现。

他们五大三粗，轻而易举将我架了起来，直接拖出门外逐客。

其中一人，还不客气地重重推了我后背一把，所幸前方有人将我接住，否则我肯定自己会摔到地上，跌个底朝天。

我狼狈地转身道谢，才发现刚刚接住我的不是别人，正是丁存志。

"存志，你怎么会在这里？"我定定神，错愕地问。

存志没有回答我的问话，面上波澜不惊地反问我："施本末，你来这里做什么？"语气里，满是埋怨。

我说："我见到了俞品晶，后才发现她与库珀的张博文有关联，我怀疑他就是陷害鼎盛的幕后黑手。"

丁存志惴惴不安地朝着我看。

我俩寻了附近的咖啡店，面对面坐下。丁存志替我要了一杯柳橙汁，自己点了一壶祁门红茶。

"你如何知道俞品晶与张博文有关联？又如何笃定他就是她的上家？"存志开门见山地问我。

"我看见俞品晶上了张博文的车。"我答。

"仅仅因为这一点？"

"俞品晶对他低声下气，"我说，"她这么一个骄傲的女人，却愿为他屈身，可见二人关系非同一般。"

"或许他们不过只是普通情侣呢？"

"那更有可能，"我看着丁存志，"爱情的力量，足以叫俞品晶飞蛾扑火。"

丁存志拿我没辙，他吁口浊气，用尽量平静的口吻问我："好，我们退一万步讲，假设这个张博文就是幕后老大，那你今日来找他做什么？"

"与他聊聊。"我答。

"聊？你认为他会愿意跟你聊？"

"是我找他聊。"

"你要找他聊什么？"

"这是我与他的事情。"

"你有把握他会愿意跟你说话？"

"不，我没有，"我说，"但是我依旧很想去试试。"

"施本末，张博文是根难啃的骨头，我劝你趁早放弃。"

"听上去存志好像很了解他的样子？"我故意问。

丁存志目光闪躲，如坐针毡。

我不想逼得太急，连忙再说一句："存志，我晓得能爬上这种高位的人，多多少少工于心计，城府极深，也必定心狠手辣，残酷无情，你不必为我过多担忧，因为来库珀那一刻起，我早已做好了万全的心理准备。"

丁存志看着我不说话。沉默良久，他直直问我："你真的这么想见张博文？"

我重重点点头。

丁存志犹豫片刻，抬头对我说："周六晚，张博文会在瑾会所出席一场高规格晚宴，我八点在门口等你。"

我向他投去了感激的目光。我知道，这个决定一定是存志在经历了一番思想斗争后好不容易才有的结果，所以我不会再追问他，是不是与张博文相识？为什么晓得他的行踪？今日他来库珀投资做些什么？

而张博文为什么如此针对鼎盛，见过他的简历后，大致了解了一二。而自己的计策是不是真的会奏效？这完全是个未知数。况且，存志还有意无意地提醒我，张博文是个狠角色，这更叫我有些忐忑不安。

晚餐时分，我又捧着饭碗晃神。君梅轻轻推推我，在我耳畔提醒："太太，先生在喊你呢。"

我回神，转向世允。世允亲自舀了半碗鸡汤，放到我的面前，笑着问我："你在想什么想得这么出神？喊你半天都听不见？"

"哦，没什么。"我笑着搪塞过去，埋头吃饭。

"本末，这些日子，公司事忙，我都没有好好陪过你。"世允歉意地对我说。

我放下饭碗，拍拍他的手背："现在鼎盛更需要你。"我对他说。

世允握住我的手："周六晚，我抽空陪你看场电影吧？"

"周六？"我想到与丁存志的约定，连忙推辞，"不，真的不需要，你去忙你的好了，我会自个儿找节目。"

"当真不用我陪？"世允确认似的问我。

"嗯。"

"那好，等这场风波过去之后，我放一个大假，带你去新西兰玩。"

"好。"我心虚地点了点头。

周六晚八点，我准时穿着礼服出现在瑾会所门口，丁存志西装笔挺已站在不远处。

我走上前，笑着揶揄："平时丁存志总一副痞痞的模样，今儿打扮一番，真有些不大习惯。"

丁存志整整西服说："人靠衣装马靠鞍嘛。"

随即，走到我身边，朝我伸出了臂弯。我会意，立刻将手伸进去。丁存志与我缓缓走向入口处。

工作人员正在宴会厅门口逐一检查邀请函。

我惊了一下，轻轻推推丁存志，小声问他："丁存志，我们可有邀请函？"

存志嘴角上扬，从内袋里抽出了一方小小的淡紫色卡片交予工作人员。

顺利通过。

工作人员敲上戳记，笑着指引我们入内。

"丁存志，原来你也在今天这场宴会的受邀之列？"我意外地说。

丁存志笑道："谁跟你说那张邀请卡是真的？"

我瞠目："难道刚刚那张邀请卡是你伪造的？"

"嘘。"

前方一名服务员顶着香槟走过我俩面前。

宴会厅里头衣香鬓影，歌舞升平，头顶的水晶吊灯熠熠生辉。

我问丁存志："今天举办这场宴会的主人是谁？"

存志答："飞航建筑的郭本才，两年前移民加拿大，今日荣归故里，特意邀请一帮达官贵人来此地热闹一番。"

"只要你愿意，任何理由均可成为需要热闹的理由。"

"张博文尤其喜欢出席这种场合。"

"好来证明自己已经跻身至上流社会。"

"他也爱好公益事业。"

"不过捐个百八十万，却要让媒体写一个版面。"

"看来你调查过他？"

"只是略做了解而已。"

"张博文十分懂得爱惜羽毛，所以他在业内口碑一向甚好。"

"听说还上过某娱乐杂志新好男人的评选，他获得'大众情人'以及'申城暖男'的光荣称号？"

"还在《男人装》封面上炫耀过自己的胸肌。"

我与丁存志走到二楼阳台，齐齐笑出声。而此地往下看，正好将入口处的情形一览无遗。

一辆迈巴赫由远及近驶来，缓缓停靠在路边，司机下车开了后座的门，张博文携着他的女伴，风度翩翩地走下车。他的女伴不是别人，正是俞品晶。

我与丁存志站在楼梯口，看着张博文揽着俞品晶的蛮腰正与郭老拍照留念。张博文还极其细心地替女伴拉了拉礼服，惹得在场的男士忍不住朝他竖了竖大拇指。

我听见站于我们左前方捧着鸡尾酒的一位男士悻悻然地讲："瞧，这个张博文又开始演戏了。"

另一个喝口香槟微微笑："你似乎对他成见很深？"

"我曾亲耳听到他骂一个女子为猪猡。"

"可是今天他表现出了极好的修养。"

"老郭本身就是一名绅士，他也不过是投其所好罢了。"

"你可以下去揭穿他的。"

"我？我忙自己的事情都来不及，哪有空来管他，走，我们下去给林氏贸易的老乔敬敬酒。"

另一个笑着跟上。

丁存志推推我。我回过神。他提醒我："张博文上来了。"

我往下一看，正好瞧见，张博文挽着俞品晶与老郭谈笑风生地走上楼梯。

丁存志与我齐齐转身上楼，走到隐蔽处。三人从我们身后走过，神色匆匆走进了走廊尽头的房间。

工作人员打开门。里头一个穿着墨色西服，戴副金丝边框眼镜的中年男士走出来迎接。老郭对二人做了相互介绍。张博文与中年男士重重握手。

四人钻进屋。工作人员又将门关上，左右护法两边站立，不让生人扰攘。

"那个人是 H 银行的杨建国。"丁存志对我说。

"戴金丝边框眼镜的那一位？"我问。

"是。"

"他们几人似乎要谈什么秘密？"

丁存志回："库珀正在向 H 银行申请一笔银行贷款，准备与威士林做生意。"

"威士林？"我惊了一下，"就是鼎盛正在谈的威士林？"

丁存志点点头。

"库珀正在抢鼎盛生意？"

"这次丑闻叫鼎盛股价暴跌，元气大伤不算，企业形象也大受影响，而库珀作为后起之秀追上，况且张博文自身的口碑，又叫库珀这块招牌镶了金边，威士林同时与他们接洽根本不足为奇。"

"那与郭本才又有什么关系？"

"郭本才本身与 H 银行关系甚佳，况且此次又愿意替库珀做保证人。"

"原来张郭两人交情这么深厚。"

"那也未必。"

"怎么说？"

"听说张博文介绍了郭本才一项金融理财，年收益超过了 100%。"

"我哥哥说现在这种市场环境下，年收益10%都十分困难，年收益100%？完全天方夜谭。"

丁存志看着我不答话。

"难道是……"我想到一种可能。

丁存志点点头。我宛如被人当头棒喝，幡然醒悟。

想必是那个张博文巧借理财之名，"故意讨好"郭本才，为的就是让飞航建设来做库珀的保证人，从而顺利取得项目贷款，与鼎盛抗衡，继而获得威士林的合约。

是，一定是这样。所以这个张博文才步步为营，机关算尽。

"他们出来了。"丁存志提醒我。

我停止思索，立刻与存志走到暗处。耳听到一行人的脚步声由远及近，又慢慢走下楼梯。

张博文还不住地同郭本才致谢："此次多亏郭董，侠肝义胆，仗义相助。"

郭本才笑了，一面转向H银行的杨建国："我不过只是牵线搭桥，建国兄才是功臣。"

那个杨建国一脸媚笑，频频作揖："哪里，哪里，是在下要感谢郭董与张董赏我口饭吃是真。"

千丝万缕连在一起的三人齐齐笑出声。而俞品晶则不发一言，神情落寞，亦步亦趋地静静跟在他们身后。

我们再次移步至楼梯口。看到张博文又在宴会厅逗留了片刻后，就向郭本才告辞，挽着俞品晶走向停车场。

丁存志示意我一眼。我点头，与他一起小跑下楼，马不停蹄地追上。

相较于宴会厅里的热情如火，停车场则清冷得多。再加上寒风凛冽，更加显得此地异常的幽暗惨淡。我不由自主地打了一个冷战。

丁存志手指前方，声音小而急促："本末，看。"

我顺着他指尖方向，看到张博文与俞品晶站在黑色迈巴赫面前对峙。

俞品晶满面愁容，横眉怒目，另一边的张博文冷若冰霜的面孔在昏暗的灯光下更显得阴森恐怖。

我与丁存志立刻躲到一旁的商务车旁，只露着一双眼睛，朝二人偷望去。

只听得俞品晶愤愤道："张博文，你别得寸进尺，欺人太甚，不要忘记狗急了也会跳墙。"

张博文二话不说，扬起手掌狠狠甩上一个巴掌，打得俞品晶嘴角渗血。嘴里头还振振有词，冷冽决绝："俞品晶，不要自以为抓着我的小辫儿，就可以为所欲地来牵制我，我警告你，你不要不知好歹，我从未怕过任何事情，哪怕天王老子在我面前我也不怕，你算什么东西！"

俞品晶手捂着面孔，咬着嘴唇无声哭泣。

这时，车子后座的车窗突然向下，从里头探出一张女人的面孔。无疑，比俞品晶更年轻，更妖冶，更魅惑。她手捧着下巴，目中无人地对着俞品晶讥笑几声，之后开口道："姐姐你怎么学不乖，晓得博文的脾气大，就少说几句，何故又多嘴来激他？他已经十分厚待你了，这种宴会场合从来都挽着你出席，可从没带过我一次半次的，人要懂得知足，不要贪得无厌。"

俞品晶怒不可遏，咬牙切齿道："要你这个小蹄子来多什么嘴？"

那女人冷笑几声，白了一眼俞品晶，撇撇嘴，又关了窗。

与我的震荡大相径庭，这辆迈巴赫的司机却始终悠然自得地坐在驾驶座上，连眼皮都懒得抬一抬，好似这样的戏码已经上演过成千上万次，台词剧本都烂熟于心，他已看到发腻。

张博文面无表情地拉开车门，钻到后座。司机驾车，迈巴赫绝尘而去。俞品晶在后头拼命追赶："博文，博文……"

张博文的车早已消失在茫茫夜色里。

俞品晶双腿一软摔倒在地，手肘破皮汩汩流着鲜血。

我按捺不住，与丁存志一道儿跑上前。"品晶，你怎么样？"我将俞品晶扶起。

品晶不语，只是掩面不住地呜咽。

存志拦了一辆出租，带我们回了市区。他找了一家酒店，替品晶开了一间房。

我们送品晶进去，存志取来医药箱，简单替她处理了伤口。

此时，品晶的情绪已渐渐平复。"好了，谢谢你们。"她木着一张面孔向我们道谢，又站起身踱步走到窗前，凝望夜色。

"品晶，人生没有过不去的坎儿。"我安慰她。

品晶转过身来，朝我们幽幽笑着说："你们放心，我绝对不会为了这点小事自寻短见。"

我放下了悬在半空的一颗心。丁存志对我说:"我们还是先走好了,让俞小姐好好休息一晚。"

我又看了看俞品晶。她朝我们挥手,道一声:"再见。"随后,又落寞地转身,目光呆滞地眺望着远处,背影茕茕孑立,形影相吊,让人不禁生怜。

进了电梯,我义愤填膺地替俞品晶抱不平:"竟然动手打骂女人,张博文不是大丈夫!"

丁存志悻悻地回:"他从来不是什么大丈夫,他自始至终都是一个卑鄙小人。"

"这种人,老天怎么不收拾他!"

"快了。"丁存志按下一楼键,不再说话。

出了酒店,丁存志拦了一辆车先送我回家。我与他又在生月居门口话别。

"抱歉,本末,今日叫你空跑一趟。"丁存志向我道歉。

"哪里,"我说,"我还得感谢你让我搜寻到了重要信息。"

"我还会再想办法让你与张博文会面。"

"不,接下去,让我自己来。"

存志点点头,向我挥手:"好好休息,本末。"

"你也是。"

出租载着他掉头离去。

我吁口长气,转身进屋。却发现世允正襟危坐在客厅,手里头捧着本《财经杂志》。

"世允,你……还没有睡啊?"我战战兢兢地走到他面前。

世允却站起身和颜悦色地问我:"听君梅说你去参加好友的生日派对了?"

我朝替我圆谎的君梅偷偷瞄一眼,她正在不远处朝我使了使眼色。

"是。"我怯怯地回答世允的问话。

"下回参加派对,喊阿其送你过去,一个女孩子三更半夜打车回来很不安全,"世允嘱咐我,"要记得多带件风衣外套,夜间外头凉,小心冻出病来。"

我只得一味地点着头。

"好了,我先上楼去休息了,君梅替你做了消夜,去吃一些再睡。"

我应一声:"好。"

世允转身走上楼。君梅走到我身边轻声埋怨我："太太，你去了哪里？先生从下班等你到现在。"

我只好说："抱歉，君梅，让你们担心了。"

"下回记得跟我说一声，让我心里头有个底。"

我点点头。

君梅替我拿来了羊毛披肩盖上，又暖了芋圆红豆粥给我。我喝了一大碗，之后上楼泡了热水澡后，上床休息。或许过于疲惫，一倒到床上，立刻睡着，翌日一早，闹钟响了几次，才将我唤醒。

我急急忙忙地换好衣服，冲下楼，世允果真已用完了早餐，正捧着黑咖读晨报。

"起来了。"世允收起报纸，笑着同我招呼。

"你吃好了？"我问。

世允起身取了西装外套，提了公事包："嗯，今日要早些去公司。"

真遗憾，还想与他一起吃早饭的。

世允过来吻吻我的额头："一个人好好吃饭。"

我点头，随他走到门口，目送他的凯迪拉克驶出花园。

餐厅里的君梅，突然一阵疾呼："太太，快过来。"

我慌张地转身快步过去："怎么了？"

君梅正瞠目结舌地捧着世允刚刚看着的早报："太太，你看。"君梅将报纸递给我。

我接过，瞬时有一种五雷轰顶的感觉。娱乐版赫大标题写着："鼎盛第一夫人与秘密型男出席某私人宴会。"并不忘附上我与丁存志相携走进宴会厅的照片。

我煞白了面孔跌坐进沙发里。君梅在一旁念叨："我只是将先生的报纸收起来，却在无意中看到了这则新闻。"

君梅看到，世允不可能没有看到。而他却如此不动声色，若无其事地与我聊天说话。

我即刻打开电视，不出意外，娱乐新闻内也在播送这则消息，两个打扮得阴阳怪气的主持人，一唱一和道：

"……京东老大与奶茶妹妹举行了结婚仪式；而另一边，同是商业大咖的许世允则悲催得多，鼎盛前不久被某日报揭发，涉嫌内幕交易，今日又爆出太太与型男密会，真是事业与情感双双受挫。"

我再打开手机，浏览网页信息。

网友不忘在下方留下犀利评论：

"这位许大官人流年不利。"

"修身、齐家、治国、平天下，而今这个许某连家里头的女人都摆不平，何以在鼎盛运筹帷幄？"

"听说这个女人就是和平银行前行长施本然的妹妹。施家真是家门不幸，生得一个贪污受贿的儿子，又养得一个水性杨花的女儿。"

"啊，有钱人烦恼也不少。"

"我本就不看好鼎盛亚洲。"

看得我眼前，金星乱冒，烦闷异常。

不一会儿，我的手机响起。是阿曼达来电。

我接起，阿曼达毫不意外地在电话里头将我一顿痛骂："施本末，你究竟在做什么？你难道不晓得现在是鼎盛的非常时期？任何风吹草动，均会影响到鼎盛。股票价格连连下挫，大小股东怨声载道，威士林已对我们持观望态度，如今再报这宗桃色丑闻，无疑是给鼎盛雪上添霜，如果你做不成贤内助，就请规规矩矩做一名愚妇，不要再给你夫婿添乱。"

阿曼达挂上电话。

我也是哑巴吃黄连有苦说不出，只得困苦地收了手机。

君梅在一旁语重心长地提醒我："太太，别人说什么均不重要，最要紧的是先生，你是不是要给先生去一通电话，好好解释一下？"

我取出手机犹豫不决。

是的，我大可以打过去，直截了当地告诉世允：我们找到了俞品晶，查出了库珀的张博文与她有关，并怀疑他就是陷害鼎盛的幕后黑手，当晚丁存志伪造了邀请卡带我进去找他，却无意间得知他正通过飞航郭本才的人脉关系向H银行贷款，为的是与威士林做生意，来抢鼎盛的业务，这恐怕就是他的最终目的。

不，但我又不想这么做。我始终觉得：两个人要是足够信任，便无须任何解释说明。

须臾，手机忽然响起。是世允来电。

我愣在这头，手足无措。君梅催促我："太太，快接啊。"

我忙不迭接起，一颗心咚咚跳个不停，仿佛立刻要从胸口跃出一般。

正寻思如何开口。那一边的世允却爽朗地一阵笑："本末，出门时忘了告诉你，今天晚上我在香格里拉订了位，我们去外头吃饭。"

"好。"我应一声，挂断了电话。

君梅问我："太太，怎么样？"

我说："先生约我今晚一道儿去吃饭。"

君梅忍不住鼓起掌来："好，好，好，太太记得好好同他解释解释。"她又不忘提醒我。

我点点头。

晚餐时分，我真正坐在世允面前，却又不知如何开口了。

世允抬眼看了看我："刚刚开始就只顾动着叉子，不往嘴里送，怎么？饭菜不合胃口？要么重新再点一些来？"世允准备扬手喊服务员。

"哦，不是，"我忙阻止，"只是吃不下东西而已。"

"有心事？"世允喝口红酒问我。

我为难。

"没事，说来听听。"

我怔怔地望着世允，却再一次词穷了。

好不容易鼓起勇气准备开口。世允却放下刀叉，用餐巾抹了抹嘴唇，淡淡说一句："出来好了，别偷偷摸摸的。"

我疑惑地盯着他。

隔壁桌，穿卡其色风衣的年轻男子却在此刻站了起来。他转过身，同时将桌上的手机收进了上衣口袋里，施施然地朝世允微笑："许先生，火眼金睛。"

"你是谁？服务于哪里？"世允从容地问。

"《新星娱乐》周刊的实习记者欧阳明瑞。"年轻人回答。

不消说，百分百因为那宗"桃色丑闻"。我头皮一阵发麻。

"你要是财经记者，我恐怕还会答你几句，"世允眼尾轻扫他一眼质问道，"我又不涉足娱乐圈，你一个娱乐记者来找我做什么？"

"许先生的新闻还是十分卖座的。"记者欧阳恬不知耻地说。

"一些人非要痛下血本，将我抬上各大新闻头条。"世允心如明镜。

"恐怕只有许先生才会有这个价。"

"啊，明码标价，买卖公平。"

"绝对童叟无欺。"

"可我没有什么好去跟你们说的。"世允站起身。

"可我今日，却是来找许太太的。" 那个记者欧阳看向我，"我想问问许太太，当晚同行的型男是谁？"

一时间，我有些彷徨无措。世允却一把将我拉起："我内人也同你们无话可说。"

世允拉着我离开。

记者欧阳直接明目张胆地跟了上来，取出手机直接录音："许太太，难道你不想解释一句？"

他不依不饶地跟着我们走出香格里拉门口。阿其已将车子开到我们面前。世允同我俯身钻进后座。

那个记者欧阳索性直接站到车前："来，除非你们直接从我身上碾过。"

好一个拼命三郎。

"阿其，后退。"世允厌恶地说："甩开这只烦透人的苍蝇。"

阿其应诺，准备挂挡退去。我却说："等一下。"

世允看着我。

"让我同他说一说。"我向世允恳求。世允犹豫片刻，点点头。我推门下去。

记者欧阳走到我面前："还是许太太深明大义。"语气里不知是褒是贬。

我对他说："那个人不过是我的普通朋友。"

"那去那场聚会做什么？"他追问。

"你开个派对，请朋友来做什么？说你是非？"我讥讽着。

欧阳笑着又问："难道许太太没有什么要解释的吗？"

"解释？我要解释什么？我要向谁解释？我没有什么好说的，懂的人不需要，不懂的也没必要。"

欧阳终于肯让开道路。我再度上车。阿其发动引擎，向前驶去。我看着后视镜里的欧阳越来越小，直至变成黑点消失不见。

世允心事重重地说句："不晓得明日又有什么杂七杂八的新闻写上报纸。"

我向世允道歉："对不起，世允。"

"是我该向你道歉，你遇上我许世允后，才惹上了这么多不必要的麻烦，一切统统是针对我的，我明白，"世允握住我的手对我说，"对不起，本末。"

我情绪一阵起伏，轻轻靠到他的肩膀悄悄落泪。当然是欣喜、感动的泪。

心头更加无惧，哪怕更大更险的风浪朝我们吹来。不怕，有他在。

而第二天，却出乎意料的平静。

我早早摊开早报阅读，娱乐版报的是教主与天使宝贝的大婚；财经版报的是 A 股喜迎金秋十月。打开电视观看，娱乐新闻如是，开开电脑，查询网络文章亦如是。

短短一天，我施本末的消息，早已"新闻"变"旧闻"，想必多日之后也将"不闻"。

我只觉轻松自在，当然不会像那些娱乐明星一样为上不了头条而痛心疾首。有些人恨不得与友人吃顿饭，也要上个版面，而在我看来，没有隐私才是天底下最大的烦恼。

当然，除去这个，生活中还有其他各式各样的烦恼，有些人为没钱而烦恼，有些人为寻不到工作而烦恼，有些人为写的情书寄不出去而烦恼，有些人为喜欢的人不喜欢自己而烦恼，而我，也为不听父母的话而烦恼。

我的父母日日将郑板桥的"吃亏是福"与"难得糊涂"挂在嘴边上，又自小教育我：善良是为人之初，以德报怨是处世之道。

很遗憾，现在的我却不这么想。

我收起了报纸，取出手机，拨通了库珀前台的电话。我说："我需要你们张董来听这通电话。"

前台秘书开始如常播报阻拦的话："抱歉，女士，我们张董此刻正在开重要会议，不方便来接电话，麻烦您留下您的联系方式，如有需要，张董会在稍后亲自为您回拨。"

"不用这么麻烦，"我说，"你替我留几句话给他就好。"

秘书问："请说，女士。"

"抽个空是不是可以去看看张凯文？他十分想念自己的哥哥。"语毕，挂上电话。

这一通电话果然奏效。

一天后，我接到了张博文秘书的来电，约我去库珀与她们的董事长会面。我准时赴约。秘书邀我进会客室，张博文已坐在欧式沙发上等着我。

"哦，许太太，久候光临。"见我进门，他即刻笑盈盈起身迎接。

"久候？"我可不买他的账，直接回道，"你的秘书小姐通知我上午九点，张先生，我没有迟到。"

张博文不以为意，呵呵笑出声，伸手指引我坐到他的对面。我坐下。

张博文亲自点燃了玻璃保温底座里的精油蜡烛，将旁边的花茶壶稳稳端上去。

"我问秘书：'女士平日爱喝什么茶？'秘书说：'什么都抵不过一杯清爽宜人的有机水果茶。'所以特意问她要了这个配方，就准备在今日亲自泡给许太太品尝。"张博文彬彬有礼。

可惜，我不是俞品晶。俞品晶中了他的蛊，才会觉得他样样都好。我却在他美丽的皮囊下，看到一颗丑恶的内心。

我亦虚与委蛇，淡淡回复道："叫张先生费心了。"

"应该的，许太太是凯文的朋友，即是我张某的朋友。"

"没看出来，张先生如此情深意重。"我冷笑道。

"哦，听上去，许太太对张某似乎有些误解。"

"误解也谈不上，"我说，"只是凯文说你这个做哥哥的眼里没有他这个弟弟，他入狱至今，你也没有去看过一次。"

"我不否认，我不喜欢凯文，他太懦弱，自作聪明。我喜欢同有目标、有干劲、有智慧的勇士交流，而他却是资质平庸，百无一用，你也看到了，他什么事情都没有做成，却将自己送进了监狱。"

"我不知道你还有这份良苦用心，我们都是外人，外人只会看热闹，外人可不会来顾及你的名誉，外人只会说库珀的张董不念及兄弟情谊，冷酷无情，到底是没有血缘关系的兄弟。"

"啊，人言可畏。"

"这点，我深有体会，就在前几日，我也险些被那些唾沫星子给说死。"

"发生了什么？"

"张先生，我们打开天窗说亮话好不好？那篇文章难道不是你叫人写的？"我笑吟吟地问。

张博文面不改色，笑容依旧地替我倒了一杯水果茶来。

"天予弗取，反受其咎；时至不行，反受其殃。"张博文说。

"张先生真是一个明智的人，懂得不放过任何机会。"我讽刺道。

"商场如战场，人人希望大获全胜，但每个人的作战方式均不同，比如我就觉得见招拆招不及反客为主来得有效。"

"张先生的作战方式是用女人来做箭靶？亦或用女人来做子弹？张先生真是大丈夫！"

"都说以柔克刚，不可否认，许多时候，用女人比用男人强，当然，谁也不会莫名其妙肯为一个人牺牲的，不过只是因为我身上也有她想要的东西罢了。"

"想必大家也不晓得风度翩翩、温文尔雅的'申城暖男'除了不善待兄弟，还会动手打女人吧？"

"许太太想说什么？"张博文挑着眉看着我。

"我只是觉得可以让普罗大众看看张先生的真面目了。"

"许太太也准备用舆论来中伤我？"

"不要说得这么难听，我只是反映事实，谁都喜欢听真话对不对？况且，我不过只是以彼之道还施彼身而已。"

"既然许太太已道明了来意，"他放下茶杯，"那接下的问题就是：许太太想要什么？等价交换这个道理，我十分懂得。"

"还鼎盛名誉，还鼎盛威士林。"

"许太太好贪心。"

"这个词形容张先生更贴切吧，我们拿回本该属于我们的东西叫作贪心？"

张博文将杯中茶水一饮而尽，随后又径直替自己满了一杯，刚想开口说什么，秘书就敲门进来，走到张博文身边小声耳语。

随即，张博文冲我歉意地一笑："抱歉，许太太，麻烦你在此稍等片刻，张某有一个故友突然造访，需要立刻前去招待一下。"

"请便。"我大大方方地说。

他与秘书走出房间，并带上会客室的大门。不久后，一阵急促的脚步声在外头响起。

"你来了？"是张博文的声音。

那脚步声在门口戛然而止。

"张博文，你好卑鄙，竟还去找欧阳写这种报道。"

这个声音……我开始竖起耳朵，屏气凝神，静静聆听。

"可惜他中途变卦，"张博文说，"我竟没想到，他还有把柄在你的手里。"

"啊，你有张良计，我有过墙梯。"

"不，你们写文章的人，脾气古怪，变化无常，叫人无法琢磨。你看，我曾经也厚待过你，当时，你用断木风这个小小名号写的几篇短文，我却给了你数万元的酬劳，可今日你却还要来反咬我一口，你说是不是现代版的农夫与蛇？"

"我看清了你的嘴脸，不愿再为虎作伥，助纣为虐。"

"这些话，不用大义凛然地说给我听……"张博文将房门打开，"来，说给她听。"

门口的丁存志呆若木鸡般立在门口。

我起身向他走过去。他惊恐地喊了一声："本……本末。"

我唤他一声："存志。"

"我……"存志面色苍白，难以启齿。

"不用为难，存志，"我对他说，"我老早就知道你就是断木风了。"

"什么？"存志愕然。

"我曾在那本笔记本里发现了你搜集到的鼎盛信息。"

"本末，你不怨我吗？"丁存志问。

"不，不怨，我知道你也不容易，你也有自己的苦，你也不得已。"

丁存志热泪盈眶地看着我。

"况且，我还要感谢你。"我对存志说。

存志不解地看着我。

"那条关于俞品晶的消息，是你发给我的吧。"

存志惭愧地低下了头："也不足以弥补我犯下的错。"

一旁的张博文忽然鼓起掌来："好一个不念旧恶，以德报怨。"

我与丁存志转头看他。

"可我却认为有仇不报非君子，更深知杀父之仇不共戴天。" 张博文走到沙发边上，指手画脚地愤愤道，"当日要不是许世允向 PG 行使赎回权，家父张耀天不会魂归离恨天。"

"当时 PG 陷入危机，张耀天极力挽救，也未曾见你这个做儿子的来出力一把，你休在这里惺惺作态！"须臾，一个洪亮的声音在我们身后响起。我与丁存志闻声回头。

竟是世允与阿曼达带着几个随从，行色匆匆地走了进来。

我激动地喊一声："世允。"世允走到我身边，看着我，微微一笑。

库珀的前台秘书急急忙忙地跑过来："经理，鼎盛的一群人冲了进来，安保拦也拦不住。"

张博文起身朝她扬扬手。秘书识趣地退出。屋里留有我们双双对峙。

张博文走到世允面前，两人握手，电光霍霍。

"许先生，好久不见。"

"张先生，也别来无恙。"

"许先生难道也来向张某索要威士林？"

"此次是许某粗心大意，不知螳螂捕蝉，黄雀在后。"

"许先生谬赞了。"

"但，事情不到最后时刻，谁赢谁输也还只是未知数。"

"看来许先生是不到黄河心不死啊。"

"轻言放弃，不是许某的作风。"

"那张某坐等许先生大显身手了？"

"自然。"

"棋逢对手，张某玩得十分尽兴。"

"不用多说，我们商场上再见。"

张博文轻笑。世允带着我们离开。

回去的路上，世允对我说："抱歉，本末，还叫你来为鼎盛的事情费心。"

我说："我只是想尽点微薄之力。"

世允摇摇头："记住天塌下来自有我来顶。"我顺从地点点头，将头枕到他的肩上。

我陪丁存志来到了医院，世允与阿曼达回了公司处理公务。

"存志，好好找个工作。"走在医院的走廊上，我对存志说。

存志自嘲地笑："真不知谁还肯要我这样的人？"

"天生我才必有用。"我鼓励他。

存志感激地看我一样。

我们走入病房，香阿姨依旧在昏睡。我将红玫瑰插到花瓶里。存志坐到病床头，笑着对我说："上回你带来的红玫瑰，我妈妈很是喜欢，她说病房多了一些艳丽的红色，充满了生机。"

我笑："那我下回再带红玫瑰来。"

值班医生捧着病历走进了病房："香旖旎家属。"

丁存志起身走过去："在。"

"丁先生，你朋友已给你母亲联系好了治疗间质性肺炎更为权威的肺科医院，请在这里签个字，我们即刻为你母亲办理转院手续。"

"我朋友？"存志一头雾水。

"鼎盛的许世允先生。"

我与存志同样震惊。

存志面朝我。我开怀地笑起来："存志，快签啊。"存志迟疑片刻，签上了姓名。

值班医生走出去。存志郑重其事地对我说声："谢谢。"

"世允一定觉得，助人为快乐之本。"我笑着说。

存志凝视母亲，不再说话。

当晚，世允又在鼎盛加班，没有回家吃饭。阿曼达打一通电话过来，替他传话：

"许先生又被戴维召唤过去，到现在为止，视频会议已开了四小时，"阿曼达对我说，"当日也幸亏威士林里的丽莎肯念及昔日友谊，透露风声，不然，我们时至今日，还不晓得这个张博文就是始作俑者。"

所以当日，世允与她才直冲进了库珀来。

我问阿曼达："这场战役，是不是很难打？"

"所有不利局势统统在鼎盛这边，库珀却占尽天时地利人和，你说难不难打？"

我也沉默了。

"好了，不多说了，许先生回来了。"

"好。"

我准备挂上电话。阿曼达又叫住我："抱歉，本末，之前我误会你了，还说了这么多难听的话。"

我说："你没有恶意，你也一心在为鼎盛，我懂的。"

"谢谢。"阿曼达挂上电话。

我刚刚将手机收到一边，铃声又响了起来。是一个陌生来电，我接起来，那头是丁存志。他对我说："本末，此刻我在肺科医院，刚办好入院手续。"

"香阿姨怎么样？"我问。

"情况稳定，明日一早，专家主任将会来病房会诊。"

"这样，你也可以放心了。"

"本末，许先生还替我母亲支付了诊疗费用，大恩大德，我无以为报。"

"存志，阿姨的病要紧，这些事，暂不用费神去考虑。"

"谢谢。"

"好了，不要说了，自始自终都是这句话，我听都听腻了。"

"谢谢。"丁存志还是这句。

"不跟你说了，你去陪着阿姨吧，我要准备吃晚饭了。"我笑着与存志挂上电话。

世允又通宵达旦，彻夜加班。翌日中午，君梅做了一些紫菜包饭与小食，与我一起带到了鼎盛。

秘书与职员齐齐称赞："难得吃到家里人的手艺，外头的餐厅，只会用味精调味。"

君梅乐开了怀，大方地回："大家尽量吃，尽量吃，不够，我回去再做些来。"

世允笑着，捧着一杯咖啡，拉我走出了大会议室。

"他们也辛苦，经常随我加班到半夜。"世允对我说。

"有你这样的领导，他们甘愿做不贰之臣。"我说。

世允说："他们才是鼎盛的未来。"

这时，阿曼达行色匆匆地走了过来。"许先生，楼下安保处来电，库珀的张博文领着一行人，此刻正在大厅，说是想要见你。"世允脸色一沉，将咖啡杯放到一旁的茶几上，带着我们一同下了楼。

在鼎盛大厅，张博文却如临自己的地盘，嚣张跋扈。他走到世允面前，趾高气扬地炫耀说："许先生，我只是来告诉你，明日库珀即要同威士林签约，鼎盛还有什么法宝，请尽快使出来！"

阿曼达闻声色变。世允却镇定自若："谢谢张先生的提醒。"

张博文突然趋近世允，在他耳边喃喃："我父张耀天，是条硬汉，什么事情都一个人承担。当日我对PG疏于关心，未及时出手相救，已对我造成了不可弥补的遗憾；这纸合约我会第一时间影印一份，烧至他老人家的坟头，告诉他：父亲，你的大仇，孩儿已替你报了，你也终能含笑九泉，死而瞑目了。"

世允什么也没说。

张博文后退一步，食指点到世允鼻尖："许世允，这场仗，你输了。"随后，仰天大笑，又带着随从，一阵风似的离开鼎盛。

阿曼达走上来，困惑地问："许先生，接下去我们该怎么办？"

世允却说："明日威士林与库珀签约后，我即刻就会向戴维请辞，此事因我而起，责任由我来担。"

"许先生。"阿曼达不忍。

世允摆摆手："今日准点下班，让所有员工回家休息。"

阿曼达无可奈何，只能服从地说一句："是。"

只是世允是不甘愿的，我看得出他是不甘愿的。晚上，他站在落地窗前，怔怔地望着外头。

我倒了一杯威士忌递给他。我说："来，喝一点。"世允笑着接过，一饮而尽。我又端着酒瓶替他斟满了一杯。

"我在鼎盛做了十五年，实在舍不得离开它。"世允终肯对我吐露心声。

我放下酒瓶，上前拥着他的腰际："世允，你还有我。"

世允将我拥紧："是，本末是我现在最大的安慰。"

我陪他在窗口站到深夜。之后我上床休息，世允钻到书房打辞职信。

一觉醒来，世允才从书房里拿着信纸，懊丧地走出来。我心疼地问他："写到现在？"

世允说："不知如何下笔，感觉说多了似在狡辩，不说明白又对不住其他职员，毕竟他们努力了这么久，写了又撕，撕了又写，好不容易写好，才发现天已发亮。"

我又俯身过去拥抱了他。

世允换了一身衣服走下楼。我替他整了整领带，面对面坐到餐桌前。

君梅如常端上稀饭与酱菜。我与世允相视而笑，安静地开始用餐。

一阵急促的铃声，划破了此刻的宁静。世允接通手机说："阿曼达。"

我看着世允的面色渐渐凝重。

"知道了。"世允挂上电话，立刻打开了电视，调到财经台。

主持人在报："《南方早报》在今日又投下一枚重磅炸弹，有消息指出，丁存志与俞品晶已向证监会实名举报：库珀投资张博文涉嫌内幕交易；丁存志承认自己就是断木风，曾受雇于张博文，写下不实报道中伤鼎盛；俞品晶则称自己手里握有库珀掌握内幕消息并指示她故意泄露内幕信息、建议鼎盛实行买卖证券的证据……"

"阿其，赶快，我们去公司。"世允一面抄起沙发上的西装外套，一面提着公文包跑出了门。

阿其也火急火燎地钻上了车，二人火速前往。

第十四章：峰回

没想到，事情会这样峰回路转，柳暗花明。

我看着画面里头的存志与品晶，着实震撼了一下。

文娟捧着一个信封从外头走进来："太太，你的信。"

实在不晓得，这年头还会有谁愿意写信的。我疑惑地接过，信封上用娟秀的楷体写上：施本末亲启，右上方一枚小小的茶花邮票。打开才知，是品晶。她说：

本末，认识张博文时，我三十三岁，经历过三段婚姻，他温文尔雅，对我细致入微，渐渐我对他赋予真心。直至后来，识得他的真面目，彼此却已牵连太多，密不可分。存志问我：是不是打算一辈子在他的牵制下，苟且而活？我才发现，自己不要这样的日子，自己也受够了这样的日子，所以我接受了存志的建议，预备剥下张博文这张伪善的面具，不为任何人，只为我自己。

本末，很愉快能与你相识，能与你做朋友。

祝：安好。

品晶 笔。

我取出手机，正准备给她去电话，却发现有一条存志发来的未读短信，时间是今早凌晨 1 点。

存志说：本末，感谢你，且拜托你：一定抽空带上束玫瑰去看望一下我的母亲，并告诉她，要等我回来。

我忽然不能自己，伏在桌上，潸然泪下。我的朋友，我会永永远远记得你俩是我的好朋友。因为你们俩，鼎盛才能平安度过危机。

而这次，鼎盛虽然因过失行为不构成本罪，主观上没有恶意，但客观利用内幕信息进行交易行为属实，疏忽大意没有尽到应尽的义务，行政处罚不可避免。

世允颇为头痛地说："虽然威士林重投鼎盛的怀抱，但交了这么多罚金，戴维还是要我带好说明跑去当面解释。"

"去美国？"我问。

"马来西亚，"世允回答，"戴维此刻正在吉隆坡参加商务会议。"

"那要去多久？"我问。

"最多一周时间。"

"哦。"

"怎么了？"

"哦，没事。"我笑笑，再度低头扒着手里的饭。

还是等他回来再告诉他好了。我心里头想。

世允飞马来西亚当天，我在画室作画，失手打碎了墙角的花瓶。

文娟脱口说："是凶兆。"君梅闻声跑进来，揪着她的耳朵拎出去，嘴里头不住地谩骂："你个小蹄子在胡说八道些什么？看我不撕烂你的嘴！"文娟合掌向她求饶。

我笑着劝君梅："好了，别再乱发淫威了，文娟只是一时口快，你就饶她这一次好了。"

君梅不听，依旧在厨房咄咄骂了文娟半日。

她们的吵嚷声，打搅到我。我放下画笔，移步至世允的书房。

关上门，将椅子搬到阳光下，随意在书架上抽了本雷格厄姆的《证券分析》来阅读，听说这是股神巴菲特推荐的图书之一。

只可惜，专业性太强，我念着有些吃力，勉强读了半本后，依旧放回了原处。

手部不小心带到了旁边的一本书，也是雷格厄姆的《聪明的投资者》。我拾起，翻了几翻，却在里头发现了当日我留给世允的离婚协议书。

上头依旧只有我一人的签字。

我心头一阵温热。随即将它撕得粉碎，推开窗，任纸片飞扬到风里头。只听得不知情的文娟在楼下喊："呀，哪里飞来这么多纸片？"

我在楼上笑出了声。

世允在马来西亚的第三天，我捧着一束红玫瑰去肺科医院看香阿姨。她精神不错，半躺在床上翻着《红楼梦》。见了我，直接笑着招呼："本末是不是？"

我惊讶了，问她如何知道我就是施本末？

香阿姨说："阿志告诉我，哪日见一个捧着红玫瑰的美丽女子走进来，即是他的好友施本末。"

我将玫瑰放下，坐到她的床头。我看着《红楼梦》，问："读到哪里了？"

香阿姨答："上回，阿志陪我念到了：林潇湘魁夺菊花诗。"

我捧过《红楼梦》对香阿姨说："存志回来之前，我来陪你念。"香阿姨笑着点点头。

世允在马来西亚的第五天。来电通知了我回程航班的信息。

"飞机在第二天的凌晨三点降落在浦东机场。"世允对我说。

"我来浦东机场等你。"

"让阿其过来就好了，你待在家里头休息。"世允总是关心我。

我笑着应声好。

第二天，我早早起来，亲自去鲜花市场挑了几束娇艳欲滴的红玫瑰。回家逐一插到了家里头的花瓶里。却又失手打碎了一个水晶花瓶。玻璃碎片飞溅了一地，玫瑰花瓣撒了一摊。

我莫名地想到文娟当日的胡话："是凶兆。"

君梅在厨房，拿着抹布走出来："不碍事，不碍事，只是打翻了一个花瓶，再取一个就是了。"她又招呼文娟替我拿了个新的来。

我却望向了墙上的时钟，盼望时间走得快一点，再快一点。

终于到夜半，阿其出发去浦东机场。我坐在客厅等待。

君梅从房里出来，推我上楼："太太，你先去睡一觉，我替你在客厅等。"

我听她的话，在床上胡乱打了一个盹儿。凌晨三点披上了外套，再度走下了楼。君梅正坐在沙发上打着瞌睡。

我问她："阿其来电话了吗？"

君梅警醒："没，还没有来。"

我静静地坐到沙发的另一侧。君梅看看时间："太太，还早呢，你再上楼睡会儿。"

"不了，我坐在这里等好了。"君梅陪我一同坐下。

凌晨四点，我们致电给阿其，阿其回："还没到，飞机恐怕误点了。"

我沉重地放下电话。君梅到厨房替我备了些消夜出来："太太，吃一点。"

我捧起一个蟹黄包，咬了几口又放下。两个小时后，门外头终于有车子声响起。

君梅开怀，疾呼："先生回来了，先生回来了。"

她笑着去拉开大门。门口站着的却不是世允与阿其。而是满面风霜的阿曼达。

我茫然地问："阿曼达，你怎么来了？"

阿曼达走进来，面如死灰，形如槁木，她有气无力地对我说："本末，航空公司来电，许先生搭乘的航班，在今日凌晨1点左右，在马来西亚与越南的雷达覆盖边界与空中交通管制失去联系。"

我的身子如遭电击，木着一张脸，半晌才从嘴里硬挤出了几个字："这……是什么意思？"

阿曼达红着眼眶对我说："航空公司让我们做好最坏打算。"

我的大脑已失去了控制我身体的能力，睁着一双眼睛，纹丝不动地站在原地，好似有人从我头顶浇下一桶冰水，冻得我浑身麻木。

文娟已忍不住，捂着嘴，偷偷跑到房里哭起来。

家里的电话也在此刻响起来。君梅立马过去接听，面色也越发难看。几句后，她拿着话筒递给我："太太，是大使馆。"

我勉强移动身子，几步之遥，我却走得大汗淋漓。

我接过君梅手中的听筒。电话那头官方地将阿曼达刚刚传递给我的消息又重新复述一遍。

我终于按捺不住，失声对着话筒叫嚷起来："今天又不是愚人节，为什么你们统统都来欺骗我！"

电话那头体恤地回答："许太太，我此刻的内心同你一样难受。"

我不愿再听下去，砰一声摔了话筒。怔地站着，渐渐双腿无力，慢慢蹲倒，跌坐在地上。

阿曼达过来拥住我："本末，振作。"她自己也是泣不成声。

我站不起来，感觉整个身体一瞬间被人掏空似的，只留一个空壳停留在原地。

第十五章：团圆

最后还是君梅将我拉了起来，扶到了沙发上。她斟了一杯热水给我，我机械地捧在手里，目光空洞地望着前方。君梅躲到一边，偷偷饮泣。阿曼达留在家里陪着我。

家里头二十四小时开着电视，听着马来西亚航空一次一次的记者会，关注最新进展。

君梅熬了米粥，我喝了几口，又全数吐了出来。君梅催促我再喝。我不应，生生将饭碗打落在了地上。

文娟立刻过来收拾。君梅又进厨房端了碗新的出来："不行，继续吃，哪有人经得住这么不吃不喝的？太太，你必须吃下去。"我依旧嘴唇紧闭。

阿曼达的手机响起，她焦急地捧起接听，与电话里头的人用英文对话。

语毕，她悲喜交加地回头看我，眼内全是热泪："本末，有好消息。"

君梅与我齐齐朝她看去。

"是，好消息，本末。"阿曼达克制着激动的情绪。

听到这句，我灵魂得以复位。我问她："什么好消息？"

阿曼达说："刚刚这通是马来西亚航空公司打过来的电话，他们说系统显示，许先生有进机场的安检信息，却没有这架航班登机的信息。"

"许先生没有上那架飞机。"阿曼达大喜过望。

君梅喜极而泣。一旁的文娟怯怯地问："那许先生去了哪里？为什么至今没有消息？"

君梅与阿曼达又一阵失落。我笃定地说："没有上飞机就是好消息。"

阿曼达颔首。

我站起来，吩咐君梅："君梅，给我做饭，我要吃饭。"

君梅摸着眼泪笑着连连应声。她端来了稀饭、馒头、酱菜。我一口气喝了好几碗。我对自己说，吃饱了才能活下去，活下去才能等到世允回来。

阿曼达也开始报有关部门，以失踪人口调查。而我一有空则去了家附近的玫瑰堂祈求上帝帮忙。

尽人事，听天命。接下去"神"的领域了，我们凡人根本管不着。

玫瑰堂正在修缮，里头的壁画正在修补。画工们在两个大型的柏油桶上架了块木板，人站在上头将就着作业。整个教堂弥漫着颜料的味道。

即便如此，我依旧两手交叉放于胸前，闭着眼，默默祈祷，一坐便是一下午。

夕阳缓缓西下。牧师轻轻过来拍拍我的肩膀："这位女士，天快黑了。"

我睁开眼看看周围，忏悔室里已空空如也，画工们也收工返家。整个大厅只剩下我一人。

"哦，对不起。"我向他致歉。他手上悬着十字架，坐到我身边，语气温和又慈祥。

他问我："是不是愿意跟我聊一聊？"

我垂着头对他说："神父，我向你坦白，其实，我不知如何来祈祷。我祈求了很多，不知上帝应允了没有？也不知怎么祈求，他才会应允？我看见教会很多人都出口成章，引经据典，口若悬河，我一张口便期期艾艾，抬起头也不知如何接下去，所以只得在这里默默地坐着，在心里头向上帝说了一遍又一遍，我一直在担心，上帝会不会因为我的口才不好，而听不到我的祷告？"

"放心，孩子，上帝一定会听得到，"他笑了笑，"只要你的祷告是真实的，不用在乎措辞的优美，语句的长短，最要紧的是真实，因为听你祷告的神是真实的。"

我点点头，重新又闭上了眼，双手交叉在胸前，缓缓开口对上帝说："我们在天上的父，我是一个初次来到您面前祷告的人。从前我远离你，随从自己的意思行事、说话，因此许多事对不起你。而这些罪，有的能记忆，有的已遗忘，但无论大罪小罪，都求你因耶稣在十字架为我流了宝血，赦免我，从今以后收留我作为你的孩子，坚固我的信心，使我不再离开你。今后的日子，求你步步引导我、关照我、看顾我！教导我明白你的真理，在你面前天天成长！求你的圣灵住在我心中随时感动我。我心中的忧愁与痛苦，求你为我消除，我的重担和艰难求你为我解决。我所祷告的是奉主耶稣基督的名。阿门！"

我睁开眼。神父看着我："你说得很好，孩子。"

我起身向他鞠了一躬，轻轻离开了教堂。

回到家，我给阿曼达去了一通电话，问她事情的进展如何？

阿曼达对我说："本末，耐心点，再等等。"

我知道，又没有消息了。只得失望地挂上了电话，索然无味地吃着君梅替我弄的晚餐。

晚上，也是例行公事般爬上了床。

睡不着，反反复复数着数，从一到一百，又从一百回归到一。来来去去好几回后，终于迷迷糊糊地睡去。也不过就是几个小时的时间。之后睁开眼，看着天花板到天亮。一起床，便到处找事情做，有时擦擦书桌，有时替君梅打打下手。

总之逼着自己到处忙，因为一忙便没有空来胡思乱想。

我又去了疗养院看嫂嫂。进病房时，扑了个空，没有瞧见她。

我拉着值班护士问："这里的顾曼芝去了哪里？"

护士回答："护工将她推去了花园里，晒太阳。"

我又走到花园。

护工将轮椅停在一棵大树下，嫂嫂一声不响地看着前方，也不知她看到了些什么。

我走过去，单膝跪到她身边。一遍又一遍唤她："嫂嫂，你听见了没有，现在是本末在叫你。"

她依旧置若罔闻。

护工扶我起来："好了，姑娘，别叫了，她听不见的。"

我陪着护工将嫂嫂送回病房。

值班医生过来查房。我无奈地问："医生，为什么我的嫂嫂毫无起色？"

医生推了推梁上的眼镜对我说："拼命想痊愈的患者，不一定会成功，但堕落却十分容易，如果她自己不想走出来，我们谁也帮不了她。"

他又走到另一个患者面前。我望着嫂嫂，内心凄苦。

而回到家，阿曼达那里又是信息全无。

整个人沮丧到不行。

君梅扶我到沙发上，替我打开了电视："太太，看看电视打发打发时间好了。"

我眼睛盯着屏幕，脑海里想念着世允。

新闻里正在播送：一个神秘买家，在英国某拍卖行高价拍得了一枚辜青斯基的钻石戒指。

文娟在一旁憧憬地说："不晓得哪个女人这么好运，可能收到男友送的这枚戒指？"

我没有心情，直接关了电视。

谁买？送谁？都与我无关，这些统统都是别人的欢乐，而我根本走不进别人的欢乐里去。

我又去了教堂祈祷。因为我突然觉得，自己除了祈祷，再没有别的办法。

小小教堂挤了一屋子的人。这边一对夫妇在祈求自己孙儿金榜题名；那边有个父亲祈求自己妻子一举得男；还有职工来祈祷自己升职加薪的。

各式各样的祷告，各式各样的要求，各式各样的欲望。

人心不足。

做完祷告，我默默地起身离开。在入口处，不小心踢翻了画工们的油漆桶。

我低头向他致歉。他回过头来淡淡地答："没有关系。"

刹那，我看清了这张脸。足足使我愣了几分钟。之后大声疾呼："许世杰。"

世杰亦震惊地望着我，再三确认后，才脱口喊一句："本末！"

人生有多少意外？我居然在这里与世杰再度相逢。

我与世杰在教堂附近的茶馆里，面对面坐下。

这么多日子不见，我总忍不住细细打量着他。

他黑了，也壮实了，下巴有短短的胡喳，不修边幅，一头乱发。

我百感交集地对他讲："世杰，我竟不知道你就在此地画着教堂壁画，原来我之前祷告时，你一直就在我的面前？"

世杰说："我也是刚接下玫瑰堂的工作而已。"

"世杰，这么多日子你在哪里？过得可好？"我似乎有无数的问题想要问他。

"当时捧着护照去了尼泊尔住了些日子，在当地的庙宇里帮忙画着佛像；之后又回到中国，去了西藏布达拉宫，画着神来神往的神殿；又去了云南，在泸沽湖畔替游客写生。每天虽然繁忙，却为一早醒来心有所系而感到庆幸。就这么走走停停绕了中国小半圈，最后兜兜转转，不知为何又走回了上海，"世杰笑一笑，"许是我对这座城市用情至深，又或许，这里有我放不下的人，放不下的事吧。"

我莞尔。

"本末，你好吗？哥哥好吗？"世杰问我。

听到这句问话，我心头又是愁肠百结，痛心疾首。

实在不忍告诉他事实。所以只得抬头，疙疙瘩瘩地哄骗他："好……都好。"

世杰感慨万千地对我讲："尤其在外头飘荡的日子，特别容易想念起家里的人。还有那些夜深人静的时候，更会不自觉地想到你们，想到与你在飞机上的相遇，想到与你在美院的点点滴滴；想到小时候我打碎了父亲的古董花瓶，哥哥替我来背黑锅罚站；想到我数学测验不合格，爸爸举着戒尺追着打我，哥哥护我在他的身后。"

我也跟着感怀神伤。

当晚世杰没有跟着我回家。我也庆幸他没有跟着我回家。否则回到家，他免不了问我："哥哥呢？"我也不知如何去回答他。

一进门，发现阿曼达坐在沙发上。我加快步子走过去，正预备开口询问是不是世允有了消息？一看她一张愁云惨雾的面孔，即刻收了口。我沮丧地坐到她的身边。

阿曼达问："你去哪儿了？怎么这么晚才回来？"

"我去看世杰了。" 我说。

"世杰回来了？"阿曼达也意外。

"是，他回来了，此刻他正在附近的玫瑰堂里画着教堂壁画。"

"是吗？他还在画吗？我以为他这种莽莽撞撞的个性，做什么事都会三分钟热度。"

"阿曼达对世杰有成见？"

"高中时，我数学成绩不理想，世允仗义替我补习。一次休息日，世允邀我到他们家里，刚进门，一只仓鼠从上方掉下，不偏不倚地砸在我的头顶，又跳到地上，吓得我失声尖叫。而这个许世杰，当时就躲在我头顶的鸡蛋花树枝上捧腹大笑，房里的许老先生听见后，立刻出来将他拽下，用戒尺一阵毒打，又罚他顶着本字典站在书房门口罚站；午间，许太太留我吃饭，许世杰亲自端了把椅子过来给我坐，我只当他受了教训，从善如流了，于是道声感谢立刻坐下去，谁知他又在那头掩着嘴巴暗暗发笑，我才发现，椅子上居然还有一摊颜料，朱砂色，将我的白裙上生生染上了一朵蔷薇花，"阿曼达摇摇头，"真是个淘气无比的孩子。"

我忍不住笑出声。

接着阿曼达又同我讲了许世杰幼时的趣事。

也所幸有她，才让我又度过了一个难熬的夜。

天亮后，我就起身走下楼。君梅已在餐桌上替我备好了早饭，糍饭与豆浆。

不见君梅，我自顾坐到桌前吃了起来。有脚步声从门口由远及近地慢慢趋近我。

我背着喊："君梅？"

君梅不应。

脚步声停在我身后。我愣一下，下意识地站起身。

又是直觉叫我转过了头。

转过头后，我的心又好似被重击一下，整个人呆在原地，连眼睛都舍不得眨一下。

面前的世允放下旅行包，朝我张开双臂："本末，我回来了。"

他过来紧紧拥抱我。瞬间，他手心的温度蔓延至我的全身；他身上的气味充斥着我的周围。我却依旧像根木头一样傻傻地站着。

"本末，这些天，我想你想到了梦里。"世允在我耳畔说。

我忽然回过了神，重重将他朝前一推。我问："你是谁？"

世允看着我："本末，是我，我是你的世允。"

"不，你不是我的世允，我的世允不会这样子对我。"我想到生不如死的这些天，委屈至极，眼泪溃堤般落下。

世允又一次将我紧紧拥住，无论我怎么挣脱，他都不肯松手。他一遍又一遍说着："对不起，本末；对不起，本末。"

我在他怀里号啕大哭。他哄了我良久，我的情绪渐渐平复。

我俩坐在沙发上，我的眼泪依旧挂在眼角。世允伸手替我抹去。

"不用你来管。"我赌气。

"哭好了吗？我最见不得你哭，因为你一哭我就没辙了。"世允一副向我求饶的面孔。

"你最好给我一个合理的解释，否则就罚你睡大马路。"

"会冻死的，太太。"

"我已经被你吓死过一次了。"

世允微微牵起了嘴角。他从手袋里取了一个丝绒礼盒给我。

"这是什么？"我问。

世允笑："打开看看？"

我缓缓打开。里头一枚辜青斯基的钻戒闪耀在我的眼前。

我错愕。

"这个……"

"本末对我说过，她最喜欢的珠宝品牌是辜青斯基。"世允微微一笑。

我想到前几日新闻里头报道过在英国辜青斯基拍卖会上出现的神秘买家。

"英国？你去了英国？"我如梦初醒。

"是，"世允笑笑，"当日我进入机场，在办理行李托运时，看到了 LED 里正在播送这枚戒指即将在英国拍卖的消息。"

于是他立刻订了去英国的航班，幸运地错过了那趟死亡班机。

"那你为什么不给我消息？"

"上机前，我匆匆写了条短信给你，但是……"世允捧出手机，给我看一条发送失败的短信。

里头写：本末，我有要事要去一趟英国，不日返回，勿挂念。

"却没有发送成功，而在当时，我一心顾着那枚戒指，疏忽大意，竟没有发觉。"

"下回直接电话，我最恨看短信。"

"是。"

世允取下戒指套到我的无名指上。

"买这枚戒指，我还有一个用意。"世允深情凝望着我。

"是什么？"我问。

"再一次向你求婚，再一次求你嫁给我，"世允尴尬地说，"你知道的，那张签了名的离婚协议还躺在我的书架里。"

"什么？什么协议？我从来没有签过那种东西，你少来污蔑我。"

世允笑起来。我与他紧紧相拥。

此时阿曼达风风火火地闯了进来："本末，本末，警方查到了许先生的登机记录，他飞去了英国……"

我和世允双双站在了她的面前。阿曼达瞠目结舌地看着世允。

"阿曼达，世允回来了……"我笑着说。

"你好，阿曼达。"世允向阿曼达挥挥手。

阿曼达内心升起一股无名火，指着世允的鼻子对我说："施本末，你叫他去死……"

我们笑出了声。

这场意外终于结束了。我的世允也终于回到我的身边了。

我带着世允去了玫瑰堂看世杰。世杰执着画笔，呆了半天。世允上去同他拥抱，默默流下了眼泪。

我欣慰地站在一边。

之后，我又牵着世允的手，一起去看了哥哥。

哥哥看着我们和好如初，满意地朝我们点头。他对我们说："我会好好改造，争取减刑。"

我重重点头，笑着说："我们等你出来。"

我朝世允望去。世允拉住我的手，对我哥哥说："是，我们等你出来。"

相比哥哥，更叫我们放心不下的是我的嫂嫂。从监狱出来后，我们一路开到了疗养院。

嫂嫂静静地坐在窗口的椅子上，一个护工正在替她喂水。

我走过去，接过护工手里的茶杯，放到嫂嫂嘴边。

我说："嫂嫂，喝水。"

嫂嫂咕嘟咕嘟地喝了几口。

我将茶杯放到一边的茶几上。握着她的手，蹲在了她的脚边，我说："嫂嫂，你要加油，哥哥还等着你去接他回家。"

世允也走过来，俯身拍了拍嫂嫂的肩膀："一定要站起来，曼芝。"

嫂嫂依旧不出声。我又自顾自地对她说了半日话后，拉着世允的手离开。

站在病房门口，我又忍不住回头张望一眼："嫂嫂，再见。"

却听得嫂嫂也轻轻应了一声："再见。"

我立刻扯着嗓门喊起来："医生，医生，我嫂嫂说话了，快来，快来。"

当班医生箭似的冲了进来，关上门，替嫂嫂做起了检查。

我与世允站在走廊里头等待。

良久，医生笑着走出来。我着急地过去问："医生，怎么样？"

"正在往好的方向发展。"

我拥着世允喜极而泣。

"未央"重新开始施工，准备在一个月后开业。

阿曼达指着正在画天顶画的许世杰说："就差你的这幅画了。"

捧着颜料盆的世杰回过头来对她嚷："今天你这句话已说了第三遍了，阮悠然，你何时从犀利的虎姑婆进化成啰唆的老太婆了？"

"你这个死小子，有种再说一次？"

世杰朝她吐吐舌头。阿曼达气得在一边直跺脚。

世杰开始画画。

"给我换支8号笔来。"他竟指挥起阿曼达来。

阿曼达从地上取了8号水粉画笔递给他。世杰又将调色盘递到阿曼达手里："替我拿一下。"

骄傲的阿曼达竟也乖乖地替他捧起了颜料盘。有几个在外头浏览风景的游客，误闯进来。

其中一个问："这栋建筑物十分特别，是什么？"

阿曼达神气地回答："将来，此地叫未央画廊。"

另一个好奇地抬起头来，看着画着天顶画的世杰问："你在画什么？"

世杰答："这幅画叫《耶稣与世人》。"

游客疑惑不解："《耶稣与世人》？"

世杰解答："先知以赛亚说：'耶和华的膀臂并非缩短，不能拯救，耳朵并非发沉，不能听见。但你们的罪孽使你们与神隔绝，你们的罪恶使他掩面不听你们。'罪会使我们与神隔绝！求神怜悯，圣灵常常光照我们，让我们知道自己的罪并有悔改的心，就在神面前悔改，使我们所求的蒙神应允，又体验到神的慈爱和怜悯。因为'神所要的祭，是忧伤的灵'。忧伤痛悔的心，神必不轻看；若我们认自己的罪，神是信实的，是公义的，必会赦免所有的罪，洗净一切的不义……"

世允微笑着牵着我的手缓缓走出了未央画廊，他对我说："明日，记得提醒我去美院，替你与世杰办理复学手续。"

"好。"我回答。

"哦，对了，原来阿曼达的中文名是阮悠然？"我问世允。

"是，怎么了？"

"真是个好名字。"我说。

"所有名字都是父母对孩儿的祝福与期许。"

"那你也得费神替我们的孩子取一个好名字才行。"我笑着说。

世允止住了步子。回头怔怔地望着我。

"本末……难道……你……没有……"

我点点头。世允激动得热泪盈眶，不能自已。我张开双臂过去拥抱他。

世允拉上我上了车，小心翼翼地替我绑上安全带，之后回到驾驶座，发动引擎，一路驱车向前。

世允问我："本末，你喜欢儿子还是女儿？"

我问："你呢？"

世允答："我喜欢女儿。小时候，趴在我肩膀问我要糖果；长大后，有男生向她告白，她会嘬着嘴告诉人家：我老爸的那一关，你还没过呢。"

"哦，对了，"他又激动地对我说，"本末，下次产检是几号？我陪你一道儿去；我们还得抽空去一趟婴儿用品店，奶瓶、奶粉、小床，衣物，样样都要添起来。最好再陪我去一趟新华书店，我得去买一本词典，或者取名大全来参考参考。"

"好，都好，只要有你在。"我心满意足地说。

图书在版编目（CIP）数据

你赠我的素锦时年 / 枚雯著. — 北京 ： 北京联合
出版公司， 2016.7
　ISBN 978-7-5502-7429-7

　Ⅰ．①你… Ⅱ．①枚… Ⅲ．①长篇小说－中国－当代 Ⅳ.
①I247.5

　中国版本图书馆CIP数据核字(2016)第067373号

你赠我的素锦时年

作　　者：枚　雯
出版统筹：新华先锋
责任编辑：徐秀琴
特约监制：黎　靖
特约编辑：黎　靖
封面设计：王　鑫
版式设计：徐　倩

北京联合出版公司出版
（北京市西城区德外大街83号楼9层　100088）
北京慧美印刷有限公司印刷　新华书店经销
字数161千字　620毫米×889毫米　1/16　16印张
2016年7月第1版　2016年7月第1次印刷
ISBN 978-7-5502-7429-7
定价：36.00元